デモンズ・クレスト 2
Demons' Crest
異界の顕現

川原 礫　イラスト 堀口悠紀子

アクチュアル・マジック

略称は《AM》。世界初の全感覚没入《フルダイブ》型VRMMO-RPG。地図で描かれたエリアはこの世界の一部に過ぎず、周囲には広大なフィールドが存在すると予想される。

Illust／来栖達也　Design／BEE-PEE

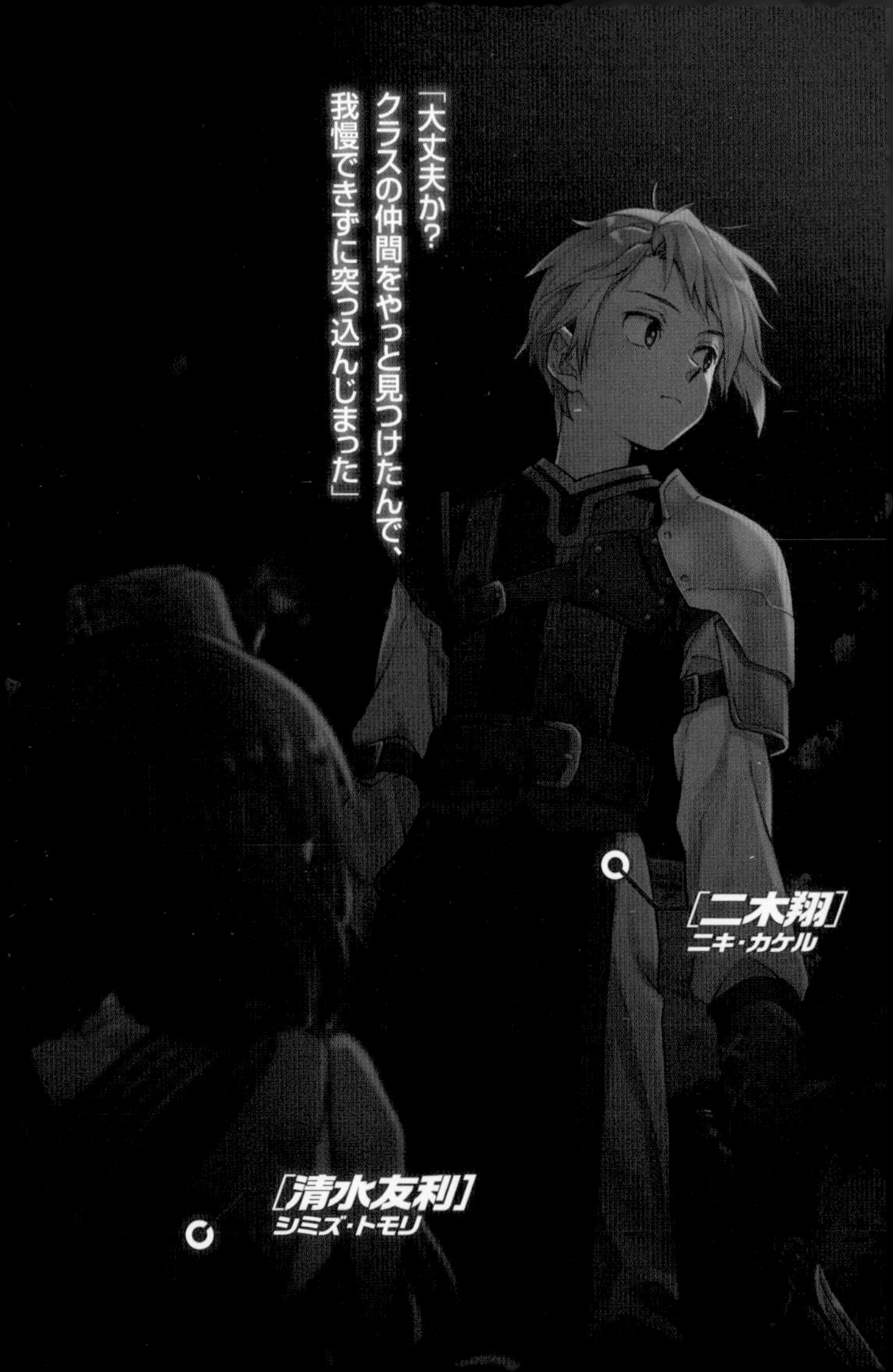
「大丈夫か？
クラスの仲間をやっと見つけたんで、
我慢できずに突っ込んじまった」
[二木翔]
ニキ・カケル
[清水友利]
シミズ・トモリ

「あ、ありがとう」
［芦原佑馬］
アシハラ・ユウマ
［芦原佐羽］
アシハラ・サワ
［近堂健児］
コンドウ・ケンジ

「アシ……ハラ、クン……」
「渦巻すみか」
ワタマキ スミカ

「ワ……タ、シ…………ヤク、ニ…………」

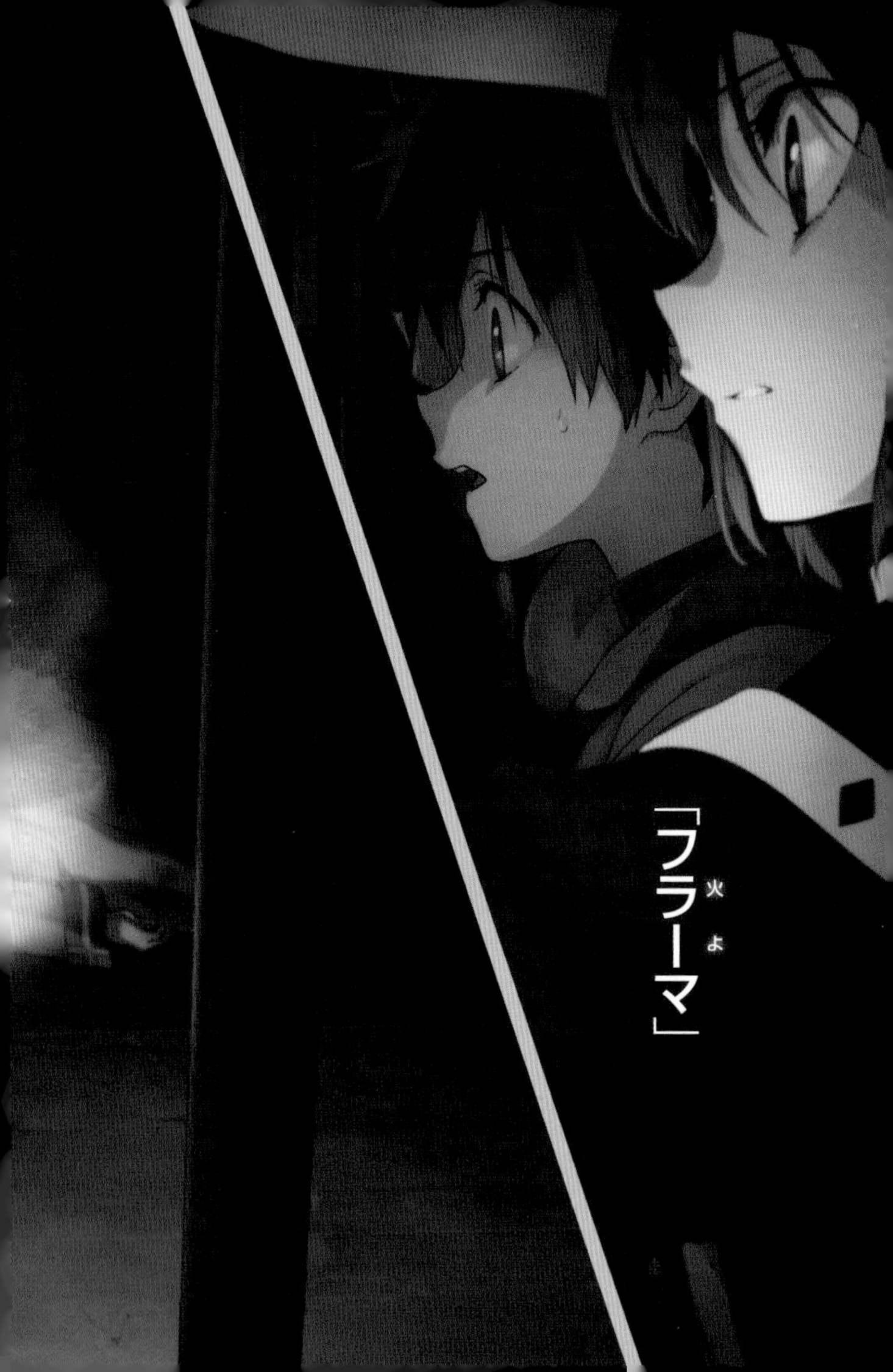
「フラーマ《火よ》」

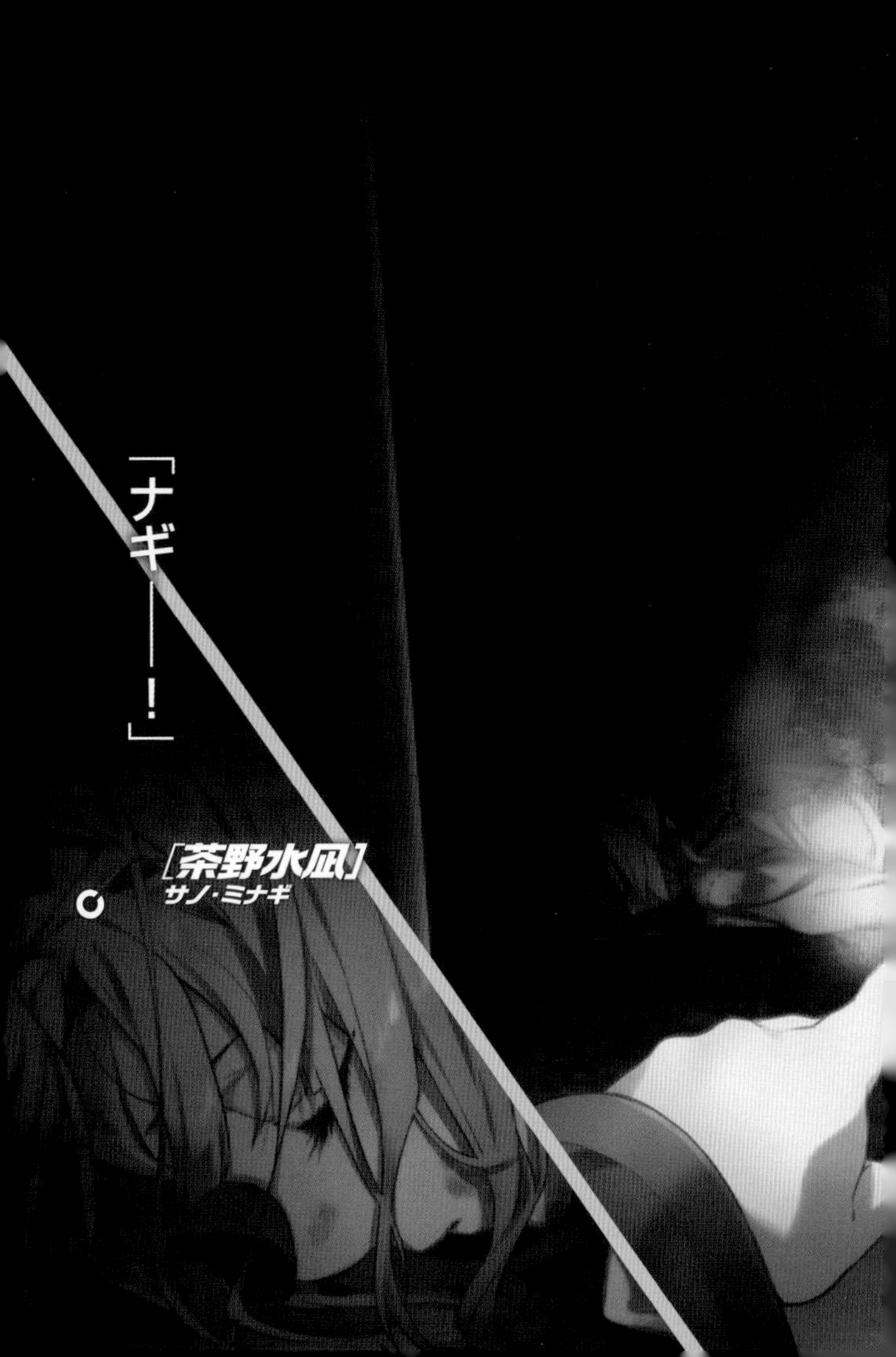
「ナギ――!」
［茶野水凪］
サノ・ミナギ

最新 アミューズメントパーク
アルテア フロアマップ

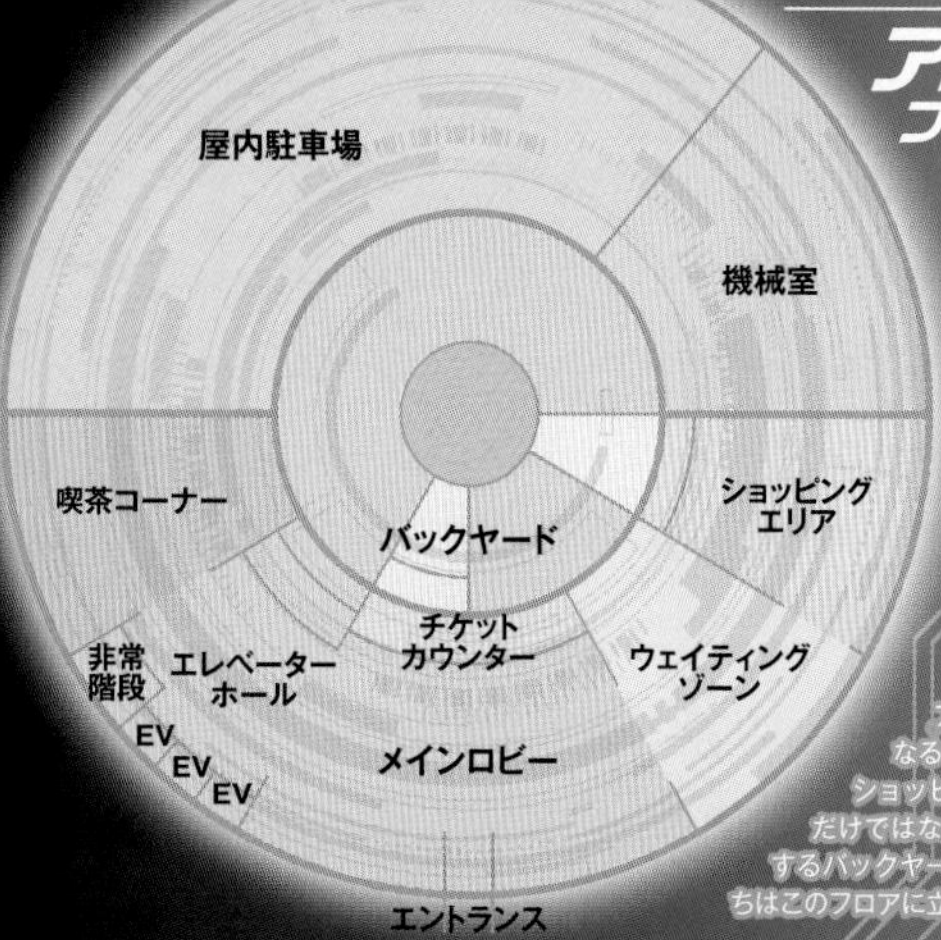

1F

アルテアの玄関口となるフロア。入館受付、ショッピング、軽食の施設だけではなくスタッフが利用するバックヤードもある。須鴨たちはこのフロアに立てこもっている。

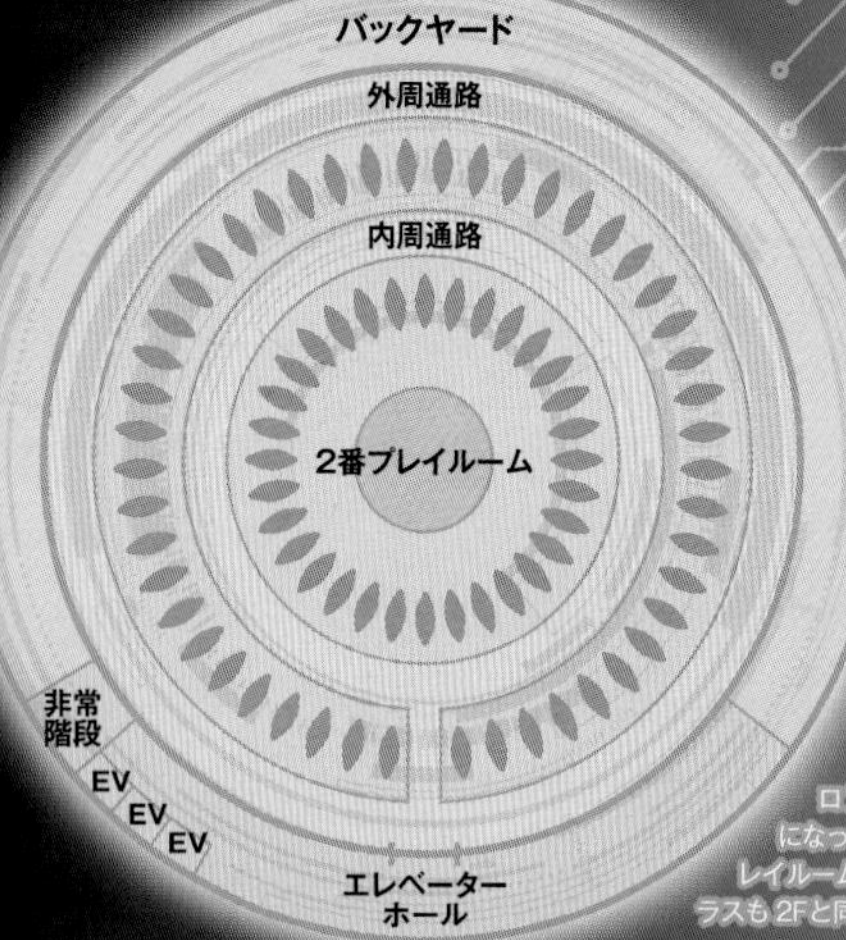

3F

2Fと構造は同じでフロア全体がプレイルームになっている。3Fには2番プレイルームが配置され、カリキュラスも2Fと同じ数用意されている。

これはゲームであって、
そして現実だ。

デモンズクレスト
Demons' Crest
異界の顕現

2

川原 礫
イラスト 堀口悠紀子

カリキュラス *caliculus*
仮想世界へのフルダイブを可能とするカプセル型ユニット。開発元は《アイオテージ》。フルダイブ中は意識と肉体は切り離されており、身動きをとることは不可能。

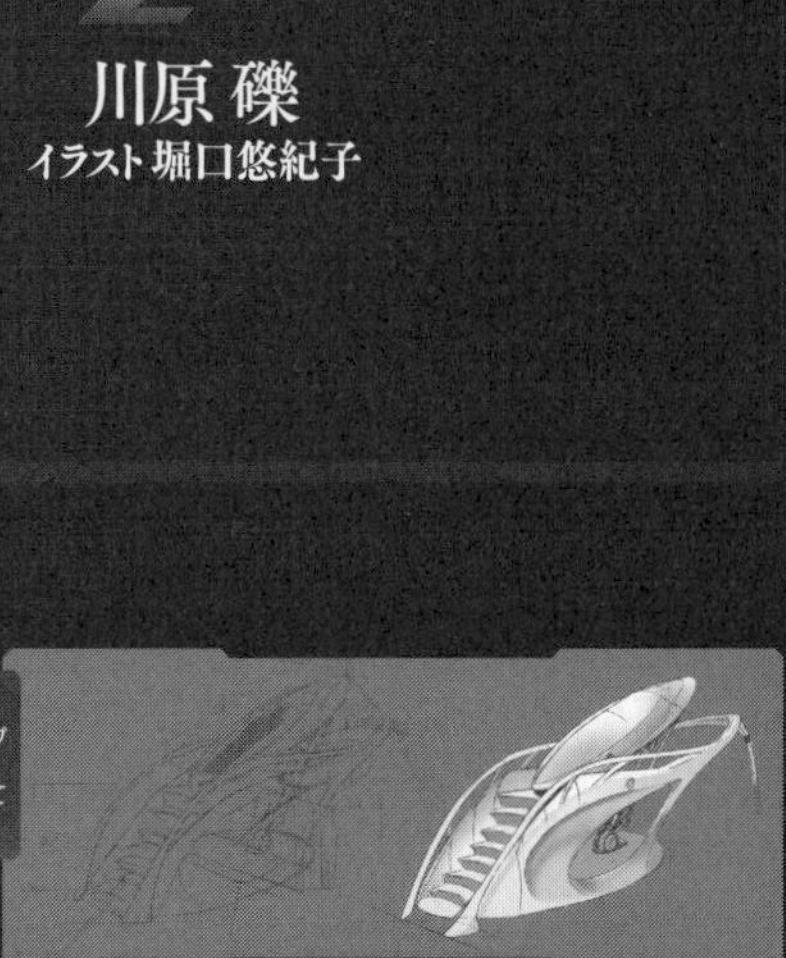

設定協力／Whomor

雪花小学校６年１組　名簿

Ver.1.1

女子

担任教師　蝦沢《エビサワ》 友加里《ユカリ》

出席番号	氏　　名	性別	職　業	備　　考
1	芦原《アシハラ》 佐羽《サワ》	女	魔術師	芦原佑馬の双子の妹。
2	飯田《イイダ》 可南実《カナミ》	女	不　明	水泳クラブ所属。
3	江里《エザト》 唱子《ショウコ》	女	不　明	のんびりした性格。
4	見城《ケンジョウ》 紗由《サユ》	女	不　明	将来の夢はアイドル。
5	茶野《サノ》 水凪《ミナギ》	女	僧　侶	芦原兄妹の幼馴染。
6	清水《シミズ》 友利《トモリ》	女	僧　侶	図書委員。
7	下之園《シモノソノ》 麻美《マミ》	女	不　明	黒魔術好き。
8	曽賀《ソガ》 碧衣《アオイ》	女	僧　侶	お菓子作りが得意。
9	近森《チカモリ》 咲希《サキ》	女	不　明	おしゃれな藤川憐に憧れている。
10	津多《ツダ》 千聖《チセ》	女	不　明	飼育委員。
11	寺上《テラガミ》 京香《キョウカ》	女	不　明	１組女子のリーダー格。
12	中島《ナカジマ》 美郷《ミサト》	女	不　明	バレークラブ所属。
13	主代《ヌシロ》ちなみ《チナミ》	女	不　明	１組女子で一番背が低い。
14	野堀《ノボリ》 君子《キミコ》	女	不　明	ゴスロリファッションが好き。
15	針屋《ハリヤ》 三美《ミミ》	女	不　明	京都出身で和菓子好き。
16	藤川《フジカワ》 憐《レン》	女	不　明	綿巻すみかに対抗心を抱いている美人。
17	辺見《ヘンミ》かりん《カリン》	女	不　明	占い好き。
18	三園《ミソノ》 愛莉亜《アリア》	女	魔術師	１組女子で最もギャルっぽい。
19	目時《メトキ》 志寿《シズ》	女	不　明	剣道場に通っている。
20	湯村《ユムラ》 雪美《ユキミ》	女	不　明	自分が嫌いで変わりたいと思っている。
21	綿巻《ワタマキ》すみか《スミカ》	女	僧　侶	クラスのアイドル的存在。

FRIEND

男子

出席番号	氏名	性別	職業	備考
22	会田 慎太《アイダ・シンタ》	男	不明	カードゲーム好き。
23	芦原 佑馬《アシハラ・ユウマ》	男	魔物使い	勉強も運動も平均的。
24	大野 曜一《オオノ・ヨウイチ》	男	戦士	バスケクラブのキャプテン。
25	梶 明久《カジ・アキヒサ》	男	不明	動画配信者志望。
26	木佐貫 櫂《キサヌキ・カイ》	男	不明	サッカークラブ所属。
27	近堂 健児《コンドウ・ケンジ》	男	戦士	芦原佑馬の親友。
28	須鴨 光輝《スガモ・テルキ》	男	戦士	サッカークラブのキャプテンでクラス委員。
29	瀬良 多可斗《セラ・タカト》	男	不明	スケボー好き。
30	滝尾 昌人《タキオ・マサト》	男	不明	アニメ、ゲーム、マンガ好き。
31	多田 智則《タダ・トモノリ》	男	不明	カードゲーム好きで、会田慎太と仲良し。
32	遠島 修太郎《トオジマ・シュウタロウ》	男	不明	仮想通貨取引をしている。
33	二木 翔《ニキ・カケル》	男	不明	灰崎伸と仲良しで、成績優秀。
34	布野 龍吾《ヌノ・リュウゴ》	男	不明	目時志寿と同じ剣道場に通っている。
35	灰崎 伸《ハイザキ・シン》	男	不明	学年トップの秀才。
36	穂刈 陽樹《ホカリ・ハルキ》	男	不明	スケボー好きで、瀬良多可斗と仲良し。
37	三浦 幸久《ミウラ・ユキヒサ》	男	不明	死亡 バスケクラブ所属。
38	向井原 広二《ムカイバラ・コウジ》	男	不明	動画編集スキルがある。
39	諸 雄史《モロ・タケシ》	男	僧侶	死亡 声優好き。
40	八橋 憲之介《ヤツハシ・ケンノスケ》	男	不明	市議会議員の息子。
41	若狭 成央《ワカサ・ナルオ》	男	不明	ミリタリーオタク。

1

「ねえ。もしもわたしとサワちゃんのどっちかしか助けられなくなっちゃったら、ユウくんはどっちを助ける?」

ナギ——茶野水凪《サノミナギ》にそう訊《き》かれたのは二年前、小学四年生の夏休みのことだ。

その日ユウマは、双子《ふたご》の妹のサワ、隣家《りんか》に住む幼馴染《おさななじみ》のナギと一緒《いっしょ》に、雪花《ゆきはな》小学校のプールに行っていた。三人とも海なし県で育ったわりには泳ぎが得意で、二十五メートルのコースを競《きそ》うように五往復したら、持ち回りで監視員《かんしいん》をしている誰《だれ》かの父親に、そろそろ休憩《きゅうけい》しなさいと指示された。

サワがトイレに行き、ユウマはナギと並んでプールサイドの日陰《ひかげ》に座った。水面できらきら反射する白い光と、やかましく鳴く蟬《せみ》の声と生徒たちの歓声《かんせい》に包まれてぼんやりしていたら、不意にナギが体を寄せ、そんなことを言ったのだ。

ユウマたちは前日に同じプールで安全講習を受け、そこでライフセーバーから近くの学校で実際に起きた死亡事故の話を聞かされた。ナギがそのことを思い出したのだろうと想像はできたが、質問に答えることができず、ユウマは黙《だま》り込んだまま幼馴染《おさななじみ》を凝視《ぎょうし》してしまった。

ブルーの水泳帽《ぼう》からはみ出した巻き毛と、その先端《せんたん》に宿る水滴《すいてき》、そして少し薄《うす》い色の瞳《ひとみ》。

突然《とつぜん》、理由もなく心臓がどくどく鳴り始め、ユウマは息を深く吸い込んだ。

自分が何かを言ったのか、それとも黙《だま》り続けていたのかは覚えていない。

あの日以降、ナギはユウマに選択《せんたく》を迫《せま》るような質問は二度としなかった。しかし、ユウマはふとした時に、蟬《せみ》の声と塩素の匂《にお》い、そしてナギの毛先で揺《ゆ》れる水滴《すいてき》を思い出し、そのたびに胸《むね》の奥がざわめくのを感じた。

2

温かい。

さらさらと流れる清らかなお湯に、全身が浅くひたされている感覚。

ずっと浸《つ》かっていたい。瞼《まぶた》を閉じ、手足の力を抜いて、何も考えずにこのまま眠《ねむ》ってしまいたい……。

「ユウ……起きて、ユウ」

体を揺《ゆ》すられ、ユウマは目をつぶったまま言い返した。

「あとちょっと……」

「起きなさいってば」

今度はほっぺたを強めに引っ張られる。仕方なく、重い瞼《まぶた》を持ち上げる。

ぼやけた視界に、二つの人影《ひとかげ》が浮《う》かび上がった。瞬《まばた》きを繰《く》り返《かえ》していると、少しずつ焦点《しょうてん》が合っていく。

右側から心配そうにユウマの顔を覗《のぞ》き込むのは、長めの髪《かみ》を二つ結びにして黒縁《くろぶち》眼鏡を掛《か》けた女子生徒。図書委員の清水友利《シミズトモリ》だ。

そして左側から手を伸ばしてユウマの頬《ほお》を摘《つ》まんでいるのは、髪《かみ》を前下がりのボブカットにして、黒いウインドブレーカーを羽織った女子生徒——双子《ふたご》の妹、芦原佐羽《アシハラサワ》。

「起きた？」

サワに問われ、ユウマは顔を少しだけ縦に動かした。それでようやく左頬《ほお》が解放される。

「……僕、は……」

どうなったんだ、と続けようとしたが喉《のど》の奥がひりひり痛んでまともに声を出せない。すると友利が、キャップを外したペットボトルを口許《くちもと》に当ててくれた。

少しずつ流れ込んでくる水を貪《むさぼ》るように飲み下す。冷えてはいないが、体中に染《し》み渡《わた》るほど美味《おい》しい。飲んでいるうちにやっと人心地《ひとごこち》がついてきて、深く息を吐《は》く。

「ありがとう、清水さん」

掠《かす》れ声で礼を言い、体を起こそうとしてから、自分が制服のジャケットを脱《ぬ》がされ、それを敷《し》き布代わりにしていることに気付く。指先で触《ふ》れてみたが、シャツもズボンもジャケットもまったく濡《ぬ》れていない。

だとすると、さっきのお湯にひたされるような感覚はなんだったのか。そもそも、なぜこんな通路の片隅《かたすみ》に寝かされているのか——。

床《ゆか》に手を突き、今度こそちゃんと起き上がろうと力を込めた途端《とたん》、両腕《りょううで》の骨が鈍《にぶ》く疼《うず》いた。

その痛みがスイッチになったかのように、頭の中にいくつもの光景がフラッシュバックする。

二番プレイルームの壁際《かべぎわ》で体育座りしていた、たくさんの大人たち。

その大人たちが融合《ゆうごう》して生まれた、巨大《きょだい》な怪物《かいぶつ》。

怪物《かいぶつ》に殴《なぐ》られてぼろ切れのように吹《ふ》き飛《と》ぶ、親友の近堂健児《コンドウケンジ》。

そして、異様な姿に変身し、途轍《とてつ》もない火力の魔法《まほう》で怪物《かいぶつ》を焼き殺した――サワ。

「……サワ、お前……」

ユウマは腹筋の力だけで体を起こすと、妹の顔を至近距離《きょり》から凝視《ぎょうし》した。

ウインドブレーカーのフードを被《かぶ》っているせいで顔の上半分は影《かげ》の中だが、瞳《ひとみ》の色は以前と同じ赤茶色だ。変身した時の、人間離《にんげんばな》れした金色の輝《かがや》きは消《き》え失《う》せている。長い角も、巨大《きょだい》な翼《つばさ》も見当たらない。

全部夢だったのか……？　と一瞬《いっしゅん》考えたが、怪物《かいぶつ》の蹴《け》りに直撃《ちょくげき》された両腕《りょううで》はずきずき痛むし、鼻腔《びこう》に流れ込んでくる空気は焦《こ》げ臭《くさ》い。それに、もしこれが夢ならさっきの一幕だけでなく、この大規模アミューズメント施設《しせつ》《アルテア》に閉じ込められてからの何もかもがそうであるべきだ。

沈黙《ちんもく》を保っているサワの顔から逸《そ》らした視線を、ユウマは視界の左上に向けた。そこには、現実世界に存在するはずのないもの――ＨＰ《ヒットポイント》バーが浮《う》かんでいる。怪物《かいぶつ》に蹴《け》り飛ばされて半減したはずのＨＰが八割弱まで回復しているのは、きっと僧侶職《そうりょクラス》の友利《トモリ》が魔法《まほう》で治療《ちりょう》してくれたのだろう。レベルも９から一気に11まで上がったようだが、喜ぶ気にはなれない。

続けて、周囲を見回す。

左側には、【PLAYROOM 02】という文字がペイントされた壁《かべ》。右側には半ば壊《こわ》れた《カリキュラス》のカプセルが並ぶ。少し離《はな》れた床《ゆか》にはクレーターの如《ごと》き巨大《きょだい》な穴が穿《うが》たれ、まだ小さな炎《ほのお》がちらちら揺《ゆ》れている。

最後に後ろを振り向くと、そこにはユウマと同じく上着を脱《ぬ》がされたコンケンが横たわっていた。

「……コンケン」

呼びかけながらにじり寄る。

親友は、巨大《きょだい》な怪物《かいぶつ》──《コーンヘッド・デモリッシャー》に殴《なぐ》り飛《と》ばされ、HPの大半を失うほどの大怪我《おおけが》をしたはずだ。瞼《まぶた》を閉じたままのコンケンの肩《かた》を摑《つか》み、大丈夫《だいじょうぶ》かと叫《さけ》ぼうとしたが、出血している様子はないし顔色も悪くない。遅《おそ》まきながらパーティーメンバーのHPも確認《かくにん》できることを思い出し、もう一度左上を見やると、ユウマのHPバーの下に表示されたコンケンのバーは七割まで回復している。女子二人はほぼノーダメージ。

詰《つ》めていた息を吐《は》き、体の向きを戻《もど》すと、ユウマは水のボトルを抱《かか》えたままの友利に改めて頭を下げた。

「回復《ヒール》してくれてありがとう」

再びサワに視線を移し──。

「サワも、ありがとう。お前があのドデカいのを倒《たお》してくれなかったら、僕もコンケンもここで死んでた」

双子《ふたご》の妹に礼を言う照れくささに耐《た》え、ぺこりと頭まで下げたのは、次の質問に繋《つな》げるためだ。

「………でも、サワ、さっきの変身はなんなんだ……？　それに、どうやってあんな上位の呪文《じゅもん》を……？」

「……えっと………」

サワは言葉を探すように二、三回瞬《まばた》きしてから、何かの音に聴《き》き入《い》るかの如《ごと》く首を傾《かし》げた。

ユウマも耳をそばだてたが、聞こえるのはゴオオ……というかすかな反響音《はんきょうおん》だけ。

「……わかったわよ」

突然《とつぜん》そう呟《つぶや》くと、サワは顔を上げ、言った。

「彼女が自分で説明するって」

「か……カノジョ？」

思わず友利《トモリ》と顔を見合わせてしまうが、友利も何のことだか解《わか》らないらしい。

「誰《だれ》のことだよ……？　ここには僕たちしか……」

ユウマの質問には答えず、サワはウインドブレーカーのフードを後ろに払《はら》い、両目を閉じた。

俯《うつむ》いたまま、しばし沈黙《ちんもく》。いきなり顔を上げ、ぱちっと瞼《まぶた》を開く。

「………！」

ユウマは鋭《するど》く息を吸い込んだ。瞳《ひとみ》の色が、三秒前とはまったく異なる、赤みがかった金色に染まっている。発光こそしていないが、地球上のいかなる人種でも、こんな色の虹彩《こうさい》は持っていないだろう。反射的にこめかみのあたりを見上げたが、髪《かみ》の間から少しだけ覗《のぞ》く植物の芽のような可愛《かわい》らしい角は以前のままで、伸びてくる様子はなさそうだ。

「…………サワ？」

恐《おそ》る恐《おそ》る呼びかけたユウマの目の前で、サワの唇《くちびる》が仄《ほの》かな笑《え》みを形作った。しかしそれは、十一年と八ヶ月一緒《いっしょ》に暮らしてきた妹が、かつて一度も見せたことのない表情だった。哀《あわ》れむような、面白《おもしろ》がるような、超然《ちょうぜん》とした微笑《びしょう》。

その唇《くちびる》から、囁《ささや》きにも似た言葉が発せられた。

「初めまして、お兄ちゃん」

——サワじゃない。

瞬間《しゅんかん》、ユウマはそう確信した。声こそ確かに妹のものだが、抑揚《よくよう》も音程もいつものサワとはまったく違《ちが》う。

誰《だれ》だ、と訊《き》こうとしたその刹那《せつな》、再び脳裏《のうり》に数分前の情景が甦《よみがえ》る。《変身》の直前、サワは右手を上げて、名前らしきものを叫《さけ》んだ。

「きみが……ヴァラクか」

ユウマが耳に残る名前を口にした途端《とたん》、眼前の何者かは少しだけ笑《え》みを深め、頷《うなず》いた。

「そうよ。アタシはヴァラク……あなたたち人間が悪魔《あくま》と呼ぶモノ」

「あ……悪魔《あくま》!?」

と喘《あえ》いだのは、いままで沈黙《ちんもく》していた友利《トモリ》だった。わずかに上体を引いたが、すぐに姿勢を戻《もど》して問いかける。

「それは……《アクチュアル《A》・マジック《M》》のモンスターってこと？　ゲームの世界から現実に出てきて、サワちゃんに取り憑《つ》いたの……？」

「んー……」

サワ、いやヴァラクは笑《え》みを引っ込め、軽く首を傾《かし》げてから頷《うなず》いた。

「モンスター呼ばわりは心外だけど、おおむねそういうことね。アタシはサワに憑依《ひょうい》している。普段《ふだん》は彼女の心の中にいて半分眠《ねむ》ってるけど、サワが呼んでくれればこうして交代できるし、《権能《ヴァリス》》をふるうこともできる」

「ゔぁ……ヴァリス、って何だ？」

ユウマがぎこちない発音で訊《たず》ねると、ヴァラクは「そこ？」とでも言いたげに片眉《かたまゆ》を上げたが答えてくれた。

「ｖｉｒｅｓ……もともとはラテン語で《力》を指す言葉よ」

「ラテン語……」

ぽかんとするユウマに代わって、友利が新たな質問を投げかけた。

「その権能っていうのが、上位魔法《まほう》を使う力……ってこと?」

「アタシの権能はね。あなたたちが大好きなゲーム風に言えば、《魔法《まほう》スキルブースト》ってトコかな」

その言い方は、まるで他にも権能を持つ悪魔《あくま》が存在しているかのようだったが、ヴァラクは問《と》い質《ただ》す隙《すき》を与《あた》えてくれなかった。

「アタシが表に出ている時は、サワが修得している魔法《まほう》スキルの熟練度を一時的に最大値までブーストできるの。だからさっき、《獄炎の大投槍《インファーナル・ピルム》》の魔法《まほう》を使えたってわけ。まあ、MP《マジックポイント》は増えないから、一発で空になっちゃったけどね」

「熟練度最大……⁉」

ユウマはまたしても大きく口を開けてしまった。

過去にプレイしたことのあるMMORPGはどれも、スキル熟練度を上限《カンスト》に到達させるには膨大《ぼうだい》な時間が必要だった——というより、スキル一つすらカンストできた記憶《きおく》はない。恐《おそ》らくアクチュアル・マジックも似たような成長システムだろうから、《スキル熟練度を最大値までブーストする能力》というのはバランスブレイカーもいいところだ。

驚愕《きょうがく》を分かち合うべく振り向いたが、コンケンはまだ寝ているし、ゲーマーではない友利は ピンと来ていないらしい。サワはヴァラクと交代中で、ナギは……居場所の手がかりすら掴《つか》めていない。

そもそもこの二番プレイルームに来たのは、ナギを捜すためなのだ。一秒も無駄《むだ》にできない状況《じょうきょう》ではあるが、ヴァラクとの対話を打ち切るわけにもいかない。なぜサワに取り憑《つ》いたのか、サワの肉体や精神に危険はないのか、それにどうしてアクチュアル・マジックのモンスターが自分の意思で喋《しゃべ》れるのか。確認《かくにん》すべきことはまだまだある。

スキル熟練度くらいで驚《おどろ》いてる場合じゃない……と自分に言い聞かせていると、頭の片隅《かたすみ》に引っかかっていた疑問が甦《よみがえ》り、ユウマは恐《おそ》る恐《おそ》る訊《たず》ねた。

「もしかして……サワが《癒しの雫》《ヒーリング・ドロップ》の魔法《まほう》を使った時、エフェクト光が本来の白じゃなくてピンク色をしてたのは、スキルブーストの影響《えいきょう》なのか……?」

するとヴァラクは、「そんなのどうでもいいでしょ」と言わんがばかりに眉《まゆ》を持ち上げたが、軽く頷《うなず》いて言った。

「そうかもね。アタシの魂体《アニマ》はフクスィアの色だから」

「アニマ……? フクスィア?」

呪文めいた言葉に首を捻《ひね》っていると、ヴァラクが少し焦《じ》れたような声を出す。

「もっと他に訊《き》くべきことがあるんじゃないの?」

「あ……う、うん」

それもそうだと思い、ユウマは改めて頭を下げた。

「ヴァラク、僕たちを助けてくれたことにはお礼を言うよ。ありがとう。でも……憑依《ひょうい》って、サワに危険はないのか？ サワに角や羽が生えたのも、憑依《ひょうい》の影響《えいきょう》なんだろ？」

「危険っていうのが、健康を害するって意味ならその心配はいらないわ。少なくとも、短期的にはね」

「……なら、長期的には？」

「いま、一年先のことを心配する意味ある？ 明日まで生きていられる保証もないのに」

「…………」

情け容赦《ようしゃ》のない指摘《してき》に、ユウマはぐっと歯を食い縛《しば》ったが確かにそのとおりだ。アルテアに閉じ込められたのが午後三時、いまは午後五時二十分だから、わずか二時間二十分のあいだに何回死にかけたか解《わか》らない。

一刻も早くナギと合流し、アルテアから脱出《だっしゅつ》する方法を見つける。憑依《ひょうい》の影響《えいきょう》を心配するのはその後でいい。

「ヴァラク。きみは、このアルテアで何が起きてるのか知ってるのか？ 僕たちはどうすれば外に出られるんだ？」

つい早口になってしまうユウマに、ヴァラクは皮肉っぽい笑《え》みを返してきた。

「アタシが悪魔《あくま》だってことを忘れないでね。さっき命を助けられた代価も支払《しはら》ってないのに、そのうえあれこれ聞きだそうとするのは虫が良すぎるんじゃない？」

「代価……って言われても、僕、お金あんまり持ってないし……」

クレストのチャージ残高を確認《かくにん》しようとしたユウマの右腕《みぎうで》を、ヴァラクが左手の人差し指で押さえた。軽く触《ふ》れているだけなのに、鋼鉄の棒か何かのように重い。

「馬鹿ね、アタシが小学生の小遣《こづか》いを巻き上げるわけないでしょ」

「……………じゃあ、何で払《はら》えば？」

まさか、魂《たましい》を寄越《よこ》せとか言わないよな……とびくびくしながら訊《たず》ねると、ヴァラクは左手を引っ込めてから答えた。

「一つ、して欲しいことがある。あなたたちの目的とも重なることよ」

「……何をすればいいんだ？」

「ナギを迎《むか》えにいって欲しいの」

「…………………」

思わず友利《トモリ》と顔を見合わせてしまう。

目的と重なるどころか完全一致《いっち》だが、それでは窮地《きゅうち》を救ってもらった代償《だいしょう》にはなり得ない。相手は悪魔《あくま》を自称《じしょう》しているのだから、魂《たましい》とは言わずとも何か落とし穴があるのではとユウマが勘《かん》ぐっていると、友利が意を決したように問いかけた。

「私たちを迎《むか》えにいかせるってことは、あなたは茶野《サノ》さんがどこにいるのか知ってるの？」

「おおよその見当、くらいだけどね」

「……どうしてあなたが茶野さんを気にかけるの？」

確かに、そこも気になる。ヴァラクにとって、自分が憑依《ひょうい》しているサワの命は重要だろうが、ナギとは何の利害関係もないはずだ。

しかしヴァラクは、友利《トモリ》の口の前に人差し指を立て――。

「質問タイムはもうおしまいって、さっき言わなかった？　答えて欲しかったら、まずは仕事を済ませるのね」

「――解《わか》った」

頷《うなず》いてから、ユウマは妹の顔をした何者かをひたと凝視《ぎょうし》し、訊《たず》ねた。

「でも、これだけは教えてくれるよな。ナギは、アルテアのどこにいるんだ？」

「どこにもいないわ」

「…………え？」

啞然《あぜん》とするユウマと友利を順に眺《なが》めてから、ヴァラクは囁《ささや》くように言った。

「ナギがいるのは、現実《ヴエラス》ではなく仮想《ヴアーチヤリス》の世界……おまえたちがアクチュアル・マジックと呼ぶ、あの箱庭の中よ」

3

「おいおいオ〜イ、起こせよ〜〜〜！」

というのが、気絶中の出来事をかいつまんで説明されたコンケンの第一声だった。

途中《とちゅう》から存在を忘れていた――とはさすがに言えず、ユウマはしかつめらしい顔で答えた。

「だって、お前がいちばん重傷だったからさ……寝てるほうが回復早いと思って」

「ぜってーテキトー言ってるだろ」

じとっとした視線を浴びせてくるコンケンに、友利が理知的な口調で語りかける。

「ううん、本当だよ。HP《ヒットポイント》の自然回復量は人によって差があるけど、安静にしてる時のほうが多いのは確かだもの」

「えっ、マジかよ」

と、コンケンと同時に言いそうになり、ユウマは危《あや》うく堪《こら》えた。

アクチュアル・マジック世界なら、全力疾走《しっそう》していようが横たわっていようが自然回復量に変化はない。しかし確かにコンケンのHPバーは、いつの間にかユウマを追い抜いて九割以上も回復している。コンケンが戦士職、ユウマが魔法《まほう》職であることを勘案《かんあん》しても、AM世界では有り得ない回復速度だ。

「ねえ清水《シミズ》さん、それってつまり、どんな重傷でもおとなしく寝てればそのうち全快するってこと?」

ユウマが訊《たず》ねると、友利《トモリ》はゆっくりかぶりを振った。

「たぶん無理だと思う。HP《ヒットポイント》が減り続ける……つまり骨が折れてるとか、太い血管が切れてるとかの大怪我《おおけが》は自然回復じゃ追いつかないから。寝てるだけで治るのは、HPバーの減り幅がせいぜい三割くらいまでの軽い怪我《けが》だけじゃないかな」

「そっか……」

やはりいまのアルテアは、現実世界の自然法則とゲーム世界のシステムが融合《ゆうごう》した、いわば複合現実世界《ミクスト・リアリティ》なのだ。そのことを常に意識していないと足を掬《すく》われそうだが、しかし利用することもできる。たとえば、回復魔法《まほう》が使えない状況《じょうきょう》でも、医務室でサワがしてくれたように薬や絆創膏《ばんそうこう》を使った手当てでHPの減少を止められれば、あとはゲーム由来の回復力で完全治癒《ちゆ》まで持っていけるわけだ。

だとすると、AM世界では微妙《びみょう》な性能に思えた《HP自然回復強化》が、現実世界では必須《ひっす》スキルになるのかもしれない。保留したままのスキルポイントを使って、四人とも習得するべきか……と考えていると。

「なあサワ、もっかいその悪魔《あくま》と交代してくんね?」

コンケンが、遠慮《えんりょ》のなさすぎる要求を口にした。

数分前にヴァラクから本来の人格に戻《もど》ったばかりのサワは、ストレージから出したミネラルウォーターを一口飲んでから、面倒《めんどう》くさそうに答えた。

「交代できる時間に限りがあるのよ。今日はもう無理」

「え、マジで？　一日何分まで？」

「十分」

「みじかっ！　せめて十五分……」

「あたしに言わないでよ」

コンケンと軽口を叩《たた》き合うサワの様子を、ユウマは少し離《はな》れたところからじっと見つめた。

口調も表情も、以前の妹と何ら変わらないように見える。少なくとも、ヴァラクに交代していた時の超然《ちょうぜん》とした雰囲気《ふんいき》は跡形《あとかた》もない。

だが、恐《おそ》らく――いや間違《まちが》いなく、サワはこの異変が起きた直後にヴァラクとコンタクトを取っていたはずだ。ユウマが知らないことを知っていたり、自分に角や羽が生えても動転しなかったのは、ヴァラクからある程度の情報を得ていたからに違《ちが》いない。

一時間と三十分ほど前、一階の更衣室《こういしつ》で、ユウマはサワに言った。

――お前、まだ、僕に言ってないことを何か知ってるんじゃないのか？

それに対して、サワはこう答えた。

――もう少しだけ、時間をちょうだい。

——状況《じょうきょう》が落ち着いたら、あたしの知ってることを全部教える。でもいまは、もっと調べたいし考えたいの。だから、あとちょっとだけ待って。

確かに、あの時点で「悪魔《あくま》が憑依《ひょうい》している」と言われても、どう受け止めればいいのか解《わか》らなかっただろう。しかしいまなら信じられる。サワの中にはヴァラクと名乗る別人が存在していて、そいつはAM世界から来た悪魔《あくま》なのだ。

仮に憑依《ひょうい》されたのがサワではなくユウマだったら——たぶん、ここまで落ち着いてはいられなかった。やはり精神年齢《ねんれい》は妹のほうが少しばかり高いことを認めざるを得ないが、しかしそんなサワだって心の中では恐怖《きょうふ》と戦っているはずだ。

「……大丈夫《だいじょうぶ》か？」

近づいてそう声をかけると、サワは「うん」と首肯《しゅこう》してから、未練がましく突っ立っているコンケンを押しやってきっぱりと言った。

「ユウ、トモちゃん、いろいろ気になるだろうけど、ひとまずナギの捜索《そうさく》を優先させて。いまが五時三十分、遅《おそ》くても七時にはシェルターに戻《もど》らないと、また須鴨《スガモ》がギャーギャー騒《さわ》ぎそうだからね」

「あー……」

ユウマは友利《トモリ》、コンケンと同時に顔をしかめた。

ショッキングな事件が続いたせいで忘れていたが、そもそもこの四人が一階のシェルターを出てきたのは、クラス委員長の須鴨光輝《テルキ》に食料調達を命じられたからなのだ。幸い、ユウマとサワのストレージには、休憩室《きゅうけい》で入手したおにぎりやパン、お菓子《かし》が山ほど詰《つ》め込まれている。いまシェルターにいる生徒は、ユウマたちを入れて二十三人——いや、諸雄史《モロタケシ》がモンスターに殺されてしまったので二十二人。その全員に、おにぎりもしくはパン一個プラスお菓子《かし》一つを配っても、二食ぶんはゆうにカバーできる量だ。

それだけあれば須鴨も文句は言わないだろうが、明日の午前中までに脱出《だっしゅつ》方法が見つかるか、外から救助が来なければ、昼にはもう食べ物が尽《つ》きてしまう。確かアルテアの五階には大型のフードコートがあったはずで、そこまで辿《たど》り着《つ》ければ充分《じゅうぶん》な食料を確保できるが、仮にいまのアルテアがRPGの塔《とう》型ダンジョンと同じく《上に登るほど強いモンスターが出現する》状況《じょうきょう》だとすると——。

ユウマがあれこれ考え込んでいると、やっとヴァラクとの対面を諦《あきら》めたらしいコンケンが、左手に右拳《こぶし》をばしばし打ち付けながら言った。

「よっしゃ、早いとこナギみそを見つけてやろーぜ。あいつ、まだアクマジにダイブしてるんだよな？　てことは、オレらがあいつのカリキュラスを開けてやれば、自動でログアウトして……」

そこでいったん口を閉じてから、怪訝《けげん》そうに続ける。

「……いや、でも、オレらが使ってた一番プレイルームのカリキュラス、とっくに全部調べたよな？　まさか、ナギみそが入ってるやつを見落としたのか……？」

「違《ちが》うんだ、コンケン」

ユウマは割り込むと、ヴァラクの言葉を思い出しながら言った。

「ナギはAM世界の中にいるけど、ダイブしてるわけじゃない。マンガとかアニメみたいに、あっち側に転移《トランスファー》してる状態なんだ」

「………転移？」

コンケンがぽかんと口を開ける。無理もない、ヴァラクから直接説明されたユウマでさえ、まだ半信半疑なのだ。

「えっと、つまり……いまのアルテアで、カリキュラスを使ってAMにダイブすると、生身の体も……」

「あたしが実演するから、自分の目で確かめてみて」

今度はサワが割り込み、周囲を見回した。

近くにあるカリキュラスは、コーンヘッド・デモリッシャーの大暴れとヴァラクの上位魔法《まほう》のせいで軒並《のきな》み損傷してしまっている。サワは三人を手招きするとプレイルームの奥へと歩き、無傷のカリキュラスがちょうど四台並んだ場所で立ち止まった。

四台とも蓋《ふた》が開いていることを確かめてから、【229】──恐《おそ》らく《二番プレイルームの二十九機目》という意味であろうナンバーがペイントされたカリキュラスの昇降台《ランプ》に駆《か》け上《のぼ》る。

カプセルの横で振り向き、ユウマたちに指示する。

「あたしが入って蓋《ふた》が閉まったら、三十秒後に非常開放レバーを使って開けて。納得《なっとく》したら、ユウたちも並びのカリキュラスからダイブして」

「うん……いや、ちょっと待った」

右足を上げようとしたサワを、ユウマは引き留めた。

「何？」

「ダイブするのはいいけど、出る時はどうするんだよ？ テストプレイの時は、メニュー画面にログアウトボタンがなかっただろ」

「ああ……」

サワは一瞬《いっしゅん》だけ眉《まゆ》を寄せたが、すぐに答えた。

「大丈夫《だいじょうぶ》、ボタンはあるはず」

「はずぅ？」

「どうせアルテアから出られないんだから、AM世界に閉じ込める必然性がないでしょ。ほら、時間ないよ」

「……解《わか》った」

ユウマが頷《うなず》くと、サワはひらりとカプセルの縁《ふち》をまたぎ越《こ》し、内部のベッドに横たわった。

左手のクレストが明滅《めいめつ》し、カリキュラスとリンク。花弁のような形状の蓋《ふた》が自動的に閉まり、ロックが掛《か》かる。蓋《ふた》の表面に浮《う》かぶ【Vacant《未使用》】のホロ文字が、【Occupied《使用中》】に変わる。

視界右下の時刻表示が三十秒進むまでじっと待ち、念のためにもう五秒数えてから、ユウマはカプセルの側面にある非常開放レバーを握《にぎ》った。力を込めて引っ張ると、がこんとロックが外れる音が響《ひび》き、蓋《ふた》が数センチ浮き上がる。隙間に指先を掛け、ゆっくり持ち上げていく。

「……………うっそだろ……………」

というコンケンの掠《かす》れ声に、ユウマはひと言も返せなかった。

わずか四十秒前に間違《まちが》いなくこのカリキュラスに入ったはずのサワは、ウインドブレーカーも含《ふく》めて跡形《あとかた》もなく消滅《しょうめつ》していた。強張《こわば》る右手をカプセルにそっと差し入れてみるが、指先はジェル素材のベッドに触《ふ》れるばかり。

AM世界にダイブすればこうなるとヴァラクに言われていたが、実際に目《ま》の当《あ》たりにすると脳を直接揺《ゆ》さぶられるような衝撃《しょうげき》を感じずにはいられない。アルテアに閉じ込められて以来、理屈《りくつ》では説明のつかないものを嫌《いや》というほど見てきたが、人ひとりが丸ごと消《き》え失《う》せるというのは、超常現象《ちょうじょうげんしょう》のレベルがさらに一つ上がってしまった感がある。

――ゲームの中でファストトラベルすれば、アバターは元の場所からは消える。それと同じことだ。

自分にそう言い聞かせ、ユウマは顔を上げた。

「……僕たちも行こう」

友利《トモリ》とコンケンが無言で頷《うなず》く。

三人は急いで通路に戻《もど》り、左側に並ぶ226、227、228番のカリキュラスに一人ずつ駆《か》け上《のぼ》った。無人のカプセルに滑《すべ》り込み、横たわる。クレストが自動的に接続し、視界中央にアクチュアル・マジックのロゴが表示されるが、気のせいか色合いが以前より暗くなっている気がする。

しかしそんな変化などもはや些細《ささい》なことだ。蓋《ふた》を下ろす油圧ダンパーの作動音を聞きながら、強く瞼《まぶた》を閉じる。息を吸い、吐《は》き、もう一度吸って――。

「ダイブ・イン」

ボイスコマンドを唱えると、瞼《まぶた》の裏側に虹色《にじいろ》の放射光が広がり、溶《と》け合《あ》って白一色に変わる。体の感覚が遠ざかり、重力が薄《うす》れ、まるで魂《たましい》だけが解き放たれるかのような浮遊《ふゆう》感がユウマを包む。

……気をつけなよ、ユウマ。

……ヴァラクは、決してきみたちの……。

ふと、誰《だれ》かの声が聞こえた気がした。

しかし耳をそばだてるより早く、両足が柔《やわ》らかな地面に触《ふ》れた。転ばないようにバランスを取りながら、しっかりと仮想の大地を踏《ふ》み締《し》める。

背筋を伸ばし、瞼《まぶた》を開けるやいなや、ユウマは周囲を見回すより早くメニューウインドウを開いた。即座《そくざ》にシステムタブへ移動し、その最下部に【LOGOUT《ログアウト》】のボタンが存在することを確かめて、ほっと安堵《あんど》の息を吐《は》く。

ウインドウを消し、顔を上げた途端《とたん》、ユウマは息を呑《の》んだ。

地平線にかかる真っ赤な太陽。茜色《あかねいろ》から薄紫《うすむらさき》、濃紺《のうこん》へと移ろう夕空。微風《そよかぜ》にそよぐ緑の草原。あらゆるものの色彩《しきさい》が鮮《あざ》やかすぎて、薄暗《うすぐら》いアルテアに慣れた両目に痛みを覚えるほどだ。しかも、少し冷たい空気には、テストプレイの時には感じなかった草や花の香りがたっぷり含まれている。

「世界って……こんなに綺麗《きれい》だったんだな……」

十秒ほど遅《おく》れて出現したコンケンが、ぐるりと四方を見回し、しみじみした口調で呟《つぶや》いた。

「こっちが偽物《にせもの》だぞ」と突っ込みかけたが、いまとなってはアルテアも半ば仮想世界のようなものだ。

さらに数秒後、友利《トモリ》もダイブしてきたが、こちらは風景を一瞥《いちべつ》しただけですぐに自分の体を見下ろす。僧侶《そうりょ》の専用装備である法衣《カソック》の上からあちこち撫《な》で回《まわ》している友利に、ユウマは小声で問いかけた。

「清水《シミズ》さん、どこか痛いの？」

「あ、ううん、大丈夫《だいじょうぶ》。……ねえ芦原《アシハラ》くん、私たちのこの体って、アクチュアル・マジックのアバターなんだよね？」

「え……」

ユウマも自分の両手を眺《なが》めてから頷《うなず》いた。

「うん、そうだと思うよ。生身の手にあるほくろとか傷跡《きずあと》がないし」

ついでに体も確認《かくにん》すると、雪花《ゆきはな》小学校の制服ではなく薄手《うすで》のレザーアーマーと毛織物《けおりもの》のチュニックに変わっている。どうやら現実世界の服、ではなく装備は、AM世界には持ち込めないらしい。

友利も自分の手をしげしげと見つめ、言う。

「だよ……ね。でも、だとすると、私たちの生身の体はどこに行っちゃったの……？」

その疑問には即座《そくざ》に答えられず、ユウマはコンケンと顔を見合わせた。

現実世界のカリキュラスでダイブした瞬間《しゅんかん》、ユウマたちの体はカプセルの中から消え去った――はずだ。しかしAM世界に出現したのは、デジタルデータで作られた仮想体《アバター》。すなわち、いまこの瞬間《しゅんかん》、生身の体はどちらの世界にも存在していないということになる。

言い知れぬ不安に襲《おそ》われ、立《た》ち尽《つ》くしていると。

さく、さくと草を踏みながら、一足《ふ》先にダイブしていたサワが歩み寄ってきた。

「トモちゃん、心配しないで。あたしたちのこの体は、アバターだけど生身でもあるの」

「え……サワちゃん、それ、どういうことなの……？」

友利《トモリ》の隣《となり》で、ユウマも首を傾《かし》げる。

魔術師《まじゅつし》のローブを着たサワは、「あたしも完全に理解できてるわけじゃないけど」と前置きしてから、少々ぎこちない口調で説明し始めた。

「えっとね……いまのアルテアの中にあるものは全部、物質でありデータでもある状態なの。人間の体も含《ふく》めてね。だから何でもストレージに収納できるし、怪我《けが》した人は魔法《まほう》で治せる。上位魔法《まほう》の《転移《トランスファー》》を修得すれば、アルテア内でテレポートもできるはず」

「テレポート……。──そっか、私たちは、アルテアからAM世界にテレポートしたってことなの？」

友利の質問に、サワはいっとき思案顔になったもののすぐに頷《うなず》いた。

「うん、そう思っていいよ。体がアバターに変わったのは、現実世界では物質としての状態が優先されて、AM世界ではデータとしての状態が優先されるから……ってことみたい」

「データっつーことは……こっちなら怪我《けが》しても痛くねーし、血も出ねーわけだな？」

コンケンが右手をグーパーしながら言うと、サワはもう一度頷《うなず》いたが、釘《くぎ》を刺すように付け加えた。

「そうだけど、だからって無茶しないで。当たり前だけどＨＰ《ヒットポイント》は減るし、たぶんこっちでも、死んだら生き返れない」

「ゲッ、なんでだよ⁉　ホームポイントで蘇生《そせい》すんじゃねーのか⁉」

「さっき、この体はアバターだけど生身でもあるって言ったでしょ。HP《ヒットポイント》がゼロになったら、本物の命も消える……んだと思う」

「思うって、ヴァラクはこっちで死んだらどうなるか教えてくれなかったのか？」

割り込んだユウマに、サワはしかめっ面《つら》を返してきた。

「あいつ、最初にAMからログアウトした時いきなり頭の中で話しかけてきて、自分が悪魔《あくま》であたしに憑依《ひょうい》してることとか、現実のアルテアがゲームと融合《ゆうごう》しちゃったこととかをガーッて喋《しゃべ》って、その時にもう一度AMにダイブしたらどうなるかも教えてくれたんだけど、時間切れで最後まで聞けなかったのよ」

「時間切れ……？　また頭の中で呼びかけてみたら、答えてくれるんじゃないのか？」

「なんか、あたしとヴァラクが直接話をするには色々条件があるみたいなの。さっきみたいに交代すればあいつが表に出てくるけど、その時はあたしは喋《しゃべ》れないから」

「う～ん……その交代も制限時間があるんだよな。一日十分だっけ？」

「そう」

頷《うなず》くサワの頭に長い角が存在しないことを確かめてから、ユウマはもう一度「う～～ん」と唸《うな》った。

ナギを見つけ、綿巻《ワタマキ》すみかを元《もと》に戻し、アルテアから脱出《だっしゅつ》するという目的を達成するには、ヴァラクの情報は何よりも重要だ。一日に十分までと言うなら、今夜、日付が変わった瞬間《しゅんかん》に交代してもらって、タイムリミットまでひたすら質問攻《ぜ》めにしたいところだが、答えてもらうにはヴァラクに要求された《代価》——ナギとの合流という任務を完遂《かんすい》する必要がある。

「……とりあえず、ここ、どこなんだ……？」

呟《つぶや》きながら、改めて周囲を見回す。

四人が出現したのは、リュウノヒゲのような細くて柔《やわ》らかい草に覆《おお》われた丘《おか》の上。四方には夕日に照らされる草原が広がり、北の空にはうっすらと紫色《むらさきいろ》の山稜《さんりょう》が浮《う》かぶ。ところどころに小さな森や湖が点在しているが、建物らしきものは見当たらない。

「僕たちがログアウトしたの、テストダンジョンのボス部屋だったよな？　なんでこんな場所に……」

ユウマが首をひねっていると、コンケンがにやにやしながら言った。

「そんなユウマくんに、いいことを教えてあげよう」

空中で右手の指をピンチアウトし、メニューウインドウを呼び出す。

それを見て、ユウマはようやくコンケンが何をしようとしているのか気付いた。「いいか、ここを開くと……」と芝居《しばい》がかった台詞《せりふ》を続けようとする親友の背中を、軽く小突《こづ》く。

「解《わか》ったからさっさとマップを開けよ」

「へいへい」

コンケンの指がマップタブを叩《たた》くとウインドウが切り替《き》わり、半透明《とうめい》の地図が表示《か》された。

途端《とたん》、サワと友利《トモリ》が声を揃《そろ》えて「えっ⁉」と叫《さけ》ぶ。

驚《おどろ》いたのはユウマも同じだ。現れたマップは、テストプレイの時とまるで違《ちが》う形をしている。テストでは、四角く区切られたエリアの南西の隅《すみ》に《カルシナ》という名の小さな街があり、中央部は草原、北部には森、その奥に最終目的地の古城ダンジョン——それだけが世界の全てだった。

しかしいまユウマが見ている地図には、カシューナッツのような丸っこい三日月型の島が表示されている。大部分はグレー一色だが、左下、すなわち南西部に現在位置を示す光点が灯《とも》り、その周りだけ色彩《しきさい》がある。

コンケンが、無言で光点の上に親指と人差し指を当て、さっと開いた。マップが拡大され、周辺の地形が光の線で描画《びょうが》される。

「えっと……これが、この丘《おか》だろ。ここに森があって、湖があって……その向こうにあるこれ、街か……？」

コンケンが指差した場所には、確かに街らしきものが存在する。川を背に築かれた半円形の壁《かべ》と、中央部から放射状に延びる道路は、どこかで見たような——。

「あれっ、これ、カルシナの街じゃない？」

友利の指摘《してき》に、サワが「ほんとだ」と同意した。言われてみれば、テストプレイの開始地点だったカルシナの街並みにそっくりだ。あの時は買い物もそこそこに飛び出してしまったが、灯台の地図記号を半分に割ったような街の造りははっきり覚えている。

「いや、でも、待てよ。この街がカルシナってことは、ここらへんがレベル上げした草原で、ラスダンがあった森がここか？」

コンケンが、地図の左下を次々に指差してから、一帯をぐるぐるなぞった。

「あんだけ広かったテストエリアが、端《はし》っこのこれっぽっちじゃねーかよ。このマップ、テストエリアの五倍くらいあんぞ……リアル距離《きより》換算《かんさん》だと、えーと……」

「端《はし》から端《はし》まで、だいたい三十キロだね。山中湖《やまなかこ》から本栖湖《もとすこ》くらいかな」

図書委員らしい博識ぶりを披露《ひろう》する友利に、ユウマとサワ、コンケンは揃《そろ》って「おおー」と感嘆《かんたん》の声を上げた。

四人が暮らす山梨県のぞみ市は、富士五湖《ふじごこ》の一つである山中湖《やまなかこ》の西岸にある。湖畔《こはん》の国道を北上していくと河口湖《かわぐちこ》があり、西湖《さいこ》、精進湖《しようじこ》、そして本栖湖《もとすこ》へと続く。のぞみ市民には定番の観光ルートだが、道路が空いていても車で一時間弱、仮に子供の足で歩こうとすれば半日以上かかるだろう。

同じくらいの広さがあるマップから、何の手がかりもなしにナギを見つけるのは不可能――とは絶対に言いたくないが、一日や二日で辿《たど》り着《つ》ける気もしない。なのに、わずか一時間後にはログアウトして、シェルターに戻《もど》らなくてはいけないのだ。

「サワ、ヴァラクはナギの居所のヒントになるようなこと言ってなかったのか？」

ユウマがそう訊《き》くと、サワは小さくかぶりを振った。

「なんにも。あいつも、ナギがＡＭの中にいるってことしか解《わか》ってないみたい」

「そっか……。パーティーさえ残ってれば、マップに現在位置が出るのにな……」

言いながら、視界左上を見る。しかしそこに表示されているのは、ユウマとサワ、コンケン、友利《トモリ》のＨＰ《ヒットポイント》バーだけだ。テストプレイで組んだ四人パーティーは、ログアウトした時に強制的に解散させられてしまったので当然だが、ナギに連絡《れんらく》する方法が何もないことを再認識《にんしき》し、いまさらのように胸《むね》の奥が重くなる。

サワやコンケンとずっと一緒《いっしょ》にいるユウマでさえこんなに不安なのだから、何が起きたのかも解《わか》らずに一人ゲーム世界に取り残されたナギはどれほど心細いだろう。

「おいユウ、突っ立っててもしょうがないぜ」

同じことを感じたのであろうコンケンに肩《かた》を揺《ゆ》すられ、ユウマは頷《うなず》いた。

「解《わか》ってる。……テストプレイが終わった時、ナギだけがログアウトしなかったなら、マップのどこかにランダムに飛ばされたか、ダンジョンのボス部屋にそのまま取り残されたかだよな。ランダムワープした場合はマップをしらみつぶしに捜すしかないけど、ボス部屋に残ったなら、ダンジョンの近くで待機してるか、カルシナの街に戻《もど》ったか……。ナギだったらどうするかな……」

普段《ふだん》は怖《こわ》がりの泣き虫なくせに、いざという時は驚《おどろ》くほど冷静かつ勇敢《ゆうかん》になる幼馴染《おさななじみ》の顔を思《おも》い浮《う》かべながら呟《つぶや》くと、すぐにサワが応じた。

「ダンジョンから他の場所に移動したなら、行き先が解《わか》るようにメッセージを残してると思う。木材と紐《ひも》だけあれば、看板を作れたよね」

「あ……そっか」

自分がその手を思いつける自信はないが、ナギなら間違《まちが》いなくそうするだろう。となれば、最初に行くべき場所は決まりだ。

「――よし、まず森のダンジョンを目指そう」

ユウマの宣言を聞いたコンケン、サワ、友利が、「よっしゃ！」「うん！」「はい！」と同時に叫《さけ》んだ。


四人の新たなスタート地点となった丘《おか》は、以前のテストプレイエリアからほんの数キロ東に離《はな》れた場所だった。

何もない草原のど真ん中に出現した理由は不明だが、マップの反対側が選ばれなかったのは幸運だ。戦闘《せんとう》に興じている時間はないので、昆虫《こんちゅう》系や動物系のモンスターを回避《かいひ》しつつ北西にひた走り、十五分もかからず目的地の森に到達《とうたつ》した。

あとは、テストの時にも通った一本道を直進するだけだが、その前に予想外の誘惑《ゆうわく》が待ち構えていた。森の入り口にある切り株に、ＮＰＣの行商人が腰掛《こしか》けていたのだ。

旨《うま》そうにパイプをくゆらせる商人と、その傍《かたわ》らに整然と並べられた売り物を、数十メートル離《はな》れた場所でしばし観察してからユウマは言った。

「……いちおう、品揃《ぞろ》えだけでも覗《のぞ》いてくか？」

「つっても、オレたち金持ってねーべ」

コンケンに指摘《してき》され、そうだったと思い出す。ユウマたちはテストプレイでそれなりの額のお金――AMでは《オーラム》という単位が用いられている――を稼《かせ》いだが、強制ログアウトの時に全て消滅《しょうめつ》してしまったのだ。

一文無しではどうしようもない、と諦《あきら》めようとしたその時、サワが言った。

「何か売ればいいんじゃない？」

「売るっつっても……」

右手を持ち上げ、ストレージを開く。するとそこには、現実世界で手に入れた薬品や食料、モンスターからドロップした素材類が容量ぎりぎりまで詰《つ》め込まれていた。

「あれ……装備はダメなのにアイテムは持ち込めるのか。どういう基準なんだ……？」

「たぶん、装備中のアイテムはデータが重複するからとか、そんな感じじゃない？　それより、使い道の解《わか》らない素材アイテムとかは売っちゃおうよ」

「そう……だな」

と答えたものの、躊躇《ためら》う気持ちがなくもない。

昔から一緒《いっしょ》に色々なRPGをプレイしてきたが、基本的にサワはアイテムをがんがん売る派、ユウマはしつこく取っておく派だ。いまストレージに入っている毒イモムシことヘルタバナス・ラーヴァの素材も、後で何かの役に立つかもしれない。

「じゃあ、半分売ろう」

ユウマがそう言うと、サワはお見通しとばかりに「はいはい」と応じ、NPC商人に近づいていった。

灰色の口ひげをたくわえた初老の商人は、ユウマたちを見ると咥《くわ》えていたパイプを下ろし、「いらっしゃい」と声を掛《か》けてきた。そこで何かに気付いたように眉毛《まゆげ》を持ち上げ、にっこりと破顔する。

「おや、また来てくれたのかい。ありがたいねぇ」

「え……僕たちのこと、知ってるんですか？」

「もちろんだとも。今日の昼過ぎにも、たくさん買ってくれただろう？」

「………………あ」

ユウマは小さく声を上げ、自分が装備しているレザーアーマーとチュニックを見下ろした。これは初期装備ではなく、テストプレイの終盤《しゅうばん》にNPCの行商人から買ったものだ。あの時は気が急《せ》いていたのでトレードウインドウしか見ていなかったが、確かに場所はこの近辺だった気がする。

だとしても、以前に買い物をした客を覚えていて会話パターンが変わるとは、やけに高性能なNPCだ。あるいはクエストの起点だったりするのだろうか。

ユウマがあれこれ考えていると、数歩前に出た友利《トモリ》が、まるで本物の人間を相手にしているかのような口調で問いかけた。

「あの、おじさんは、いつもここでお店を開いてるんですか？」

――ん？　何を言っているんだい？

というような、《答えが設定されていない質問を受けたNPCの定型台詞《ぜりふ》》が返ってくるとユウマは予想した。しかし商人はハッハッと愉快《ゆかい》そうな笑い声を上げると、軽く両手を広げて答えた。

「まさか、こんな場所で商売しても、普段《ふだん》は猫《ねこ》の子一匹《ぴき》通りゃしないよ。ワシはいつもはカルシナとソリューを数日かけて往復しとるんだが、今日は余所《よそ》のシマから来た冒険者《ぼうけんしゃ》さんたちが、この森の奥に巣くっとる竜《りゅう》に挑《いど》むという話を聞いてな。おかげさまで、お前さんたちの他にも大勢が買い物をしてくれたわい」

芝居気《しばいぎ》たっぷりにウインクする商人を見て、友利がくすっと笑う。

その後方で、ユウマは少し――いや、かなり驚《おどろ》いていた。NPC商人の受け答えの、まるで本物の人間と見まごうばかりの自然さもさることながら、いまの言葉を信じるならこの老人は、森の奥のダンジョンを目指すテストプレイヤーを狙《ねら》ってこの場所に店を広げていたということになる。

実は同じプレイヤー、あるいは運営サイドのスタッフなのだろうかと一瞬《いっしゅん》勘《かん》ぐったが、だとすればこの異常事態の中でのんきにロールプレイに興じているはずがない。いまのところは、アクチュアル・マジックのNPCは既存《きそん》のMMORPGとは比べものにならないくらい高性能なのだと納得《なっとく》しておくしかない……と自分の中で結論を出し、ユウマは友利の隣《となり》に進み出ると、商人の答えの中で気になったワードを口にした。

「ソリュー……っていうのは、街の名前ですか？」

「そうだよ。ここから東に五キロ進むと川に突き当たるから、その岸辺を北東に十キロも歩けば見えてくる。カルシナよりずっと大きくて賑《にぎ》わってるから、お前さんたちもいつか行ってみるといい」

そう言うと、商人は右手のパイプを切り株の縁《ふち》でこんこん叩《たた》き、灰を落とした。

「それで、買い物はしていくのかい？」

「あ……は、はい。でも、その前に買い取りをお願いしたいんですが」

「もちろんいいとも。何を売ってくれるんだい？」

ユウマは急いで右手をピンチアウトし、メニューウインドウを開いた。よくよく考えると、空中に半透明《とうめい》の薄板《うすいた》がいきなり現れるさまは超常現象《ちょうじょうげんしょう》以外のなにものでもないが、商人は平然としている。魔法《まほう》の一種ということになっているのかな……と考えながらストレージに移動し、ずらりと並んでいるアイテム名を、入手順から種類順にソートし直す。

貴重な食料や医薬品はもちろん売れないので、あとはやはりアルテアで倒《たお》したモンスターの素材くらいしかない。とりあえず《ヘルタバナス・ラーヴァの牙《きば》》を取り出そうとした瞬間《しゅんかん》、ユウマの目が何行か上の文字列に吸い寄せられた。

——これ、いけるかも。

文字列をタップし、ポップアップメニューから《オブジェクト化》を選択《せんたく》。

ウインドウの上に出現したのは、高さ十五センチほどのガラス容器だった。中には、夕日を受けてきらきら光る白い粒《つぶ》が満たされている。

現実世界でストレージに入れた時はプラスチック製だったはずの蓋《ふた》が、こちらではコルクになっていることを不思議に思いながら、ユウマはそれを商人に差し出した。

「なんだい、これは」

受け取った商人は、怪訝《けげん》そうに目を細めてから慎重《しんちょう》な手つきでコルク栓《せん》を抜いた。白い粒を少しだけ左の掌《てのひら》に出し、躊躇《ちゅうちょ》なしにペロリと舐《な》める。途端《とたん》、太い眉毛《まゆげ》の下の両目がいっぱいに見開かれる。

「おお……塩か！　これほど真っ白に精製されたものは、ソリューの市場でも手に入らんぞ。何瓶《びん》あるんだね？」

「えっと……」

　この塩はもともと、アルテアのスタッフ用休憩室《きゅうけいしつ》にあったテーブルソルトだ。現実世界ならありふれた代物《しろもの》だが、ファンタジー世界では高純度の精製塩は珍《めずら》しいのではないか——という読みはどうやら当たったらしい。それに、真夏の荒野《こうや》で遭難《そうなん》したのでもない限り、食料としてはさして重要なものでもない。

「……あと四つですね」

　それでも念のために一瓶《びん》だけ残し、ユウマは四本の瓶《びん》をオブジェクト化させた。

　商人はそれらを全て味見してから、満足そうに頷《うなず》き、言った。

「では、五本を五百オーラムでどうだね？」

「ちょ……ちょっと待って下さい」

　数歩下がり、妹に囁《ささや》きかける。

「サワ、一オーラムってどれくらいの価値だっけ」

「確か、カルシナの街の屋台で売ってた丸パンが、一個一オーラムだったかな」

「……てことは、五百ってけっこうな額？」

「だと思う。交渉《こうしょう》してる時間もないし、売っていいんじゃない」

　双子《ふたご》ならではの超高速《ちょうこうそく》ひそひそ話で相談を終えると、ユウマは商人の前に戻《もど》った。

「その値段でいいです」

「おお、そうかね。ありがとうよ」

商人は腰《こし》に装着した革袋《かわぶくろ》に手を突っ込むと、金貨を五枚取り出した。受け取ったそれには、お城の図案と100の数字がレリーフされている。思い返してみれば、テストプレイで獲得《かくとく》したお金は全て直接ストレージに入り、買い物の時もそこから支払《しはら》ったので、AM世界の通貨を手に取るのはこれが初めてだ。

「おい、オレにも見せてくれよ」

顔を突き出してくるコンケンに一枚握《にぎ》らせ、再び前を向く。

「あと、買い物もしたいんですが」

「もちろんいいとも。と言っても、武具は売り切れちまったが」

その言葉通り、商人の右側に陳列《ちんれつ》されている売り物は保存食のたぐいばかりだ。干し果物や干し肉に干し魚、中身の見当もつかない瓶詰《びんづ》めなどを眺《なが》め回していると、友利《トモリ》が近づいてきてぽそっと囁《ささや》いた。

「ねえ、芦原《アシハラ》くん。現実世界で手に入れた塩を取り出せたってことは、AM世界で手に入れた食べ物も、向こうに持ち出せるのかな?」

「………あっ」

思わず小声で叫《さけ》んでしまう。

こちら側で食べることしか考えていなかったが、理屈《りくつ》で考えれば持ち出せる可能性が高い。そしてそれができるなら、食料《しょくりょう》の確保はかなり楽になる。現実世界では売店やフードコートでしか手に入らないうえに数量が限られている食べ物が、こちら側なら獲得《かくとく》手段がいくつもある上に、供給量も事実上無限なのだ。

「お……おじさん、ここに並んでる売り物、全部でいくら⁉」

ユウマが勢い込んで訊《たず》ねると、商人は驚《おどろ》いたような顔をしつつも即座《そくざ》に答えた。

「そうさな、まとめて買ってくれるなら、おまけして二百オーラムでいいよ」

その言葉が本心からのものなのか、あるいは吹《ふ》っかけられているのかを見抜くすべはないが、ユウマたちからすればこの量の食料をテーブルソルト二本と交換《こうかん》できるわけだ。フードコートの厨房《ちゆうぼう》に行けば塩など山ほど手に入るだろうし、ここは素直《すなお》に払《はら》っておくべきだろう。

「わかりました、じゃあ全部下さい」

握《にぎ》り締《し》めたままだった百オーラム金貨の中から二枚差し出すと、商人は「ありがとうよ」と受け取り、手品のような指さばきで革袋《かわぶくろ》にしまった。

ユウマはまだ金貨を眺《なが》め回しているコンケンの袖口《そでぐち》を引っ張り、ストレージを開かせると、敷《し》き革《がわ》の上に陳列《ちんれつ》された食料品類を片《かた》っ端《ぱし》から放り込んだ。サワと友利も手伝ってくれたので三十秒もかからずに全ての売り物が消え去り、商人はさっぱりしたような顔で切り株から立ち上がった。

「それじゃ、ワシはカルシナに戻《もど》るよ。またどこかで会えたら、買い物をしておくれ」

「はい、お気を付けて」

四人同時に会釈《えしゃく》すると、ユウマたちは道に戻《もど》った。

想定外の寄り道をしてしまったが、得たものも多い。食料はもちろん、ソリューという名の、恐《おそ》らくはAM世界の首都であろう街への行き方は貴重な情報だ。

いっそ、カルシナに戻《もど》らずに直接ソリューを目指す手もある。首都なら住民も多いだろうし、怪物《かいぶつ》になってしまった綿巻《ワタマキ》すみかを人間に戻《もど》す方法や、アルテアから脱出《だっしゅつ》する方法のヒントを得られるかもしれない。しかしそれも、森の奥のダンジョンで首尾《しゅび》良《よ》くナギと合流できたらの話だ。希望が見えたつもりになるのはまだ早い。

気を引き締《し》めながら、ユウマは三人を先導しつつ、フルスピードの六割ほどで小道を走った。

草原から森の中に突入《とつにゅう》した途端《とたん》、周囲が一気に暗くなる。まったく見えないわけではないが、さすがに明かりが欲《ほ》しいな……と思った時、後ろで友利《トモリ》の声がした。

「芦原《アシハラ》くん、少しスピード落として」

言われるまま減速すると、今度は呪文《じゅもん》の詠唱《えいしょう》が聞こえた。

「ルーミン《光よ》……アヴィス《鳥となり》……ヴォリート《飛び回れ》」

背後に、乳白色の輝《かがや》きが生まれる。それは小鳥となってユウマを追い越《こ》し、前方で右に左にふわふわ飛び回る。光属性の照明魔法《まほう》、《照らす小鳥《イルミネート・バード》》だ。光量はランタンと同じくらいだが、手で持つ必要がないし、隠《かく》れているモンスターに反応してくれる能力もある。

光の鳥に導かれる——実際にはユウマたちが目指す方向を予測して飛んでいるだけだが——

ように、四人は薄暗《うすぐら》い森の中をひた走った。草原と違《ちが》って道の左右には苔《こけ》むした古木がそびえ、隙間《すきま》にはイバラのようなツル植物が茂《しげ》っているのでモンスターを見つけても迂回《うかい》はできない。やむなく、アナグマ型モンスターの《ブルータル・バジャー》と二回、カエル型モンスターの《ロック・トード》と一回戦ったが、どちらもテストプレイで経験済みの相手だったので手間取ることなく片付け、午後六時三十分――樹冠《じゅかん》の隙間《すきま》から覗《のぞ》く残照の紫色《むらさきいろ》が完全に消え去ると同時に、一行は古城の廃墟《はいきょ》に辿《たど》り着《つ》いた。

テストプレイの時と地形は一切《いっさい》変わっていないはずなのに、昼が夜になっただけでまったく別の場所に迷い込んでしまったかのような錯覚《さっかく》に襲《おそ》われる。半ば崩《くず》れた門の陰《かげ》や、せり出した胸壁《きょうへき》の下の暗がりにモンスターが潜《ひそ》んでいるのではと思えてユウマはつい立ち止まったが、《照らす小鳥》が反応していないので、信じて廃墟《はいきょ》の中に踏《ふ》み込む。

三方を高い壁《かべ》に囲まれた前庭はひときわ暗く、ねじくれた生《い》け垣《がき》のあいだを音もなく流れる夜霧《よぎり》が不気味さをいや増している。さらに警戒《けいかい》レベルを上げつつ生《い》け垣《がき》を迂回《うかい》し、前庭の中央まで辿《たど》り着《つ》くと、ユウマは視線を上げた。

枯《か》れた噴水《ふんすい》の向こう側に、四階建てほどの高さがある城館がそびえ立っている。正面の大扉《とびら》は開け放たれ、その左右では燃《も》え尽《つ》きかけたかがり火が弱々しく炎《ほのお》を揺《ゆ》らす。

扉《とびら》の前に座り込んでいた小さな人影《ひとかげ》が勢いよく立ち上がり、半泣きで駆《か》け寄《よ》ってくる――という期待は、残念ながら裏切られた。扉《とびら》付近だけでなく、広い前庭をすみずみまで見回しても、人っ子一人見当たらない。

「……他の場所に移動しちまったのか、まだダンジョンのボス部屋にいるのか……」

コンケンが押し殺した声で呟《つぶや》く。

ユウマも失望を堪《こら》えながら言った。

「まずは、どこかにナギのメッセージがないか探してみよう」

「だな。手分けして探すか？」

「うーん、Mob《モブ》が湧《わ》くかもしれないから離《はな》れないほうがいいかな」

「了解《りょうかい》。そんじゃ、城の一階から探そうぜ」

サワ、友利《トモリ》とも頷《うなず》き交《か》わすと、ユウマはコンケンと並んで城館へと一歩踏《ふ》み出した。

途端《とたん》、いままで頭上にホバリングしていた《照らす小鳥《イルミネート・バード》》が、ひゅっと高度を上げた。

ほぼ同時に——。

「ヴォオオアアアアッ‼」

夜霧《よぎり》を吹き飛《と》ばすほどの咆哮《ほうこう》が上のほうで轟《とどろ》き、四人は弾《はじ》かれたように空を仰《あお》いだ。

古城の屋根上《やねうえ》に、黒々とした影《かげ》が屹立《きつりつ》している。人型のようだが、身長は三メートル近くもありそうで、足が短く、胴《どう》は長く、両腕《りょううで》もまた異様に太くて長い。

「くそっ、またコーンヘッド一族か⁉」

左腰《こし》の剣を抜きながら毒づくコンケンに、サワが叫《さけ》び返した。

「シルエットが違《ちが》う！　……来るよ！」

直後、影《かげ》が屋根からふわりと跳《と》んだ。

短いが逞《たくま》しい両足が地面に触《ふ》れた瞬間《しゅんかん》、すでにあちこちひび割れていた石畳《いしだたみ》が放射状に砕《くだ》け、地震《じしん》めいた衝撃《しょうげき》が襲《おそ》ってきた。

たたらを踏《ふ》むユウマたちの眼前で、影《かげ》が再び高々と跳躍《ちょうやく》する。その巨体《きょたい》に、アルテアの二番プレイルームで四人を殺しかけたコーンヘッド・デモリッシャーの異形が重なる。

「わあぁっ」

悲鳴を上げてうずくまろうとするコンケンに、影《かげ》が右手に持った肉厚の大斧《おおおの》を容赦《ようしゃ》なく叩《たた》き付《つ》けようとした。

瞬間《しゅんかん》、ユウマは気力を振り絞《しぼ》り、ありったけの声で叫《さけ》んだ。

「コンケン、ビビんな‼」

コーンヘッド・デモリッシャーは、二十人もの大人が融合《ゆうごう》して生まれた、恐《おそ》らくは規格外《イレギュラー》な存在だった。しかし目の前の敵は、《最初のダンジョン》であるこの古城廃墟《はいきょ》に配置された、いわば中ボス的なモンスターのはずだ。テストプレイで出現しなかった理由までは解《わか》らないが、デモリッシャーほど理不尽《りふじん》な攻撃力《こうげきりょく》を与《あた》えられているとは思えない。

その確信とともに発したユウマの叫《さけ》び声《ごえ》に、コンケンは多少裏返ってはいたものの、さらに大きい雄叫《おたけ》びで応えた。

「お……おおおッ！」

丸まりかけていた背筋を伸ばし、両手で握《にぎ》った剣を頭上に掲《かか》げる。

ガキィイン‼ と凄《すさ》まじい金属音が響《ひび》き、コンケンは尻餅《しりもち》をつく寸前まで仰《の》け反《ぞ》った。

だが、刃渡《はわた》り五十センチはありそうな大斧《おおおの》も、火花の尾《お》を引きながら弾《はじ》き返《かえ》された。

ユウマは咄嗟《とっさ》に飛び出し、コンケンの体を支えた。直後、舞《ま》い降《お》りてきた《照らす小鳥《イルミネート・バード》》が、敵の全身を照らし出した。

人型だが、人間ではない。頭部はトカゲそのもの、体はごつごつした分厚い皮膚《ひふ》に覆《おお》われ、黒ずんだ鉄板をうろこ状に連ねたスケイルアーマーを着込んでいる。右手に片刃《かたば》の斧を握《にぎ》り、左手には丸盾《まるだて》。見た目はいわゆるリザードマンだが、身《み》の丈《たけ》も肩幅《かたはば》も異様に大きい。

「ヴォルルル……」

二股《ふたまた》に裂《さ》けた舌をくねらせながら唸《うな》る巨大《きょだい》リザードマンを見上げ、サワが掠《かす》れ声で呟《つぶや》いた。

「……もしナギが、ここにあんなボスが待ち構えてることを知らずに、一人でダンジョンから上がってきたとしたら……」

「……大丈夫《だいじょうぶ》だ」

ユウマは必死に恐怖《きょうふ》を抑《おさ》え込み、囁《ささや》き返した。

「ナギなら絶対気付く。だから、あのトカゲにタゲられずにここから出たか、まだダンジョンの中にいるかだ。あいつを倒《たお》して、ナギを捜そう」

「解《わか》った」

サワと同時に、友利《トモリ》とコンケンも頷《うなず》く。

ユウマたちの決意を感じ取ったかのように、巨大《きよだい》リザードマンが一歩前に出た。

頭上には青黒く光るＨＰ《ヒットポイント》バーと、【ヴァラニアン・アックスベアラー】という固有名が表示されている。例によってユウマの英語力ではアックスが斧だということしか解《わか》らないが、いまは単語の意味などどうでもいい。

左腰《こし》のショートソードを抜きながら、ユウマは限界の早口で指示した。

「コンケンはタゲを取りながらガードに専念してくれ！　清水《シミズ》さんはコンケンに支援《バフ》と回復《ヒール》、サワは魔法《まほう》で攻撃《こうげき》、ヤバくなったら僕の合図で城の中に逃げて！」

「了解《りようかい》‼」

三人が異口同音に叫《さけ》んだ瞬間《しゆんかん》、巨大《きよだい》リザードマン——ヴァラニアンが再び斧を振りかぶった。

まだターゲットはコンケンに向いている。

「来いオラァ！」

自分を奮い立たせるように叫《さけ》ぶと、コンケンも両手剣を掲《かか》げた。

アクチュアル・マジックには、数多《あまた》ある武器種それぞれに、《武技》——《バトルムーブ》という特殊攻撃《とくしゆこうげき》が設定されている。武器ごとの修練《マスタリー》スキルを鍛《きた》えることで修得できるそれは、魔法《まほう》と比べればいささか地味だが、敵と直接相対する戦士職の生命線とも言うべき必須《ひつす》の技能だ。

コンケンは、右足を前に出し、左足を大きく引きながら、両手剣を額の上で真横に構えた。幅広《はばひろ》の刀身が、薄《うす》赤い燐光《りんこう》と甲高《かんだか》い振動《しんどう》音を放つ。

武技は魔《ま》法《ほう》と違《ちが》って呪文詠唱《じゅもんえいしょう》ではなく、全身を使って特定の《型》を作る——言《い》い換《か》えればジェスチャーコマンドを入力することで発動する。ずれはほとんど許容されず、足の置き場や開き幅《はば》、腰《こし》の捻《ひね》り、腕《うで》の曲がり、そして剣の位置と角度に至るまでをミリ単位で再現する必要がある。

コンケンはこの武技を、テストプレイの時にせいぜい十五、六回しか使わなかったはずだ。なのに一発で入力を決めるとは、体を使うことに関してはさすがのセンスだな……とユウマが感心した、次の瞬間《しゅんかん》。

焦《じ》らすようにたっぷりと遅延《ディレイ》を入れたヴァラニアンが、ようやく斧を振り下ろした。

焦《じ》れることなくしっかりと型をキープしていたコンケンが、赤いオーラをまとった両手剣で斧を受けた。

再びの金属音と火花。斧を弾《はじ》き返《かえ》されたヴァラニアンが、後方に体を泳がせる。

しかし今度は、コンケンはほとんどノックバックしなかった。左足を引き、全身を沈《しず》ませただけで踏《ふ》み留まると、まだ光を宿したままの剣を垂直に構え直し、

「らあァッ！」

という気合いとともに振り下ろす。

　コンケンが発動させたのは、両手剣使いが最初に修得する武技、《ガード・カウンター》だ。その名のとおり、発動後最初のガードに強靱《きょうじん》ボーナス、続くカウンター攻撃《こうげき》に威力《いりょく》ボーナスを得る。

　剣を頭より高く構えなければならないので、自分より小さいモンスター相手だと使いづらく、テストプレイではあまり活躍《かつやく》の場がなかった武技だが、今回ようやく真価を発揮できたわけだ。

　コンケンが放った斬撃《ざんげき》は、ヴァラニアンの左脚《ひだりあし》を深々と切《き》り裂《さ》き、ＨＰ《ヒットポイント》バーを一割近くも削《けず》り取《と》った。

「ヴォアアアッ!!」

　怒号《どごう》と苦鳴が入り混じった叫《さけ》び声《ごえ》を漏《も》らし、トカゲ巨人《きょじん》はさらに後ろへよろめく。その隙《すき》を逃《のが》さず、サワが魔法《まほう》を発動させる。

「フラーマ《火よ》……ヌーベス《霧となり》……フジオーネ《融け合え》!!」

　サワが掲《かか》げた短杖《ワンド》から、真っ赤に輝《かがや》く霧状《きり》の炎《ほのお》が放たれ、空中をヘビのようにうねりながらヴァラニアンへと向かっていく。《火の強化《ファイア・エンハンス》》の魔法《まほう》——対象の武具は火属性を付与《ふよ》され、高熱による追加ダメージを得る。ユウマは一瞬《いっしゅん》、サワが唱える呪文《じゅもん》を間違《まち》えたのかと思ったがそうではなかった。炎《ほのお》の帯はヴァラニアンの斧ではなく鎧《よろい》にまとわりつき、うろこ状の鉄片《てっぺん》を赤熱させる。これでスケイルアーマーは炎《ほのお》への耐性《たいせい》を獲得《かくとく》したが、同時に高熱を発するようになったわけだ。サワは、ヴァラニアンの分厚い皮膚《ひふ》には《炎の矢《ファイア・アロー》》の魔法《まほう》による直接攻撃《こうげき》が効きづらいと判断し、鎧《よろい》の熱でダメージを与《あた》える間接攻撃《こうげき》を選んだのだろう。

狙《ねら》いは当たったらしく、ヴァラニアンが「ヴルル……」と苦しげに唸《うな》り、ＨＰ《ヒットポイント》バーがわずかずつだが減り始める。バーの下には、火傷《やけど》の阻害《デバフ》アイコンが表示されている。

友利《トモリ》もまた、サワに少しだけ遅《おく》れて呪文《じゅもん》を唱えた。

「サークラ……サーキュラ……サーカムド《祝福よ輪となり取り巻け》!!」

前に伸ばした牧杖《バクルス》から、真珠《しんじゅ》色に輝《かがや》く光の帯が伸び、直径五十センチほどのリングとなってコンケンの腹のあたりを包み込む。瞬時《しゅんじ》にHPを回復する《聖なる癒し《ホーリー・ヒール》》とは異なり、徐々《じょじょ》に回復し続ける《癒しの輪《ヒーリング・サークル》》の魔法《まほう》だ。汎用魔法《はんようまほう》の《癒しの雫《ヒーリング・ドロップ》》より射程が長いし回復量も多い。

三人が最初のアクションを繰《く》り出すあいだ、ユウマもぼんやり突っ立っていたわけではない。注意力の大部分をヴァラニアン・アックスベアラーに振り向け、弱点を見つけようとしていたのだ。

ヴァラニアンの全身を覆《おお》う青黒い皮膚《ひふ》は、コモドオオトカゲのようにゴツゴツとしていて、生半な斬撃《ざんげき》は通用しそうにない。先ほどのコンケンのように武技を使えば別だが、ＭＰ《マジックポイント》を消費するし、武技ごとに数十秒のクールタイムがあるので連発はできない。

本物のトカゲに弱点はあるだろうか。鼻面《はなづら》……腹……尻尾《しっぽ》？　どこもピンと来ないうえに、巨大《きょだい》なヴァラニアンの鼻面《はなづら》は高すぎて攻撃《こうげき》が届かず、腹はスケイルアーマーで守られ、尻尾《しっぽ》はそもそも存在しない。

「ヴルルル……」

赤熱した鎧《よろい》に体を焼かれながら、ヴァラニアンが怒《いか》りに満ちた唸《うな》り声を漏《も》らした。

両目がぎらりと黄色く光る。左手の丸盾《まるだて》を突き出しながら、右手の斧を大きく後ろに引く。

その斧を、黄色い光が包み込む。

「武技、来るぞ！」

コンケンが叫《さけ》び、体の前で両手剣を構えた。ユウマもショートソードの刀身に左手を添《そ》え、防御《ぼうぎょ》姿勢を取る。

「ヴォルアッ!!」

野太く吼《ほ》えたヴァラニアンが、斧を横薙《な》ぎに振り回した。エフェクト光の軌跡《きせき》を引く斬撃《ざんげき》は、まずコンケンの剣に当たったがそこでは止まらず、ユウマの小剣《しょうけん》にも激突《げきとつ》する。

両腕《りょううで》がもぎ取られるほどの衝撃《しょうげき》。とても踏《ふ》みとどまれず、ユウマは派手にノックバックして、背中から友利に激突《げきとつ》した。

そのまま二人揃《そろ》ってひっくり返るかと思ったが、友利が「んー！」と唸《うな》りながら踏《ふ》ん張《ば》ってくれたので、かろうじて転倒《てんとう》は回避《かいひ》する。

「ご、ごめん！」

肩越《かたご》しに謝ろうとしたユウマの耳に、サワの声が飛び込んだ。

「まだだよ！」

「…………⁉」

慌《あわ》てて前を向くと、体ごと一回転したヴァラニアンが、またしても薙《な》ぎ払《はら》い攻撃《こうげき》を放とうとしている。一撃《いちげき》目より踏《ふ》み込みが深く、斧頭《ふとう》に宿る燐光《りんこう》も消えていない。これは──片手斧《かたておの》の二連撃《にれんげき》武技、《ダブル・スイープ》。

ユウマはまだ友利《トモリ》に寄りかかっている。このまま喰《く》らうと二人とも吹《ふ》き飛《と》ばされる。せめて直撃《ちょくげき》だけは避《さ》けようとショートソードを持ち上げた、その時。

「させっかよッ‼」

一撃《いちげき》目でユウマほどはノックバックしなかったコンケンが、喚《わめ》き声とともに飛び出した。全身を限界まで反らせて、両手剣を振りかぶる。同時にヴァラニアンも、二撃《にげき》目を繰《く》り出す。

武技と見まごう勢いで振り下ろされたコンケンの剣が、右側から襲《おそ》いかかる斧を受け止めた。

前庭全体を照らし出すほどの閃光《せんこう》と、耳をつんざくような轟音《ごうおん》。刹那《せつな》の静止状態が破れた瞬間《しゅんかん》、コンケンは一直線に吹《ふ》き飛《と》ばされ、枯《か》れた噴水《ふんすい》の真ん中に立つ石像に激突《げきとつ》した。HP《ヒットポイント》バーが、ガリッと二割以上も凹《へこ》む。

「っ……‼」

ユウマは反射的に駆《か》け寄《よ》りかけたが、歯を食いしばって耐《た》えた。親友が捨て身の全力攻撃《こうげき》で作ってくれたチャンスを無駄《むだ》にはできない。

「清水《シミズ》さん、コンケンを頼《たの》む！」

叫《さけ》び、前に飛び出す。

武技をブレイクされたヴァラニアンは、後方に大きくよろめいている。スケイルアーマーにかけられた《火の強化《ファイア・エンハンス》》は、対象物が大きすぎたのか早くも解けてしまったようだ。HPは最初にコンケンが与《あた》えたダメージと合わせて十五パーセントほど削《けず》れているが、思ったほどの減少量ではない。

イレギュラーな魔法《まほう》の使い方だったせいか、あるいはヴァラニアンに炎《ほのお》への耐性《たいせい》があるのか。いくら皮膚《ひふ》が分厚くても、鉄が赤熱するほどの高温に耐《た》えられるとは思えない……とそこまで考えた瞬間《しゅんかん》、ユウマは大きく目を見開いた。

ヴァラニアンの炎耐性《ほのおたいせい》がいかほどのものかは解《わか》らない。しかし変温動物であるなら、寒さは絶対に苦手なはずだ。

「ユウ、魔法《まほう》をかけ直す！」

後方で叫《さけ》んだサワを、ユウマは前を向いたまま制止した。

「待った、熱さより寒さだ！」

「寒さって言っても、あたしたち誰《だれ》も氷魔法《まほう》スキルは……」

サワの言葉が終わるより早く、ユウマは左手を突き出し、属性詞を唱えた。

「テネブリス！」

掌《てのひら》の先に、青紫色《あおむらさきいろ》の光球が生まれる。

「カペーレ・フェブリス《熱の狩り手となり》！」

光球が、やけに細長い指が七本も生えた半透明《とうめい》の手へと変化する。

「イグニス《飛べ》!!」

まるで木枯《こが》らし、あるいは悲鳴のような音を振りまきながら、手は一直線に飛翔《ひしょう》した。

仰《の》け反《ぞ》りから立ち直った直後のヴァラニアンが、ガードしようと丸盾《まるだて》を突き出す。ユウマは咄嗟《とっさ》に左手を捻《ひね》り、飛翔《ひしょう》の軌道《きどう》を曲げた。異形の手はぎりぎりのところで盾《たて》をかわし、ヴァラニアンの右脚《みぎあし》に命中。ユウマがすかさず左手を閉じると、連動した魔法《まほう》の手も七本の指で敵の脚《あし》をしっかりと掴《つか》む。

それだけだ。爆発《ばくはつ》するわけでも、引き裂《さ》くわけでもない。

「ヴェオオッ！」

トカゲ巨人《きょじん》は嘲笑《あざわら》うように吼《ほ》えると、右手の斧を振りかざした。地響《じひび》きを立てて一歩、二歩と走ったところで、突然《とつぜん》がくっと体を沈《しず》ませる。

ＨＰ《ヒットポイント》バーを見上げると、火傷《やけど》のデバフアイコンに代わって、雪の結晶《けっしょう》をかたどったアイコンが表示されている。動きが鈍《にぶ》くなる、《低温》の状態異常。

ユウマが使った魔法《まほう》は、命中した対象から熱を奪《うば》い取る《凍える手《チリング・ハンド》》だ。対象をカード化する《掴む手《グラスピング・ハンド》》と同じく魔物《まもの》使い専用の闇《やみ》属性魔法《まほう》だが、冷気によるダメージは氷属性魔法《まほう》に遠く及《およ》ばず、テストプレイではほとんど使う機会がなかった。

しかし、たとえば氷魔法《まほう》の《氷の霧《アイシー・フォグ》》の効果範囲《はんい》が発動した場所に固定されるのに対して、《凍える手》は摑《つか》んだ対象が動いても熱を奪《うば》い続ける。低温デバフだけを狙《ねら》うなら、こちらのほうが効率がいい。

「ヴルルル……」

ヴァラニアンが、再び斧を振り上げようとした。しかしその動きは、いままでの俊敏《しゅんびん》さが噓《うそ》のように緩慢《かんまん》だ。いまがチャンスだが、《凍える手》を発動しているあいだは何もできない。

「サワ、頭を狙《ねら》って！　コンケン、行けるか⁉」

ユウマは、左手を突き出したまま叫《さけ》んだ。

「解《わか》った！」

まずサワが答え、《炎の矢《ファイア・アロー》》の呪文《じゅもん》を唱えた。発射された矢は見事にヴァラニアンの眉間《みけん》を捉《とら》え、ＨＰ《ヒットポイント》をさらに五パーセント削《けず》る。

続けて、友利《トモリ》に治療《ちりょう》されたコンケンがダッシュする。サワとユウマのあいだを抜け、高々と跳躍《ちょうやく》。「おらぁ‼」と叫《さけ》びながら、両手剣をヴァラニアンの左肩《ひだりかた》に叩《たた》き付《つ》ける。

「ヴァオッ！」

苦悶《くもん》の声を上げたヴァラニアンが、左手の丸盾《まるだて》を取り落とした。すかさず飛び出した友利が、直径七十センチはありそうな盾《たて》の縁《ふち》を摑《つか》み、後方へ引きずっていく。戦闘《せんとう》中に落とした武器をモンスターに奪《うば》われることはあっても、その逆はなかなか思いつかないよな……と感心しつつ、ユウマは《凍える手《チリング・ハンド》》に連動した左手をしっかり握《にぎ》り締《し》めた。発動中はＭＰ《マジックポイント》が減り続けるが、レベルが一気に11まで上がったおかげか、あと一分程度は保《も》ちそうだ。

低温デバフを喰《く》らいながらも、ヴァラニアンは着地したコンケンに斧を叩《たた》き付《つ》けようとした。だがやはり動作が遅《おそ》く、コンケンは一秒以上の余裕《よゆう》を持って両手剣を頭上に掲《かか》げた。刀身が、赤い輝《かがや》きを宿す。

真上から降ってくる斧を左に弾《はじ》き落としたコンケンは、返す刀でヴァラニアンのみぞおちに強烈《きょうれつ》な突き攻撃《こうげき》を見舞《みま》った。スケイルアーマーの鉄片《てっぺん》が数枚ちぎれ飛び、真っ赤なダメージエフェクトが迸《ほとばし》る。

コンケンが飛《と》び退《の》くと、サワがすかさず《炎の矢《ファイア・アロー》》を発射。今度はヴァラニアンの顔ではなく、スケイルアーマーに穿《うが》たれたばかりの穴を正確に射抜《いぬ》き、より大きなダメージを与《あた》える。

友利《トモリ》も負けじと《光の強化《ライト・エンハンス》》の呪文《じゅもん》を連続で唱え、サワとコンケンの防御力《ぼうぎょ》を上げる。

そこからの五十秒で、ヴァラニアン・アックスベアラーのＨＰ《ヒットポイント》バーは砂山を崩《くず》すような勢いで削《けず》られていき、残り二割を下回ってレッドゾーンに突入《とつにゅう》した。

《凍える手》を発動し続けているユウマのＭＰも、同じくあと二割。いまのペースを維持《いじ》できれば、ギリギリ倒《たお》しきれるはず。

ユウマはそう計算したが、サワたちの安全を優先すべく叫《さけ》んだ。

「攻撃《こうげき》パターンが変わるかもしれない！　いったん距離《きょり》を取って！」

「了解《りょうかい》！」

コンケンが叫《さけ》び返し、サワと同時に後退する。

地面に片膝《かたひざ》を突いたヴァラニアンは、全身の傷口からダメージエフェクトを零《こぼ》しながらも、戦意の消えていない双眸《そうぼう》で四人を睨《にら》んだ。針のように尖《とが》った牙《きば》を剝《む》き出し、「ヴォルル……」と獰猛《どうもう》な唸《うな》り声を響《ひび》かせる。

ひたすら大暴れするだけだったテストプレイのドラゴンボスと比べると、このトカゲ巨人《きょじん》は遥《はる》かに人間臭《くさ》い。この古城に陣取《じんど》っていた理由、そしてユウマたちを襲《おそ》った理由があるのなら知りたいところだが、もちろん訊《き》いても答えてくれるまい。できるのは、最後まで全力で戦うことだけだ。

そんなユウマの、刹那《せつな》の感傷を狙《ねら》い撃《う》つかのように——。

予想だにしない方向から、新たな気配、いや殺気が突き刺さってきた。

「芦原《アシハラ》くん‼」

友利の悲鳴に、しなやかな足音が重なる。振り向いたユウマが見たのは、前庭の入り口方向から突進《とっしん》してくる、二つの黒い影《かげ》だった。

「ガルッ！」

獰猛《どうもう》な吼《ほ》え声とともに、その片方が飛びかかってくる。《照らす小鳥《イルミネート・バード》》の光が、影《かげ》の全身を照らし出す。

鼻面《はなづら》が異様に尖《とが》った、スリムな体型のオオカミ。青黒い毛皮は金属めいた光沢《こうたく》を帯び、牙《きば》は深海魚のように長く、鋭《するど》い。

首筋へと迫《せま》るオオカミのあぎとを、ユウマは左腕《ひだりうで》で防ごうとした。

腕《うで》は拳《こぶし》ごと咥《くわ》え込まれ、鋭利《えいり》な歯列がほとんど抵抗《ていこう》もなく革《かわ》のグローブを貫《つらぬ》いて、前腕部《ぜんわん》の肉に深々と埋《う》まった。

「くっ……」

現実世界と違《ちが》って明確な痛みはないが、不快な痺《しび》れが仮想体《アバター》の神経を駆《か》け巡《めぐ》る。HP《ヒットポイント》が目に見えて減り、さらに《凍える手《チリング・ハンド》》も解除されてしまう。

もう一匹《ぴき》のオオカミは、地を這《は》うような疾走《しっそう》で前庭を横切り、友利《トモリ》に襲《おそ》いかかった。友利は牧杖《バクルス》で迎《むか》え撃《う》とうとしたが、するりと回避《かいひ》され、左脚《ひだりあし》に噛《か》みつかれる。

このオオカミは、森に棲息《せいそく》する雑魚《ざこ》モンスターの中では最強格の《バーブド・ウルフ》だ。バーブとは「逆《さか》とげ」のことらしく、その名のとおり口の奥に向かって傾《かたむ》いた牙《きば》は噛《か》みついた獲物《えもの》を決して逃《のが》さず、継続《けいぞく》ダメージを与《あた》え続ける。

「ユウッ！」

叫《さけ》ぶコンケンに、ユウマは思い切り怒鳴《どな》り返した。

「来るな！　サワと二人で、どうにかトカゲ巨人《きょじん》を倒《たお》してくれ‼」

「……解《わか》った！」「こっちは任せて！」

親友と妹の応答を聞きながら、ユウマは右手のショートソードを握《にぎ》り直した。

バーブド・ウルフは左腕《ひだりうで》に噛《か》みついたままなので、頭を狙《ねら》えば絶対にヒットさせられるが、このモンスターのもう一つの特徴《とくちょう》は頭部の防御《ぼうぎょ》力が異常に高いことだ。密に生えた短毛は針金のように強靱《きょうじん》で、たいていの刃物《はもの》を弾《はじ》いてしまう。

肩《かた》や背中の毛皮も頭ほどではないが硬《かた》いので、ユウマは最も防御《ぼうぎょ》力が低そうな腹部に狙《ねら》いを定めた。噛《か》まれた左腕《ひだりうで》を思い切り引っ張り、オオカミが対抗《たいこう》して踏《ふ》ん張《ば》った瞬間《しゅんかん》、右手で剣を突き出す。

しかしオオカミは、まるで腹にも目がついているかの如《ごと》く体をくねらせ、切っ先を回避《かいひ》した。慌《あわ》てて二度、三度と突くが、全て避《さ》けられてしまう。そうしているあいだにもユウマのＨＰは着実に減っていく。

焦《あせ》るな、落ち着け、と自分に言い聞かせながら友利を見ると、左脚《ひだりあし》に噛《か》みついたオオカミを牧杖《バクルス》で撃退《げきたい》しようと試みているが、やはり頭や背中を叩《たた》いても有効なダメージを与《あた》えられないようだ。

そもそも、なぜバーブド・ウルフが二匹《ひき》も乱入してきたのか。テストプレイでは、森に湧《わ》く雑魚《ざこ》モンスターは古城の敷地《しきち》に入ってこない設定になっていたはずだし、リザードマンであるヴァラニアンに、肺呼吸をすることくらいしか共通点のないオオカミを使役《しえき》する力があるとも思えない。

現在のアクチュアル・マジックは、《ゲームの理屈《りくつ》》が通用しない世界になってしまったということなのだろうか。だとしても、この窮地《きゅうち》を打ち破る方法はあるはずだ。絶対に。

ユウマは、自分の左腕《ひだりうで》に食らいつくバーブド・ウルフの、凶悪《きょうあく》なまでに鋭《するど》い牙《きば》を睨《にら》んだ。

逆《さか》とげ状に傾《かたむ》いた牙《きば》は深々と腕《うで》に突き刺さり、力任せに引っ張るだけでは絶対に抜けない。テストプレイでコンケンが噛《か》まれた時は、サワが至近距離《きより》から《炎の矢《ファイア・アロー》》を当てるまで口を開けなかったのだ。さしもの針金毛皮も炎《ほのお》は無効化できないらしいが、ユウマは火魔法《まほう》スキルを修得していない……。

そこまで考えた瞬間《しゅんかん》、とあるアイデアが脳裏《のうり》に閃《ひらめ》き、ユウマは息を詰《つ》めた。

すでにＨＰ《ヒットポイント》は残り六割まで減っている。もし失敗したら、継続《けいぞく》ダメージの減り幅《はば》が増えて、このまま死ぬことも有り得る。

だが、いまは可能性に賭《か》けるべき時だ。いや、賭《か》けるのではなく――摑《つか》み取《と》る！

「うおおお‼」

腹の底から声を絞《しぼ》り出しながら、ユウマは右手の剣を捨て、オオカミの首筋を抱《かか》え込んだ。ありったけの力で固定すると、咥《くわ》え込まれた左腕《ひだりうで》を、さらに喉《のど》の奥へと突き入れる。

逆とげになっている牙《きば》は、引き抜こうとするほどに深く突き刺さるが、押し込む力の妨《さまた》げにはならない。小六男子としても華奢《きゃしゃ》なユウマの左腕《ひだりうで》は、ほとんど抵抗《ていこう》なく付け根までオオカミの口に呑《の》み込まれた。

いったん抜けた牙《きば》が、改めて肩《かた》に食い込む。さらに腕《うで》全体がぎりぎりと締《し》め付《つ》けられ、左手には濡《ぬ》れた肉の怖気《おぞけ》を震《ふる》うような感触《かんしょく》が伝わってくる。

しかしこれが狙《ねら》いだ。いまユウマの左手は、バーブド・ウルフの胃にまで届いている。

指を懸命《けんめい》に開きながら、ユウマは叫《さけ》んだ。

「フラーマ《火よ》!!」

何も見えないが、掌《てのひら》にじわりと熱が伝わる。

「プレミス……コモロール《集まり留まれ》!!」

突然《とつぜん》、オオカミが狂《くる》ったように暴れ始めた。当然だ、胃の中にいきなり火の玉が生まれたのだから。

ユウマが発動したのは、火属性の汎用魔法《はんようまほう》《溜まり火《ステイル・ファアイア》》だ。掌《てのひら》の前にテニスボール大の炎《ほのお》を生み出すというただそれだけの魔法《まほう》で、炎《ほのお》を投げることもできないので照明にしたり、何かに着火したりといった使い道しかないが、敵の内臓を直接炙《あぶ》ることができれば、攻撃魔法《こうげきまほう》なみかそれ以上のダメージを与《あた》えられるはず——。

という目論見《もくろみ》は当たり、オオカミのHPバーは猛烈《もうれつ》な勢いで減り始めた。七転八倒《しってんばっとう》しながらユウマの左腕《ひだりうで》を吐《は》き出そうと繰《く》り返《かえ》しえずくが、肩口《かたぐち》に深々と食い込んだ牙《きば》のせいでびくともしない。

ユウマのＭ　Ｐ《マジックポイント》も残り少なかったが、バーブド・ウルフのＨ　Ｐ《ヒットポイント》はそれ以上の速さで減っていく。

わずか五、六秒でバーが左端《ひだりはし》まで到達《とうたつ》し、オオカミは全身を不自然に硬直《こうちょく》させると、真紅《しんく》のパーティクルとなって砕《くだ》け散《ち》った。

「はあっ……」

ユウマは詰《つ》めていた息を吐《は》き出したが、これで終わったわけではまったくない。捨てた剣を拾いながら、素早《すばや》く状況《じょうきょう》を確認《かくにん》する。

サワとコンケンは、残り二割だったヴァラニアン・アックスベアラーのＨＰバーを一割まで減らしたが、やはり攻撃《こうげき》パターンが変化したのか、二人も少なからずダメージを受けている。

左脚《ひだりあし》をもう一匹《ぴき》のバーブド・ウルフに噛《か》みつかれたままの友利《トモリ》は、ＨＰが早くも五割を下回り、なおも減少中。

サワたちに向けて「もうちょっとだけ頑張《がんば》ってくれ！」と思念を飛ばし、ユウマはまず友利を助けに行こうとした。

だが、数歩走っただけで両足から力が抜け、地面に片膝《かたひざ》を突いてしまう。ＨＰバーを見ても、デバフアイコンは点灯していない。アバターが疲《つか》れるはずはないので、消耗《しょうもう》のせいだとしたら精神的なものだ。そんな理由で立ち止まっていいはずがない。

歯を食い縛《しば》り、ユウマは懸命《けんめい》に立ち上がろうとした。

その時、またしても背後で新たな足音が響《ひび》いた。

新手のバーブド・ウルフか。だとしたら、同じ手で焼き殺すのみ。

腕《うで》を噛《か》ませる覚悟《かくご》を固めつつ振り向いたユウマが見たのは、しかし四つ足の獣《けもの》ではなかった。二本の足で、風のように疾駆《しっく》する人型のシルエット。

亜人《あじん》型モンスター、あるいは敵対NPC——というユウマの推測は、一秒後に否定された。人影《ひとかげ》の頭上に浮《う》かぶHPバーには、漢字の名前が表示されている。モンスターとNPCの名前は例外なくカタカナなので、漢字を使っていればそれはプレイヤーだ。

名前を読み取るべく目を凝《こ》らすが、相手のスピードが速すぎて視線をフォーカスできない。人影《ひとかげ》は硬直《こうちょく》するユウマに一瞥《いちべつ》もくれず真横を駆《か》け抜け、まっすぐ友利のところへ向かう。その右手に細身の長剣が握《にぎ》られていることに遅《おそ》まきながら気付き、ユウマは萎《な》えた両足に鞭《むち》打って立ち上がった。

一瞬《いっしゅん》、友利を攻撃《こうげき》するつもりでは……と危惧《きぐ》したがすぐに打ち消す。相手は背格好からして、同じ雪花《ゆきはな》小六年一組の生徒だ。なぜここにいるのかは不明だが、すくなくとも剣を向けてくる理由はない。

ユウマの確信、あるいは期待を、乱入者は裏切らなかった。

走りながら長剣を上段に構え、高々とジャンプする。空中で、刀身が鮮《あざ》やかな水色の輝《かがや》きを放つ。片手剣の専用武技、《パワー・スマッシュ》。効果はごく単純で、発動後最初の一撃《いちげき》を強化するだけだが、そのぶん汎用《はんよう》性は高い。

文句のつけようのない滑《なめ》らかさで振り下ろされた長剣は、友利《トモリ》の左脚《ひだりあし》に齧《かじ》りつくバーブド・ウルフの首筋にヒットし、頑丈《がんじょう》な毛皮を断《た》ち割《わ》って十センチ以上も沈《しず》み込む。

「ハアッ!!」

ここで初めて乱入者が声を発した。まるでアニメの主人公のような、清冽《せいれつ》で張りのある美声。オオカミの首に深々と食い込んだ剣が、見えないハンマーで思い切り叩《たた》かれたかの如《ごと》く真下へと抜ける。

頭と切《き》り離《はな》されたバーブド・ウルフの体が、四肢《しし》と尻尾《しっぽ》を小刻みに痙攣《けいれん》させてから真紅《しんく》の光に包まれて爆散《ばくさん》。わずかに遅《おく》れて、友利の足に嚙《か》みついた頭も砕《くだ》け散《ち》る。

ユウマはすでに乱入者が誰《だれ》なのか気付いていたが、念のために頭上のＨＰ《ヒットポイント》バーを確認《かくにん》した。漢字で表記されたプレイヤーネームは、【二木翔《ニキカケル》】。六年一組の仲間——ではあるが、ユウマはほとんど絡《から》んだことがない。

軽快なデザインの金属鎧《よろい》を着た二木は、剣を深く振り下ろした姿勢からさっと立ち上がると左に向き直った。そちらでは、まだサワとコンケンがヴァラニアン・アックスベアラーと交戦している。二木に訊《き》きたいことは山ほどあるが、まずは二人を援護《えんご》しなくては。

友利のＨＰが四割弱残っていることを確かめてから、ユウマはサワたちのところへ走ろうとした。しかし、二木が左手を持ち上げるのを見て思わず立ち止まる。

「ヴェンタス《風よ》！」

凛《りん》とした詠唱《えいしょう》。手の先に、黄緑色の光球が生まれる。

「コリーゴ・プルヴィス《塵芥を吸い寄せ》！」

光球は一メートルほど前に移動し、激しく渦巻《うずま》く風のかたまりを生み出す。それは地面から落ち葉や小石を吸い上げ、たちまち緑色から灰色に変わる。

「イグニス《飛べ》!!」

灰色の渦《うず》は弧《こ》を描《えが》いて飛び、いままさに斧を振り下ろそうとしていたヴァラニアンの頭部を包み込んだ。

「ヴァルウウウウッ!!」

トカゲ巨人《きょじん》が苦悶《くもん》の咆哮《ほうこう》を上げ、顔を上下左右に振り動かす。しかし実体のない風のボールは吸い付いて離《はな》れず、巻き込んだ塵芥《じんかい》で目や鼻を責めさいなむ。これは、《砂塵渦《ダスト・エディー》》の魔法《まほう》……攻撃力《こうげきりょく》はごく低いし、地面が埃《ほこり》っぽいところでしか使えないが、成功すれば視覚と嗅覚《きゅうかく》をほぼ完全に封《ふう》じてしまう序盤《じょばん》最強クラスの阻害《デバフ》魔法《まほう》だ。もちろん汎用《はんよう》魔法《まほう》スキルでは扱《あつか》えず、風魔《ま》法《ほう》スキルの熟練度をかなり要求される。

二木は先刻、片手剣専用の武技《パワー・スマッシュ》を使った。つまり、片手剣スキルと風魔《ま》法《ほう》スキルを平行して上げているわけだ。どんなスキル構成《ビルド》なのか知りたくなるが、いまはそんなことを気にしている場合ではない。

二木の助太刀《すけだち》に気付いていなかったのだろうサワとコンケンは、突然《とつぜん》の《砂塵渦》に驚《おどろ》いたように振り向いたが、ユウマはサムズアップのハンドサインで「こっちは問題ない」と伝え、即座《そくざ》に叫《さけ》んだ。

「全力攻撃《こうげき》!!」

二人はさっと頷《うなず》き、コンケンは両手剣を、サワはワンドを高く掲《かか》げた。

渾身《こんしん》の上段斬《ぎ》りと、《炎の矢《ファイア・アロー》》の上位魔法《まほう》《炎の杭《ファイア・ステーク》》が、盲目《もうもく》状態のヴァラニアンを立て続けに直撃《ちょくげき》し、残っていた一割少々のＨＰ《ヒットポイント》を削《けず》り切った。巨体《きょたい》は大きく仰《の》け反《ぞ》り、後ろに倒《たお》れていく途中《とちゅう》でぴたりと静止。ぎゅっと収縮してから膨《ふく》れ上がり、膨大《ぼうだい》な量の破片《はへん》となって爆散《ばくさん》する。

ボス級モンスター専用のファンファーレが鳴《な》り響《ひび》き、戦闘結果《リザルト》のウインドウが表示される。レベルもさらに一つ上がり、初級者卒業の目安らしい12に到達《とうたつ》したが、ユウマはウインドウに目もくれず、二木翔《ニキカケル》に歩み寄った。

高学年になってからはまともに顔を見たことなどほとんどなかったが、こうして相対すると気後《きおく》れしてしまうほどの美形ぶりだ。

髪型《かみがた》は右側を後ろに流し、左側を長く垂らしたアシンメトリースタイル。大きな二重の目はきりっとした鋭《するど》さと人好きのする愛嬌《あいきょう》を兼《か》ね備《そな》え、鼻筋と口許《くちもと》はひたすら爽《さわ》やかで、イケメンという言葉はこういう顔のためにあるんだろうなと思わせる。

二木はライトブラウンの瞳《ひとみ》でまっすぐユウマを見ると、ニッと人懐《ひとなつ》っこい笑《え》みを浮《う》かべた。

近づいてきた友利《トモリ》、サワ、コンケンとも順に目を合わせ、再びユウマに向き直る。

「四人とも無事で良かった」

その第一声に、ユウマは「主人公かよ」と突っ込みたくなるのを堪《こら》え、ぺこりと頭を下げた。

「ありがとう、二木が助太刀《すけだち》してくれなかったらヤバかったよ」

「いや、俺が手出ししなくても倒《たお》せてたと思うけどな。クラスの仲間をやっと見つけたんで、我慢《がまん》できずに突っ込んじまった」

言いながら、二木は照れくさそうに頭を掻《か》く。

そう──二木翔は、アルテア一階の仮称《かしょう》《須鴨《スガモ》シェルター》には避難《ひなん》しなかった同級生だ。

六年一組の生徒が二階の一番プレイルームから脱出《だっしゅつ》した時、非常階段を上がっていったという十五人の中の一人。

頭の中に渦巻《うずま》く質問のどれから口にしたものかユウマが迷っていると、サワが落ち着いた声で問いかけた。

「二木くん、状況《じょうきょう》は把握《はあく》できてるのね？」

すると二木は笑《え》みを消し、真剣《しんけん》な顔で頷《うなず》いた。

「ああ……つっても、解《わか》ってるのはアルテアから出られないことと、バケモンがうろついてることくらいか……」

「上のフロアに行った、他のみんなは無事なの？」

「まあ、一応な」

　もう一度頷《うなず》き、周囲を見回す。

「なあ、話をするなら、どっか安全な場所に避難《ひなん》しようぜ。さっきの中ボスみたいなのはもう湧《わ》かないだろうけど、またオオカミとかが入り込んでくるかもしれないし」

確かにそのとおりだ。しかしここから移動するなら、その前にやらなくてはならないことがある。

「えっと……二木《ニキ》、僕たちはこの城にナギ……茶野《サノ》さんを捜しにきたんだ。前庭にはいなかったけど、城の中か、地下のダンジョンに隠《かく》れてるかもしれない」

ユウマがそこまで説明すると、再びサワが割り込んだ。

「城にはいないと思う。地上部分は壁《かべ》があちこち崩《くず》れてスカスカだから、さっきの戦闘《せんとう》の音が聞こえなかったはずがない」

「ああ、そっか……じゃあ、ダンジョンだけだな。避難《ひなん》する前に、地下一階から四階まで捜索《そうさく》したいんだ」

「なるほど……」

二木はほんの一、二秒だけ目を伏《ふ》せてから、顔を上げて言った。

「解《わか》った。俺も手伝うよ」

「い……いいのか？」

「いいに決まってるだろ。雪花《ゆきはな》小生徒会のスローガンは《献身《けんしん》》だぜ」

「……そうなの？」

「生徒会室に、初代の会長が書いたっつうデカい額が飾《かざ》ってあるから見にこいよ。達筆すぎて読めねぇけど」

そう言うと、二木はまたもや悪戯《いたずら》っぽく笑った。

つられて顔を綻《ほころ》ばせつつ、やっぱりこいつにはかなわないな……とユウマは頭の中で呟《つぶや》いた。

この状況《じょうきょう》で笑える胆力《たんりょく》、キレのある洞察《どうさつ》力と決断力、さらにはアクチュアル・マジックでの戦闘《せんとう》力まで、全てが格上だ。さすがは雪花小の現生徒会副会長だけのことはある。シェルターで散々威《い》張《ば》っていたクラス委員長の須鴨光輝《スガモテルキ》より名実ともに上位、六年一組のヒエラルキーの頂点に座する二人の生徒の片方がこの二木翔《カケル》なのだ。

数時間前にユウマは、二木たちならもう《ジョブチェンジ》――現実世界でアクチュアル・マジックの能力を覚醒《かくせい》させる方法を見つけているのではと推測したが、実際にはそれどころか、カリキュラスを使えばAM世界に戻《もど》れることまで気付いていたわけだ。

クラスで僕が一番ゲームに詳《くわ》しいんだ……とまでは言わないが、最もコアなゲーマーであるとこっそり自負していたユウマとしては、ほろ苦い敗北感を覚えずにはいられない。しかし、いまはナギとの合流が最優先なので、二木の協力は素直《すなお》にありがたい。

「ありがとう、助かる」

ユウマがもう一度頭を下げると、コンケン、サワ、友利《トモリ》も口々に礼を言った。

二木《ニキ》は少しばかり顔をしかめ、素早《すばや》くかぶりを振ると、「気にすんなよ」とだけ答えた。

一人増えて五人になったパーティーは、激戦の痕跡《こんせき》が残る前庭を突っ切り、古城の一階へと踏《ふ》み込んだ。

友利のＭＰ《マジックポイント》がゼロにならない限り消えない《照らす小鳥《イルミネート・バード》》が、二メートル前方をぱたぱたと飛んでいく。

放たれる白い光が、広大なフロアの中央部分を照らし出す。ドラゴンのダンジョンへと続く下り階段の入り口が、光の輪の中に浮《う》かび上がる。

しかしその階段は、一階の天井《てんじょう》から崩落《ほうらく》してきたらしき大量の石材で、跡形《あとかた》もなく埋《う》まっていた。

4

「………ダメだ、ビクともしねー！」

下り階段を塞《ふさ》ぐ石材の一つを抱《かか》え上げようと奮闘《ふんとう》していたコンケンが、その場に尻餅《しりもち》をつきながら叫《さけ》んだ。

石材のサイズは、縦横四十センチ、高さがその二倍ほど。普通《ふつう》に考えれば小学生に動かせるサイズではないが、ＡＭ世界のコンケンは完全なる脳筋《ノーキン》ビルドで、筋力値《ストレングス》の補正込みの腕力《わんりょく》は巨大《きょだい》な両手剣を軽々と振り回せるほどだ。そのコンケンがフルパワーを振り絞っても、一ミリたりとも動かせないのは重力以外の力が働いているとしか思えない。

「……この石、たぶん地形扱《あつか》いね」

コンケンの後ろに立つサワが、いつもより少しだけ低い声で言う。口調は落ち着いているが、双子《ふたご》の妹の胸中に滲《にじ》む焦燥《しょうそう》を、ユウマは我がことのように感じ取れる。

焦《あせ》っているのはユウマも同じだ。現在時刻は午後六時五十分。七時までにシェルターに戻《もど》るためには、遅《おそ》くとも五十五分にはログアウトしなくてはならない。

「地形扱《あつか》いって、マップそのものが変わっちまったっつーことか？」

上体を限界まで仰《の》け反らせて訊《たず》ねたコンケンに、サワは最小限の動作で頷《うなず》く。

「うん。ひょっとしたら、ダンジョンそのものがもう存在してないかもしれない」

「……ウソだろ……」

コンケンが、そのままドサッと仰向《あおむ》けに倒《たお》れる。

ウソだろ、と言いたいのはユウマも同じだが、積み重ねてきたゲーム経験値がサワの意見を肯定《こうてい》してしまう。古城の地下に広がっていたダンジョンとその最深部に陣取《じんど》るドラゴンボスは、あくまでテストプレイのクリア目標だった。そういう仮設のゴールが、正式サービスで跡形《あとかた》もなく消えてしまうのはさして珍《めずら》しいことではない。

しかし、だとすると、午後三時のテスト終了《しゅうりょう》時に一人だけログアウトできなかったナギは、ダンジョンの消滅《しょうめつ》と同時にマップのどこかに転送されたと推測される。しかも、何らかの理由でメニューウインドウのログアウトボタンを使えない状況《じょうきょう》なのだ。

その理由がシステムの不具合ならまだいいが、意識がないとか、あるいは……。

悲観的な想像を無理やりに中断し、ユウマはもう一度現在時刻を確かめてからサワに訊《き》いた。

「なあ……須鴨《ガモ》の命令って、正確にはどんなのだっけ？」

「えっと……『お前らは、このシェルターにいる生徒全員ぶんの食料を探しに行け。見つかるまで戻《もど》ってくるなよ』だったかな」

口調と声色《こわいろ》まで器用に再現しながらサワが答えると、床《ゆか》でコンケンが毒づいた。

「えっっっらそうに、何様だっつーの」

「あたしに言わないでよ」

上と下から睨《にら》み合《あ》う二人の視線を左手で遮断《しゃだん》し、ユウマは言った。

「……ってことは、戻《もど》る時間までは指定されてないわけだよな」

「そりゃまあ……けどあんまり待たせたら、ガモはどうでもいいけど他の子がかわいそうだよ。みんなお腹空《なか》かせてるだろうし」

サワの指摘《してき》はもっともだ。現在、ユウマとサワのストレージにはベンダーマシンから入手、いや略奪《りゃくだつ》したパンやおにぎりが、コンケンのストレージにはNPC商人から買った干し果物や干し肉が山ほど詰《つ》まっている。シェルターの生徒たちは、テストプレイの直前に弁当を食べて以来ほぼ何も口にしていないはずなので、我慢《がまん》もそろそろ限界だろう。いますぐにでも食料を届けたいのはやまやまなのだが――。

「……でも、せめてナギの居場所の手がかりくらいは……」

ユウマが両手を握《にぎ》り締《し》めた、その時。

少し離《はな》れた場所で友利《トモリ》の説明を聞いていた二木《ニキ》が、足早に近づいてきた。

「そっちの状況《じょうきょう》はだいたい解《わか》った。……三浦《ミウラ》と諸《モロ》は残念だったな……」

沈鬱《ちんうつ》な面差《おもざ》しでため息をつき、すぐに表情を引き締《し》める。

「たった四時間で、二人も死んじまったわけか。これ以上、犠牲者《ぎせいしゃ》を出すわけにはいかない。アルテアから脱出《だっしゅつ》する方法を一秒でも早く見つけないと」

「…………うん」

ユウマは頷《うなず》いたが、アルテアを脱出《だっしゅつ》する前にしなくてはならないことが二つある。一つは、もちろんナギとの合流。そしてもう一つは、顔のない怪物《かいぶつ》になってしまった綿巻《ワタマキ》すみかを元に戻《もど》すこと。

二木《ニキ》に状況《じょうきょう》を説明した友利《トモリ》は、怪物《かいぶつ》化したすみかをユウマたちが魔法《まほう》で拘束《こうそく》したことまでは知っているが、拘束《こうそく》の実態が魔物《まもの》使いの能力による捕獲《キャプチャー》、すなわちカード化だとは知らない。ゆえに友利は二木に、綿巻すみかは三浦幸久《ミウラユキヒサ》の遺体と同じく一番プレイルームのカリキュラスに閉じ込められている、と説明したはずだ。加えてユウマは事前に、ヴァラクのことは秘密にしておいてくれと友利に頼《たの》んである。

パーティーの窮地《きゅうち》を救ってくれた二木に、真実を伝えられないのは忸怩《じくじ》とするものがある。しかし、サワに悪魔《あくま》が憑《つ》いているなどという話を信じて貰《もら》える気がしないし、信じてくれてもそれはそれでどう受け取られるか不安だ。すみかについても、元に戻《もど》す方法が見つかるまでは極力伏《ふ》せておきたい。もしも須鴨《スガモ》あたりにすみかをカード化したと知られれば、何を言い出すか予想できないからだ。

目を伏《ふ》せるユウマの背中を、二木は右手で少し強めに叩《たた》き、言った。

「解《わか》ってるよ。茶野《サノ》さんの捜索《そうさく》もちゃんと手伝うから」

「ああ……うん、ありがとう」

沈黙《ちんもく》を少しばかり誤解されたようだが、ナギを心配しているのも事実だ。いまは二木の言葉に甘えようと考え、ユウマは言った。

「……ナギがこのダンジョンにいないとなると、次に可能性が高いのはカルシナの街だ。でも、いまから向かうと、戦闘《せんとう》を避《さ》けてダッシュしても三十分はかかる……」

「それだけどね」

友利が、わずかに言いよどむ様子を見せてから続けた。

「今夜は、シェルターに戻《もど》るのが遅《おそ》くなっても大丈夫《だいじょうぶ》だと思う」

「え……でも、みんなお腹空《なか》かせてるだろうし……」

「……百パーセントの確信があるわけじゃないから、言わないつもりだったけど……たぶん、須鴨くん、かなりの量の食料を隠《かく》し持《も》ってる」

「ハァ⁉」

と叫《さけ》んだのは、埋《う》まってしまった階段の手前にひっくり返っていたコンケンだった。猛烈《もうれつ》な勢いで起き上がり、眉毛《まゆげ》を吊《つ》り上げてさらに喚《わめ》く。

「ガモのヤロウ、てめーが食いもんガメてんのに、オレらに食料手に入れるまで帰ってくんなとか言ったのかよ⁉」

「トモちゃんに怒鳴《どな》ってもしょうがないでしょ」

サワにたしなめられると、コンケンは「わりい」と友利に謝ったが、眉間《みけん》のしわは消えない。

むかっときたのはユウマも同じだが、深呼吸一回で抑《おさ》え込み、友利《トモリ》に訊《たず》ねる。

「清水《シミズ》さん、なんで解《わか》ったの？」

「えっとね……いまシェルターになってる一階のショッピングエリアに私たちが逃げ込んで、シャッターを閉めて少し落ち着いた時、穂刈《ホカリ》くんと瀬良《セラ》くんが食料を探そうって言い出したの。それで、お店の中をみんなで手分けして調べて……。ほら、普通《ふつう》あいうとこのお土産《みやげ》って、クッキーとかお饅頭《まんじゅう》とかが定番でしょ？」

「うん」

かつてまったく同じことを考えたユウマは、咄嗟《とっさ》に《アルテアまんじゅう》のパッケージや皮の食感、あんこの甘さまで想像してしまい、アバターの胃が締《し》め付《つ》けられるような空腹感に襲《おそ》われつつ頷《うなず》いた。

友利も一瞬《いっしゅん》だけ切なそうな顔をしたが、すぐに真剣《しんけん》な表情に戻《もど》って続けた。

「でも、並んでるお土産《みやげ》は文房具《ぶんぼうぐ》とかぬいぐるみみたいなグッズだけで、お菓子《かし》はなかった。イートインコーナーの棚《たな》も空っぽで、まだグランドオープンの前だから消費期限のあるものは置いてないんだろうって須鴨《スガモ》くんが言って、みんな納得《なっとく》したんだけど……私、お店を調べてる時に、イートインコーナーにいる須鴨くんの近くで、何かが繰《く》り返《かえ》し光るのを見たの。すごくかすかな光だったから、その時は切れかけた非常灯か何かかなって……でも……」

一度ぎゅっと口を引き結んでから、友利は言った。

「いま考えてみると、あれ、ストレージにアイテムを収納する時のエフェクト光だったんじゃないかな……。たぶん、棚《たな》にあった食べ物を根こそぎ入れたんだと思う」

「え………？」

ユウマはぽかんと口を開けてから、友利の推測が事実だとすると、一つ大きな矛盾《むじゅん》が生じることに気付いた。

念のため、友利サイドの出来事と自分サイドの出来事を、頭の中で時系列に沿って整列させてみる。

アクチュアル・マジックのテストプレイが異常終了《しゅうりょう》し、アルテアがゲーム世界に侵食《しんしょく》されてしまったのが午後三時。

友利を含《ふく》む六年一組の生徒の大部分はその時点でログアウトし、カリキュラスから出たが、怪物《かいぶつ》化した綿巻《ワタマキ》すみかに襲《おそ》われて三浦幸久《ミウラユキヒサ》が死亡。生徒たちは恐慌《きょうこう》状態に陥《おちい》り、プレイルームから脱出《だっしゅつ》したものの、エレベーターは動作せず、非常階段もすし詰《づ》めになってしまったので、四割弱の生徒は一階に降りるのを諦《あきら》めて上階に避難《ひなん》した。

ユウマ、サワ、コンケンが目を覚ましたのはこのあたりだ。なぜ他の生徒より遅《おく》れたのかは解《わか》らないが、三人で協力して綿巻すみかの猛攻《もうこう》をしのぎ、捕獲《キャプチャー》することに成功した。その後、三浦の遺体を空のカリキュラスに収め、階段で一階に降りたのが三時二十分。メインロビーでコーンヘッド・ブルーザーを撃破《げきは》し、エントランス周辺とバックヤードを探索《たんさく》、ショッピングエリアに退避《たいひ》していた生徒たちと合流したのが三時五十分くらいだったはずだ。

つまり、友利《トモリ》たちがショッピングエリアで食料を探したのは、三時十分ごろから五十分ごろまでのあいだ……ということになる。しかし、ユウマが合流し、《ジョブチェンジ》の方法を伝えたのはその後なのだ。

二秒ほどかけてそこまで整理したユウマは、友利にもう一度問いかけた。

「……清水《シミズ》さんがイートインコーナーでストレージの操作エフェクトを見たのは、僕とサワとコンケンが合流する前なんだよね？」

「うん」

「けど、みんながAMを起動して《ジョブチェンジ》したのはその後だった。メニュー画面は、ジョブチェンジしないと開けない……ってことは、清水さんたちが食料を探してる時にはまだ、須鴨《スガモ》も他のみんなもストレージを使えなかったはず……」

「それか、須鴨だけはその時点ですでにジョブチェンジしてたか、ね」

サワの言葉に、ユウマたちのみならず、事情を完全には把握《はあく》していないはずの二木《ニキ》までもが顔をしかめた。長く垂れた左の前髪《まえがみ》を掻《か》き上げながら、苦々しい口調で言う。

「芦原《アシハラ》さんの読みが当たってたら、光輝《テルキ》のやつ、自力で《覚醒《かくせい》》の方法を見つけておきながら内緒《ないしょ》にしてたってわけか。相変わらずだな……」

「覚醒《かくせい》？　二木たちはそう呼んでるのか？」

ユウマが訊《き》くと、二木はニヤッと笑って答えた。

「まあな。そっちはジョブチェンジなんだな」

「う、うん」

子供っぽいと突っ込まれるかと思ったが、二木はすぐに笑《え》みを消し、深々と息を吐《は》いた。

「……クラス委員長にこんなこと言いたくねぇけど、光輝《テルキ》の判断基準は昔から《自分にとって損か得か》だからな。覚醒《かくせい》方法を全員に教えるメリットよりデメリットがでかいと思ったら、黙《だま》ってることも有り得るだろうな……」

そこまで聞いた瞬間《しゅんかん》、脳裏《のうり》にとある光景が甦《よみがえ》り、ユウマは目を見開いた。

「どうしたんだよ、ユウ」

怪訝《けげん》そうに眉《まゆ》を寄せるコンケンに向けて、ぐいっと右手を突き出す。

「……手相でも見ろってのか？」

「違《ちが》う。ほら、シェルターのみんなにジョブチェンジの方法を教えた時、僕が《風の小鳥《ウインド・バード》》の魔法《まほう》を使っただろ。あの時ガモにこうやって手を向けたら、五メートル以上も離《はな》れてたのに、あいつ避《よ》けようとしたんだ。まるで、魔法《まほう》を使うのが解《わか》ってたみたいに」

「マジかよ……。でもガモのヤツ、みんなのクレストが変形してる時、ミソと一緒《いっしょ》にワーワー喚《わめ》いてたぜ」

「三園《ミソノ》さんは本当にびっくりしてたと思う。けどガモの叫《さけ》び声《ごえ》は、ちょっとわざとらしかった気がするんだよな……」

ユウマの言葉に、友利《トモリ》がこくりと頷《うなず》いた。

「私も、須鴨《スガモ》くんの性格からして、ああいう場面じゃ悲鳴を上げたりしないでやせ我慢《がまん》すると思うな」

「確かにそうかも」

サワもしかめっ面《つら》で同意する。

友利が見たエフェクト光、ユウマが右手を向けた時の反応、ジョブチェンジの時の大げさな悲鳴――全ては状況証拠《じょうきょうしょうこ》だ。しかし、三つ重なれば疑いは相当に濃《こ》くなる。

「……ガモが一人だけ先にジョブチェンジを済ませてて、しかもそれを隠《かく》してたとしたら……清水《シミズ》さんが見た光は、ストレージに何かを収納した時のエフェクトだった可能性は高い。で、場所がイートインコーナーなら、それは清水さんが言うとおり食べ物だろうね。ただ……」

そこでいったん言葉を切ると、ユウマは須鴨光輝《テルキ》の顔を思《おも》い浮《う》かべた。

古城ダンジョンの最下層で、「ハーッハッハ！」と高笑いしながら走っていった須鴨。

諸雄史《モロタケシ》の死の責任を問う学級裁判で、被告《ひこく》のユウマを冷ややかに見下ろしていた須鴨。

テストプレイの時は、まだいつもの彼だった。やたらプライドが高くて、尊大で自分勝手で鼻持ちならないが、どこか憎《にく》めないところのあるおぼっちゃま。しかし裁判では、まるで人が変わってしまったかの如《ごと》く、冷徹《れいてつ》非情かつ理路整然とユウマを糾弾《きゅうだん》して有罪へと導いた。

そう……あの時、須鴨の彼女ポジションの三園愛莉亜《ミソノアリア》も、不安げな表情で須鴨を見ていた。どこかおかしいと感じているかのように。

「ただ、何だよ？」

コンケンに促《うなが》され、ユウマはいつの間にか引き結んでいた口を動かした。

「……いくらワガママ大王なガモでも、この状況《じょうきょう》で貴重な食料を独《ひと》り占《じ》めはしないだろうって思ったんだけど……いまのあいつならやりかねない。けど……」

ちらりと友利を見てから続ける。

「ストレージに入れてるところを誰《だれ》かに見られたら、さすがにごまかしきれなかったはずだ。そこまでのリスクを冒《おか》して確保した食料を、みんながお腹《なか》を空かせたからってあっさり提供するかな……。それに、自分のストレージに食料が入ってたことを、どう説明するつもりなんだろう」

「あとのほうは、色々ごまかす方法があると思うよ。バックヤードでストレージから出して、いま見つけたことにするとかね。……けど……」

こちら側でもかけている黒縁《くろぶち》眼鏡のつるに触《ふ》れながら、友利は言った。

「確かに、提供するタイミングはぎりぎりまで引っ張ろうとするかも……。みんなが限界までお腹《なか》を空かせるのを待つとか……」

「そのほうがヒーローポイントを稼《かせ》げるもんな」

渋《しぶ》い顔でそう応じると、コンケンはちらりと視線を右下に振った。

「七時になっちまったか……。こりゃ、一回戻《もど》るしかなさそうだな……」

「……うん」

ユウマも落胆《らくたん》を押し殺しつつ頷《うなず》いた。

ナギとの合流を果たすどころか、居場所の手がかり一つ見つけられずにログアウトするのは無念極《きわ》まりない。しかし、シェルターでは十八人——須鴨《スガモ》を除外しても十七人の生徒たちが、ひもじさに耐《た》えながら食料捜索《そうさく》隊が戻《もど》るのをいまかいまかと待っているはずだ。ユウマたちのストレージには食料が山ほど詰《つ》め込まれているのに、自分たちの事情を優先して空腹の仲間を放置するわけにはいかない。

「……いったんシェルターに戻《もど》って、食料を分配してからもう一度……」

そこまで言いかけた時だった。二木《ニキ》が一歩前に出ると、意を決したように告げた。

「俺が、一階のシェルターまで食料を届けてやるよ。それに、お前らがしばらく戻《もど》れないとも伝えとく。茶野《サノ》を捜すのを手伝うって言ったけど、こっちのほうが優先度高そうだからな」

「え……？」

予想外の申し出に、ユウマのみならず、サワとコンケン、友利《トモリ》も唖然《あぜん》と目を見開く。

「でも……二木くん、上の階からダイブしてるんでしょ？」

サワが確認《かくにん》すると、二木はゆっくり頷《うなず》いた。

「ああ。四階にスタッフ用の休憩室《きゅうけいしつ》があって、そこを避難所《ひなんじょ》にしてる。俺がダイブしてるのも、四階の三番プレイルームだ」

「四階……」

友利がかすかな驚《おどろ》きの滲《にじ》む声で呟《つぶや》き、ユウマもコンケンと顔を見合わせた。

もしもユウマたちが三階を飛ばして先に四階を捜索《そうさく》していれば、現実世界で二木たちと再会できていたわけだ。しかし、その仮定は意味がない。ユウマたちはナギを捜しにきたのだから、三階をスルーするという選択《せんたく》は有り得なかった。

サワも同じことを考えただろうが、顔に出すことなくさらに訊《たず》ねる。

「階段を上った十五人は、全員四階の避難《ひなん》所にいるの？」

「もちろん。何人か軽い怪我《けが》をしたけど、重傷のヤツも、死んだヤツもいないよ」

「そっか、良かった。――まあ、会長がいるんだもんね」

サワがそう応じた途端《とたん》、二木はいままでのどこか斜《しゃ》に構えた笑《え》みとは違《ちが》う、年相応の笑顔《えがお》で頷《うなず》いた。

「ああ、あいつに任せとけば大丈夫《だいじょうぶ》だ」

二木にそこまで言わせる生徒の名は、灰崎伸《ハイザキシン》。開校以来の天才とうたわれる、雪花《ゆきはな》小学校の現生徒会長だ。

灰崎とはまったく接点のないユウマでさえも、彼の理知的な面差《おもざ》しを思《おも》い浮《う》かべただけで、

胸《むね》の奥にわだかまる不安や焦燥《しょうそう》がいくらか薄《うす》れるような気がする。灰崎《ハイザキ》と合流さえできれば、あとは彼が万事《ばんじ》正しく判断し、導いてくれるという、揺《ゆ》るぎない信頼《しんらい》感。

「二木《ニキ》がこっちにダイブしたのも、灰崎の指示なのか？」

ユウマの質問に、二木は板に付いた仕草で肩《かた》をすくめた。

「指示っつうか、提案だな。四階に避難《ひなん》した生徒全員でこれからどうするか話し合ってる時、一階にいる奴《やつ》らと連絡《れんらく》を取りたいけど、階段を下りるとまた綿巻《ワタマキ》か、他の怪物《かいぶつ》に襲《おそ》われるかもしれないって話になってさ。そしたらシン——灰崎が、誰《だれ》かがもう一回アクマジにダイブして、そこでクラスの奴《やつ》を捜すっていう意見を出したんで、俺が志願したんだ」

「…………」

思わず絶句してしまう。

ユウマたちが再びアクチュアル・マジックにダイブしたのは、サワに憑依《ひょうい》する《悪魔《あくま》》ヴァラクにそれが可能であると教えられたからだ。彼女と対話しなければ、カリキュラスに入ってみようとさえ思わなかっただろう。しかし灰崎はそのアイデアに自分の頭で辿《たど》り着《つ》き、しかも分断されたもう一方のグループからも誰《だれ》かがダイブしてくるだろうと、そこまで推測したわけだ。

「……でも、なんで二木だけなんだ？　僕たちみたいに三、四人でパーティーを組んだほうが安全だろ？」

灰崎《ハイザキ》の洞察《どうさつ》力に舌を巻きつつも、ユウマはそう訊《たず》ねた。二木《ニキ》の口許《くちもと》に浮《う》かんでいた笑《え》みに、再び皮肉っぽさが混じる。

「そりゃそうだけど、手を上げたのが俺だけだったからな。ま、強がりを言わせてもらえば、俺は《風走り《スイフト・ラン》》の魔法《まほう》を使えるから、一人のほうが動きやすいってのもある」

それを聞いたコンケンが、羨望《せんぼう》を隠《かく》さずに叫《さけ》んだ。

「やっぱお前、魔法《まほう》剣士ビルドかよ……！　戦士職って魔法《まほう》スキルぜんぜん上がんねーのに、テストプレイの三時間でよくそこまで仕上げたな……！」

「片手剣スキルと風魔法《まほう》スキル以外はさっぱりだから、ぜんぜん仕上がってねーよ」

謙遜《けんそん》してみせると、二木は再び時刻表示をチェックした。

「……ともかく、お前らと会えてよかったよ。それに、綿巻《ワタマキ》を生かしたまま閉じ込めてくれたこと、俺からも礼を言う。最悪……殺すしかないかもって思ってたからな。ありがとう芦原《アシハラ》、芦原さん、近堂《コンドウ》、清水《シミズ》さん」

心底ほっとしたようにそう言い、深々と頭を下げる。

途端《とたん》、ユウマの胸が再びちくりと痛んだ。

綿巻すみかを閉じ込めたのは確かだが、二木が想像しているであろうカリキュラスではなく、小さなカードの中なのだ。それはつまりユウマの使い魔《ファミリア》にしたということで、単なる拘束《こうそく》とはニュアンスがかなり変わる。

コンケンが向けてくるもの言いたげな視線を、ユウマは無言で受け止めた。

二木には、本当のことを伝えても大丈夫《だいじょうぶ》なのではないか……とコンケンは言いたいのだろう。ユウマも、すみかを元の姿に戻《もど》したいという願いを二木なら解《わか》ってくれると思うし、ましてや「カードを即座《そくざ》に破棄《はき》しろ」などとは言うまいという確信もある。それは四階のシェルターをまとめる灰崎も同じだ。

しかし、一階と四階を繋《つな》ぐルートの安全が確保されれば、遠くないうちに――ことによると今夜中にも、分断された一組の生徒たちは再会を果たすだろう。その後、二木と灰崎がすみかの現状を全員に伝えたら、カードの破棄《はき》を主張する者が必ず現れる。何と言っても、すみかは三浦幸久《ミウラユキヒサ》を殺し、多田智則《タダトモノリ》と会田慎太《アイダシンタ》に重傷を負わせたのだ。

やはり、カード化のことは、二木にもまだ教えられない。

コンケンに目配せでそう伝えてから、ユウマは二木が顔を上げるまで待って告げた。

「助けてもらったのは僕たちも同じだよ。このうえ、荷物運びまで頼《たの》むのは気が引けるし……それに、まだ階段が安全だと確認《かくにん》されたわけじゃない。アルテアには、綿巻さん以外にも危険なモンスターがうろついてること、二木も知ってるだろ？」

「ああ……四階の奥にもやばいのがいたからな。シンの指示で、四階に逃げ込んだ直後に全員覚醒《かくせい》してなかったら危なかった……」

二木がぶるりと体を震《ふる》わせる。いったいどんなモンスターだったのか気になるが、あれこれ質問していたら時間がいくらあっても足りない。

「なら、四階から一階まで一人で降りるのがどんなに無謀《むぼう》か、二木《ニキ》にも解《わか》るはずだ」

ユウマが指摘《してき》すると、二木は「そりゃ、まあな……」と頷《うなず》きかけたが、その顔をすぐ左右に動かした。

「いや、でも、芦原《アシハラ》たちが三階までの安全は確認《かくにん》してくれたんだろ。だったら、未確認《みかくにん》なのは四階と三階のあいだだけだ。俺、食料を預かったらすぐログアウトして、階段を覗《のぞ》いてみるよ。で、バケモンの気配がしたらすぐ戻《もど》ってくる……それでどうだ？」

「…………」

三人と顔を見合わせてから、ユウマは答えた。

「……こっちがお願いする立場なんだから、そこまで言われたらダメとは言えないけど……。でも、本当に、無理はするなよな」

「解《わか》ってるって。五分待って戻《もど》ってこなかったら、俺は一階に行ったと思ってくれ」

ニッと自信ありげに笑う二木に、ユウマはトレードを申し込んだ。

開いた交換《こうかん》ウインドウに、自分のストレージからおにぎりを二十個、スナック菓子《がし》を二十袋《ぶくろ》、ミネラルウォーターのボトルを十本移動させる。双方《そうほう》がOKボタンを押し、トレード完了《かんりょう》。

「食料、確かに預かった。必ず須鴨《スガモ》たちのところに届けるからな」

きっぱり言い切ると、二木はふと思い出したように付け加えた。

「そうだ……芦原《アシハラ》たち、二番プレイルームからダイブしてるって言ってたけど、カリキュラスの番号を覚えてるか？」

「えっと……226番から229番までだったかな。どうして？」

「向こう側で連絡《れんらく》したいことができたら、カリキュラスにメモを貼《は》っとこうと思ってさ」

そう答えながら、二木は開いたままのウインドウを操作した。システムタブに移動し、ログアウトボタンの上で右手を止める。

「危なそうだったら、ちゃんと戻《もど》ってこいよ」

ユウマがもういちど念を押すと、二木はニッと笑って答えた。

「了解《りょうかい》。……色々聞けて助かったよ、またな」

人差し指がボタンを押すと、二木翔《カケル》のアバターは白い光に包まれて消滅《しょうめつ》した。

5

体感では十倍にも思えた五分間が経過しても、二木翔《ニキカケル》は再ダイブしてこなかった。

つまり、非常階段にモンスターの気配がなかったので、そのまま下へと向かったのだろう。一階まで降りられれば、あとはエレベーターホール、メインロビー、ウェイティングゾーンを通り抜けるだけでショッピングエリア——須鴨《スガモ》シェルターに辿《たど》り着《つ》ける。

二木の顔を見れば、十八人の生徒たちはどれほど安心するだろう。食料が届いただけでなく、上の階に逃げた十五人が無事なことも解《わか》るのだから。もっとも、二木の登場でリーダーの座が揺《ゆ》らぐ須鴨だけは喜ばないかもしれないが。

あいつがどんな顔をするか見てみたかった、と少々意地の悪いことを考えながら、ユウマは椅子《いす》代わりの石材から腰《こし》を上げた。

「五分経《た》った。二木は無事に一階まで行けたと信じて、僕たちも動こう」

「よしきた！　……と言いてーけど……」

コンケンが、座ったまま情けない声を出す。

「移動する前に、オレらもメシにしねーか？　匂いがするってことは味もあるんだろうし、腹が減ってはゲームができぬ、ってことわざもあるしよぉ」

明らかに突っ込み待ちのボケを、サワが容赦《ようしゃ》なくスルーする。

「あと一時間くらいなら動けるでしょ。せっかく手に入れた食料を消費するより、カルシナの街で何か仕入れたほうがいいわ。情報収集もできるだろうし」

「おっ、いいじゃん！　確か、屋台が何軒《けん》かあったよな！」

現金な叫《さけ》び声《ごえ》とともに跳《は》ね起《お》きるコンケンを見て、友利《トモリ》がくすっと笑う。

時刻は午後七時十分。カルシナに着く頃《ころ》には八時を回っているだろう。酒場ならともかく、夜が早いゲーム世界の街でまだ屋台が営業しているかどうかは大いに疑問だが、それは省いてユウマは言った。

「決まりだな。……でも、カルシナに向かう前に少しだけこの城を探索《たんさく》してみたいんだけど、どうかな」

「え？　上の階は、テストの時に探索《たんさく》され尽《つ》くしてるでしょ？」

怪訝《けげん》そうな顔をするサワに、ユウマは早口で説明した。

「それはそうなんだけど、ダンジョンが消えたとなると、あのトカゲ巨人《きょじん》……ヴァラニアン・アックスベアラーはいったい何を守ってたんだって話になるだろ。ドロップしたのも斧と素材くらいで、お宝みたいなものはなかったし」

「……あー……」

ユウマと同じくらいのゲーム歴があるサワは、ほんの二秒足らず思案顔をしただけですぐに見よっか」

「確かに、言われてみればそうかもね。上の階はダンジョン構造じゃないし、さっと見るだけ頷《うなず》いた。

コンケンと友利《トモリ》も賛成したので、駆《か》け足《あし》で広間の奥へ向かう。友利が《照らす小鳥《イルミネート・バード》》を再び召喚《しょうかん》してくれたので、その光を頼《たよ》りに広い階段を上る。

慎重《しんちょう》に進むコンケンとサワを追いかけながら、ユウマは隣《となり》の友利に小声で話しかけた。

「清水《シミズ》さん、いまさらだけど、一緒《いっしょ》に来てくれてありがとう。ものすごく助かったよ」

「そんな……私、みんなの後ろで魔法《まほう》を唱えることしかできなかったし……」

恥《は》じ入《い》るように俯《うつむ》く友利に、ユウマは大きくかぶりを振ってみせた。

「それが僧侶《そうりよ》の仕事なんだし、実際ヴァラニアンに勝てたのは清水さんの魔法《まほう》のおかげだよ。あいつが落っことした盾《たて》を遠ざけたのもすごくいい判断だったし……それにいまだって、あの鳥がいなかったらランタンとか松明《たいまつ》とか持たないとだしさ」

コンケンの頭上を飛び回っている魔法《まほう》の鳥を指差しながらまくし立てると、友利はくすっと微笑《ほほえ》んだ。

「そう言ってくれるのは嬉《うれ》しいけど、私もちゃんと戦えるようにならなきゃ……。せっかく、サワちゃんのよりずっと長い杖《つえ》を持ってるんだし」

確かに、僧侶《そうりよ》が持つ牧杖《バクルス》は、魔法《まほう》の杖《つえ》であると同時に、大きく曲がった金属製の杖頭《じようとう》で敵を打ち据《す》える打撃《だげき》武器でもある。能力値的にも魔術《まじゅつし》師ほど近接戦に不向きな職業ではないのだが、それも結局はビルドによる。

「スタイルは人それぞれなんだし、魔法《まほう》特化の僧侶《そうりょ》だってぜんぜんアリだよ。前衛はコンケンがちゃんとやるから」

ユウマはフォローのつもりでそう言ったのだが、友利は再びくすくす笑った。

「そこは、『僕が』って言うとこじゃないの？」

「え……あ、も、もちろん僕もやるよ！」

「ふふふ……じゃあ、お言葉に甘えて、私は魔法《まほう》一本でいこっかな」

ようやく肩《かた》の力が抜けたらしく、いつもの穏《おだ》やかな口調で呟《つぶや》いた友利だったが、ふと何かを思い出したように顔を曇《くも》らせる。

「……でも…………」

「え……？」

どうしたの、と訊《き》こうとしたその時。

ごくかすかな、しかし途轍《とてつ》もなく奇妙《きみょう》な感覚に襲《おそ》われ、ユウマは階段の途中《とちゅう》で立《た》ち竦《すく》んだ。

まるで、魂《たましい》と体が切《き》り離《はな》されてしまったかのような隔絶《かくぜつ》感……しかしそれは一瞬《いっしゅん》で消え去り、夜気の冷たさや埃《ほこり》っぽい匂《にお》い、ブーツの底が接する石材の硬《かた》さが戻《もど》ってくる。

気のせいかと思ったが、前にいるコンケンとサワ、隣《となり》の友利も足を止め、訝《いぶか》しげに自分の体を見下ろしている。

「…………ユウ、いまの……」

振り向いたサワに、ユウマは頷《うなず》きかけた。

「なんか、変な感じしたよな。モンスターの遠隔攻撃《えんかくこうげき》……にしてはダメージも受けてないし、デバフアイコンも点《つ》いてない……」

「攻撃《こうげき》っつう感じじゃなかったぜ。もっと、こう……」

コンケンがしばらく言葉を探してから、もどかしそうに息を吐《は》く。気持ちは解《わか》る──ユウマにも、さっきの感覚を的確に表現できる語彙《ごい》はない。

「……まあ、こんな状況《じようきよう》だからね。おかしなことの、一つや二つや三つや四つくらいあるよな……」

代わりにそう言うと、ユウマはもう一度周囲を見回し、危険がないことを確かめた。サワとアイコンタクトし、移動を再開する。

古城の二階と三階には瓦礫《がれき》しかなかったが、最上階である四階の奥に、期待どおりのものが出現していた。黒光りする鋼鉄で補強された、大型の宝箱。

歓声《かんせい》を上げて駆《か》け寄《よ》ろうとするコンケンの襟首《えりくび》を掴《つか》んで制止し、サワに《罠看破《リビール》》の魔法《まほう》をかけてもらってから、慎重《しんちよう》に近づく。前面に巨大《きよだい》な鍵穴《かぎあな》があることに気付いて少々慌《あわ》てたが、全員に所持品を改めてもらい、《鋼鉄の鍵《かぎ》》がコンケンのストレージにドロップしているのを発見。持ち主に解錠《かいじょう》の権利を譲《ゆず》り、隣《となり》で見守る。

コンケンがもったいぶった仕草で鍵《かぎ》を差し込み、回転させると、ガチン！と歯切れのいい金属音が響《ひび》いた。続いて蓋《ふた》に両手を掛《か》けたものの、口で「でーでーでーでー」などと効果音を鳴らし始めるので、サワが背中をどやしつける。

ようやく持ち上げられた蓋《ふた》の下には、期待以上の光景が広がっていた。

いかにも高級そうな両手剣が一本、小剣《しょうけん》が一本、短杖《ワンド》が一本、牧杖《バクルス》が一本。恐《おそ》らくこれは、宝箱を開けたパーティーに合わせて生成されたのだろう。武器の他にも、ランタンや望遠鏡、水筒《すいとう》といった道具類と、高級そうなガラス瓶《びん》に入ったポーション類が所狭《せま》しと転がり、底には大量のコインが敷《し》き詰《つ》められている。

四人同時に「おお〜」と声を上げてから、向かい合ってハイタッチ。トレジャーハントに来たのではないのだから大騒《おおさわ》ぎは憚《はばか》られるが、嬉《うれ》しいものは嬉《うれ》しい。

コンケンが再び宝箱に向き直り、まず両手剣を取り出して床《ゆか》に置いてから、短杖をサワに、牧杖を友利《トモリ》に、そして小剣《しょうけん》をユウマに渡《わた》す。大量のアイテムとコインの整理は後回しにして、手持ちの革袋《かわぶくろ》二つに分けて収納すると、ストレージに余裕《よゆう》があるユウマと友利が預かる。

お宝の回収を終えると、四人は急いで一階に戻《もど》った。城の探索《たんさく》にかかった時間は約十分……これくらいなら、きっとナギも許してくれるだろう。

念のために入り口から前庭の様子を探《さぐ》るが、生き物の気配はない。バーブド・ウルフや他のモンスターが定期的に入り込んでくるものと思ったが、そういうわけでもないようだ。

「……よし、カルシナに行こう」

ユウマの言葉に、三人が無言で頷《うなず》く。

──絶対、今夜中に見つけるから、もうちょっと待ってて。

胸《むね》の奥でナギに向かって呼びかけ、ユウマは彼方《かなた》の街を目指して走り始めた。

森の古城からカルシナの街までは、道なりに進んでも五キロほどの距離《きょり》だ。

モンスターを遠くから発見、迂回《うかい》できる昼間なら、全力で走れるので三十分とかからない。

しかし夜は常に全方向への警戒《けいかい》を強《し》いられるので、早歩きで森を抜けるのに二十分、草原を縦断するのに三十分を要した。

十何個目の丘《おか》を越《こ》え、行く手にやっと街明かりが見えた時には、ユウマの予想どおり時刻は夜八時を回っていた。

カルシナの街は、カル川という名の大きな川の北岸に築かれた、小型の城壁《じょうへき》都市だ。市街地は半円形の石壁《いしかべ》で囲まれ、川岸に面した中央広場からは放射状に三本の大通りが延びて、それぞれが門に繋《つな》がる。

ユウマたちはお尋《たず》ね者《もの》でもなんでもないので、三つある門のうち、最大の北門へと向かう。

チェインメイルと斧槍《ハルバード》で武装した衛兵の前を通る時はいささか緊張《きんちょう》したが、通行証を見せろと言われたり、賄賂《わいろ》を要求されたりすることもなくあっさりと通過を許され、午後八時十二分、四人はとうとうカルシナの石畳《いしだたみ》を踏《ふ》んだ。

もっとも、この街はテストプレイの開始地点だったので、八時間ぶりに戻《もど》ってきただけとも言える。だから大して感慨《かんがい》も湧《わ》いてこないだろう、と思いつつユウマは北門からまっすぐ南に延びる大通りを見やった。

途端《とたん》、「あれっ……」と声を漏《も》らしてしまう。

前に通った時は、閑散《かんさん》とした道路の左右にぽつぽつと屋台や露店《ろてん》が点在しているだけだったはずなのに、いまは屋台など一つも見当たらず、代わりに煌々《こうこう》と明かりを灯《とも》した商店や酒場が道路の突き当たりまで軒《のき》を連ねている。そして路上には、談笑《だんしょう》しながら行き交《か》う大勢の酔客《すいきゃく》や買い物客。

「……この街、夜になるとこんなに賑《にぎ》わうのかよ」

コンケンが呆然《ぼうぜん》としたように言ったので、ユウマは小刻みにかぶりを振った。

「いや……昼とか夜とかの問題じゃないっぽいぞこれ。人通りだけじゃなくて、店もめっちゃ増えてるし……」

「逆よりいいじゃん。それより、早くどっかの店に入ろうぜ……オレ、腹減りすぎて死にそう……」

わざとらしく上体をふらふらさせるコンケンの背中を、サワがばしっと叩《たた》く。

「そんくらいで死ぬわけないでしょ。ご飯の前に、情報収集を……」

と言いかけた、その時。ユウマの視界に表示されるコンケンのＨＰ《ヒットポイント》バーの下に、初めて見るアイコンが点灯した。枠《わく》が黒いので支援《バフ》ではなく阻害《デバフ》――中央部が太くなったクランク形状のマークは、恐《おそ》らく胃、だろうか。

ユウマが唖然《あぜん》とアイコンを見つめていると、その上のバーに重ねて表示されたＨＰの数字が、満タン状態から1だけ減少した。

「あー、これたぶん《空腹》の状態異常ね。ごめんコンケン、やっぱ死ぬかも」

サワが冷静に指摘《してき》すると、コンケンが顔をぶんぶん振り動かしながら叫《さけ》んだ。

「やだ!!」


最初に目に付いたレストランに飛び込み、直感だけを頼《たよ》りにオーダーを済ませた時点で、コンケンのＨＰはさらに１ポイント減って１７４になった。

割合ダメージなのか固定ダメージなのかは不明だが、だいたい五分で1減るペースなので、コンケンが《空腹》デバフで死ぬには、あと八百七十分……すなわち十四時間と三十分かかる計算だ。現実世界ではその十倍の期間絶食しても、水さえ飲んでいれば餓死《がし》はしないだろうが、ゲーム世界の継続《けいぞく》ダメージとしては相当に悠長《ゆうちょう》な部類だと思える。

しかしもちろんコンケンとしては気が気でないらしく、椅子《いす》の上で貧乏《びんぼう》ゆすりをしながら、自分のHPバーと店の厨房《ちゅうぼう》に続くドアを交互《こうご》に見やっている。ストレージから保存食を出して一口囓《かじ》ればデバフは消えるはずだが、それはそれでシャクらしい。

幸い、次のダメージが入る前にドアが開き、両手にトレイを満載《まんさい》したNPCウェイトレスが現れた。

「はいよ、お待たせ！」

威勢《いせい》のいい台詞《せりふ》とともに、テーブルに次々と皿を並べる。じゅうじゅうとソースが焦《こ》げる音、食欲をそそるスパイスの芳香《ほうこう》、そしてランタンの明かりに照《て》り映《は》える、こんがり焼けた肉塊《にくかい》のビジュアルが、ユウマの胃をきりきりと締《し》め付《つ》ける。

ウェイトレスが四つのグラスにレモン入りの水を注ぎ、「楽しんでいってね！」とウインクして立ち去った瞬間《しゅんかん》、四人は光の速さでナイフとフォークを握《にぎ》った。

ユウマが注文したのは、《熟成セパラ牛のサーロインステーキ・蒸《む》し野菜とベイクドポテト添《ぞ》え》。セパラ牛というのが実在する品種なのかどうかも解《わか》らなければ、サーロインがどこの部位なのかも知らないが、見た目と香りはもはや暴力的ですらある。

左手のフォークで分厚い肉を固定し、右手のナイフを押し当てると、一瞬《いっしゅん》だけ弾力《だんりょく》を感じたもののすぐに心地《ここち》よく刃《やいば》が沈《しず》む。大ぶりに切り取った肉片《にくへん》は、表面はこんがり焦《こ》げているのに断面には淡《あわ》い桃色《ももいろ》が残り、眺《なが》めていると透明《とうめい》な脂《あぶら》が次々に染《し》み出してくる。

途轍《とてつ》もなく美味《おい》しそうだが、それ以前に信じがたいほどの存在感だ。初めてアクチュアル・

マジックにダイブして、風にそよぐ緑の草原を眺《なが》めた時も現実以上のクオリティに驚《おどろ》いたが、有り得ないものを見ている感覚はこのステーキ一切れのほうが強い。３Ｄモデルのはずなのに、肉の繊維《せんい》一本、いや細胞《さいぼう》一個まで再現されているとしか思えない。

もしかしたら、耐久度《たいきゅうど》を失ったオブジェクトのように、口に入れた瞬間《しゅんかん》に氷細工の如《ごと》く砕《くだ》け散《ち》ってしまうのでは……と怯《おび》えながら、ユウマは肉片《にくへん》を頬張《ほおば》った。

右側の奥歯《おくば》で挟《はさ》み、ぐっと噛《か》み締《し》める。しっかりした、それでいて軽《かろ》やかな歯応えとともに肉が裂《さ》け、温かい脂《あぶら》と肉汁《にくじゅう》が口いっぱいに広がって、甘味《あまみ》と酸味のあるソースと混ざり合う。あまりの美味《おい》しさに気が遠くなりかけたが、どうにか踏《ふ》み留まって無我夢中《むがむちゅう》で咀嚼《そしゃく》を繰《く》り返《かえ》す。肉片《にくへん》はあっという間に形を失い、呑《の》み込むと陶酔《とうすい》感だけが残る。

我に返って周りを見ると、ユウマと同じものを頼《たの》んだコンケンも、白身魚のグリルを頼《たの》んだサワも、鶏《にわとり》のシチューを頼《たの》んだ友利《トモリ》も、一心不乱に手と口を動かしている。ユウマも負けじとステーキをもう一切れ頬張《ほおば》り、さらにベイクドポテトを詰《つ》め込む。もっぎゅもっぎゅと噛《か》んで脂肪《しぼう》と炭水化物の相乗効果を堪能《たんのう》し、レモン水で流し込む。

現実世界では、小学生だけでこんな高級なレストランにはとても入れないし、仮に入ってもクレストにチャージされている小遣《こづか》いではステーキなど頼《たの》めない。この店も決して安くはない——ユウマとコンケンが注文したサーロインステーキは三十九オーラムだった——が、古城の宝箱には三千オーラムを超《こ》える額の金銀銅貨が詰《つ》まっていたので、その五パーセントを使う程度の贅沢《ぜいたく》は許されるだろう。

ステーキはあっという間に半分なくなり、残りはもっと味わって食べようと決意しながら、ユウマは卓上《たくじょう》のブレッドバスケットに手を伸ばした。三種類あるパンから、薄《うす》くスライスした黒パンを選び、バターを塗《ぬ》って一口囓《かじ》る。

パンは少し酸《す》っぱいが、ふんわりしたホイップバターとよく合っていて、これもしみじみと美味《おい》しい。

――そう言えば、ナギがこういうヨーロッパっぽいパン好きだったな。

と考えた途端《とたん》、隣《となり》のコンケンも食べる手を止め、言った。

「……ナギみそにも食わしてやりてーな……」

空腹感が癒《い》やされた途端《とたん》、罪悪感が湧《わ》いてきたのだろう。それはユウマも同じだ。コンケンのＨＰ《ヒットポイント》が減り始めていたという事情はあったにせよ、いまナギがどんな状況《じょうきょう》に置かれているのかも解《わか》らないのだから、やはりレストランのステーキではなく屋台の串焼《くしや》きくらいにしておくべきだったのでは……。

「食べさせるに決まってるでしょ」

突然《とつぜん》、サワがきっぱり言い切るとフォークを伸ばし、ユウマの皿から肉を一切れ器用に強奪《ごうだつ》した。

「ナギと合流したら、街で……ううん、この世界でいちばん高級なレストランに連れてって、食べたいもの片《かた》っ端《ぱし》から食べてもらうから。それまではもう、お店に入る暇《ひま》なんかないからね……いましっかり腹ごしらえしときなさい」

「……うん」「おう」

ユウマとコンケンは同時に頷《うなず》き、再びステーキに挑《いど》みかかった。

五分後、鉄皿の上の肉と野菜とジャガイモを跡形《あとかた》もなく消し去り、グラスのレモン水も飲み干すと、ユウマはふーっと深く息を吐《は》いた。

少し前に食べ終わっていたコンケンの頭上を見やり、まだ女子二人が食事を続けているので小声で囁《ささや》く。

「空腹デバフ、消えたな」

「おう……ったく、死ぬかと思ったぜ」

にやっと笑いながら言うと、コンケンは不意に眉根《まゆね》を寄せた。

「でもさ……どうしてオレだけデバフ喰《く》らったんだ？　お前らも食べてないのは一緒《いっしょ》……あっ、まさか、移動中とかにストレージから盗《ぬす》み食いを……」

「してねーよ！」

親友の脇腹《わきばら》をどついてから、いま思いついたことを口にする。

「……たぶん、現実世界と同じで、アバターの体格とか筋力によってエネルギーの消費効率が……クルマで言う電費《でんぴ》が違《ちが》うんだ。コンケンはデカいしパワーもあるから、そのぶん腹が減るスピードも速いんじゃないかな……」

「えっ、マジかよ。だったら、アバターがちっちゃくて筋力値《ストレングス》も低いほうが有利じゃん」

「単純にそうとは言えないと思うな」

と口を挟《はさ》んだのは、チキンシチューを食べ終えた友利《トモリ》だった。ナプキンで上品に口を拭《ぬぐ》い、レモン水を一口飲んでから続ける。

「私、さっきのボス戦で、このゲームは基本的に《力こそ正義》だなって思ったの。筋力値と耐久値《エンデュランス》が高ければたくさん物を持てるし、重い武器を振り回せるし、仲間を守る盾《たて》にもなれる……。もちろん魔術師《まじゅつし》や僧侶《そうりょ》も魔法《まほう》でいろんなことができるけど、それって近堂《コンドウ》くんみたいな力が強い人に守ってもらう前提なんだよね……」

それは違《ちが》うよ、と反射的に口から出かけた言葉を、ユウマは呑《の》み込んだ。

MMORPGでは、どんな職業《クラス》、どんな構成《ビルド》のプレイヤーにも得手不得手があり、お互《たが》いにカバーし合うことで初めて強敵とも戦える。魔法《まほう》系スキルをまったく取っていないコンケンは仲間の支援《バフ》も回復《ヒール》もできないのだから、それが可能な僧侶《そうりょ》を守るのは当たり前のチームプレイなのだ。

——と理屈《りくつ》を並べることはできるが、そもそも友利は《僧侶《そうりょ》は戦士に守られるもの》という原理原則に違和感《いわかん》を覚えたのだろう。その気持ちは解《わか》らなくもない。恐《おそ》らく、アクチュアル・マジックの七職業の中で、友利のような《回復・支援魔法《しえんまほう》全振り僧侶《そうりょ》》がソロでの生存力《サバイバビリティ》は最も低い。《攻撃魔法全振り魔術師《こうげきまほうぜんふりまじゅつし》》も打たれ弱さは同等以上だが、圧倒的《あっとうてき》な殲滅力《せんめつりょく》と機動力で危地を突破《とっぱ》できるのに対して、回復魔法《まほう》で耐《た》えているだけではいつかＭＰ《マジックポイント》が尽《つ》き、ジリ貧《ひん》になってしまう。

古城では、「魔法《まほう》一本でいこっかな」などと冗談《じょうだん》めかして言っていた友利《トモリ》だが、心の奥には割り切れないものが残っていたのだろう。もう一度、「僕とコンケンがちゃんと守るから」と口で言うのは容易だが、友利に掛《か》けるべき言葉はきっとそれではない。

「……清水《シミズ》さん」

左斜《なな》め前に座る友利をまっすぐ見ながら、ユウマは言った。

「どんな職業《クラス》、どんな構成《ビルド》を選ぶかは、全部その人の自由なんだ。まだ職業変更《クラスチエンジ》のシステムがあるかどうかは解《わか》らないけど、清水さんがそうしたければ、いまから筋力値《ストレングス》と耐久値《エンデュランス》、それに武器スキルと盾《たて》スキルも上げて、いわゆる《殴《なぐ》り僧侶《プリ》》を目指したっていい。いまのＡＭ……アルテアはこんな状況《じょうきょう》だけど、だからって……いや、だからこそ自分のビルドは自分で決めていいんだ。もちろん、訊《き》いてくれればアドバイスは全力でするから」

「………………」

ユウマは言語能力の限りを尽《つ》くし、どうにか自分の考えを伝えたが、友利はしばらく沈黙《ちんもく》を保ち続けた。

突然《とつぜん》、眼鏡の奥の両目から、ぽろり、ぽろりと大粒《おおつぶ》の涙《なみだ》が零《こぼ》れた。

「えっ……あのっ……」

動転したユウマは、救いを求めて隣《となり》と前を見たが、コンケンはフォークを浮《う》かせたまま硬直《こうちょく》しているし、サワもアクションを起こそうとしない。

しかし十秒ほど経《た》ったところで、サワがナプキンスタンドから新しいナプキンを引き抜き、友利に渡《わた》した。友利はそれで両目を拭《ぬぐ》い、さらに数秒かけて呼吸を整えてから口を開いた。

「……ごめんね、いきなり泣いたりして。私、誰《だれ》かにそんなふうに言ってもらったことなくて……」

「え……」

ゲームの話──では恐《おそ》らくないのだろう。しかしユウマに推測できるのはそこまでだ。

友利は途惑《とまど》うユウマを一瞬《いっしゅん》だけ見たが、すぐに目を伏《ふ》せ、続けた。

「……私、アルテアがこんなふうになっちゃってから、自分がちゃんとやれるのかずっと不安で……。シェルターにいる僧侶《そうりょ》は私と曽賀《ソガ》さんと諸《モロ》くんだけで、しかもその諸《モロ》くんも死んじゃって……それが私のせいだって責められるんじゃないかって、ずっと怖《こわ》かった。だから、須鴨《スガモ》くんが学級裁判を開いて、諸くんが死んだのは芦原《アシハラ》くんの責任だって言い出した時……私、ほっとしたの。私じゃ……私じゃなくて、よかったって……」

いったん止まった友利の涙《なみだ》が、再び堰《せき》を切ったように溢《あふ》れる。

ユウマは、相変わらず何も言えなかった。

友利《トモリ》の告白にショックを受けたわけではない。逆の立場だったら自分だってほっとするかもしれないし、学級裁判で友利が吊《つる》し上げられるくらいなら、《須鴨耐性《スガモたいせい》》のある自分のほうが遥《はる》かにマシだったとすら思う。

友利はナプキンを顔全体に押し当て、小さく肩《かた》をわななかせたが、そこで涙《なみだ》を抑え込み、また話し始めた。

「……一緒《いっしょ》に食料探しに行くって志願したのも、芦原《アシハラ》くんに謝らなきゃって思ったからだけど、それだけじゃない……。私、あの場所から逃げたかったの。シェルターのみんなを守る責任を、曽賀《ソガ》さん一人に押し付けることになるって解《わか》ってたのに、それでも逃げたかった。……だからせめて、このパーティーでは、ちゃんと自分の役割を果たそうって思って……。でも、三階でトンガリ頭に襲《おそ》われた時も、古城でトカゲ巨人《きょじん》と戦った時も、私、みんなに守られてるだけで……」

それを言ったら、魔物《まもの》使いのユウマは、コーンヘッド・デモリッシャー戦でもヴァラニアン・アックスベアラー戦でも職業《クラス》の役割などろくに果たしていない。せいぜいが、ヴァラニアンに《凍える手《チリング・ハンド》》の魔法《まほう》を当てたくらいで、本分たる召喚《しょうかん》も捕獲《キャプチャー》もしていないのだ。

だが、そう告げても友利の慰《なぐさ》めにはなるまい。どうしてそうも役割や責任にこだわるのかは解《わか》らないが、それが友利の心にきつく巻き付いた鎖《くさり》のようなものならば、他人の言葉で容易に外《はず》れたりはしないだろう。

しかし、であればなおさら、アクチュアル・マジックでのキャラクタービルドくらいは役割やら責任に縛《しば》られず、自由に決めてほしい。

そう考えたユウマは、両手をぱんと打ち合わせ、言った。

「よし、じゃあ、こうしよう！」

「え…………？」

濡《ぬ》れた顔を上げる友利と、コンケン、サワにも視線を向け――。

「どうせ、ナギの捜索《そうさく》を始める前にやっとかなきゃって思ってたんだ。いまここで、僕たちが貯《た》めてるスキルポイントを全部使おう」

6

アクチュアル・マジックのテストプレイが終了《しゅうりょう》した午後三時の時点で、ユウマ、コンケン、サワ、そしてナギのレベルは7だった。

そこからアルテアでコーンヘッド・ブルーザー、ヘルタバナス・ラーヴァの群れ、さらにはコーンヘッド・デモリッシャーを――ヴァラクの助力がなければ全滅《ぜんめつ》していたが――撃破《げきは》し、アクチュアル・マジックにダイブしてからも、中ボス格のヴァラニアン・アックスベアラーと強雑魚《ツヨざこ》のバーブド・ウルフ二匹《ひき》を倒《たお》した結果、ユウマたちのレベルは12に、途中《とちゅう》参加の友利《トモリ》も11に到達《とうたつ》している。

未使用のスキルポイントはユウマ、コンケン、サワが220。友利は170。基本スキルを一つ修得するのに必要なポイントは100なので、ユウマたちは新たに二つ、友利は一つ修得できるわけだ。

現在、ユウマが取っているスキルは《汎用魔法《はんようまほう》》、《闇魔法《やみまほう》》、《使役《しえき》》の三つ。コンケンは《両手剣修練《マスタリー》》、《剛力《ごうりき》》、《物理耐性《たいせい》》。サワは《汎用魔法《はんようまほう》》、《火魔法《まほう》》、《MP《マジックポイント》自然回復強化》だったと記憶《きおく》している。

この三人は追加で二つ修得できるので、一つは《HP《ヒットポイント》自然回復強化》を提案するつもりだが、友利にはまず成長の方向性を決めてもらわなくてはならない。

「清水《シミズ》さん、いま取ってるスキルは何なの？」

ユウマが訊《たず》ねると、友利は「えっと……」と前置きしてから答えた。

「《神聖魔法《まほう》》、《光魔法《まほう》》、《MP自然回復強化》だね」

「へえ、《汎用魔法《はんようまほう》》は取ってないんだ」

「うん、テストプレイで一緒《いっしょ》だったせっちゃん……津多《ツダ》さんが取ってたから」

「なるほど……」

頷《うなず》き、しばし考える。

友利のスキル構成《ビルド》は、やはり後方で回復《ヒール》と支援《バフ》に専念する魔法《まほう》特化型で、前列に立つことは想定していない。だが、そうは言ってもまだレベル11なので、手遅《ておく》れと決めつけるのは早い
――はずだ。

「……うん、ほかの属性の魔法《まほう》スキルとか、《魔法《まほう》射程強化》を取ってたら難しかったけど、いまならまだ方針転換《てんかん》も可能だよ。牧杖《バクルス》をメイスに買い換《か》えて、盾《たて》を持って、《盾修練《たてマスタリー》》とか《物理耐性《たいせい》》スキルを取れば、殴《なぐ》り僧侶《プリ》として充分《じゅうぶん》やっていけると思うけど……」

言いながらコンケンとサワを見やると、二人とも無言で頷《うなず》く。ユウマと同等のゲーム経験がある二人のお墨付《すみつ》きをもらえるなら、ゲームシステム面の問題はないはずだ。しかし実際にはもう一つ、クリアしなくてはならない条件がある。

それをどう説明したものか、と考えていると——。

「芦原《アシハラ》くん、さっきも言ってたけど、その《ナグプリ》って何なの？」

途惑《とまど》い顔の友利《トモリ》にそう訊《き》かれ、ユウマは慌《あわ》てて答えた。

「あ……ごめん、ゲーム用語なんだ。《殴《なぐ》るプリースト》の略で、自分も前衛で戦うスタイルの僧侶《そうりよ》のこと」

「ああ、なるほど。私、トム・リプリーの親戚《しんせき》か何かかと思っちゃった」

今度はユウマが「誰《だれ》？」と思ったが、訊《き》き返すより早く次の質問が飛んでくる。

「そういう用語があるってことは、誰《だれ》も選ばないほど掟《おきて》破りなスタイル……ってわけじゃないんだよね？」

「う……うん、もちろん。割合で言えば後衛僧侶《そうりよ》のほうが多いだろうけど、どんなMMOでも一定数はいると思うよ。成長していけば、聖騎士《パラディン》みたいな専用の上級職になれるかもしれないし」

「パラディン……って、シャルルマーニュの十二勇士みたいな？」

またしても耳馴染《なじ》みのない名前が飛び出し、ユウマは再び両目を瞬《しばたた》かせた。サワとコンケンもきょとんとしているので、友利が少し面映《おもは》ゆそうに説明する。

「えっとね……シャルルマーニュっていうのは、初代の神聖ローマ皇帝《こうてい》になったカール大帝《たいてい》のフランスでの呼び名なんだけどね。『ローランの歌』っていう叙事詩《じよじし》に、シャルルマーニュの臣下の、武勇に秀《ひい》でた十二人の騎士《きし》が出てくるの。ローランは、その中の筆頭格で……ほら、近堂《コンドウ》くんが、アルテアで拾った鉄の棒を《デュランダル》って呼んでたでしょ？　あれはもともと、ローランの剣の名前なんだよ」

「へぇ～っ！」

ユウマはコンケンと同時に声を上げた。続けてコンケンが、「ん？　なんで清水《シミズ》さんがそれ知ってるんだ？」と呟《つぶや》いたが、友利には聞こえなかったようだ。いつの間にか気恥《きは》ずかしさも忘れたらしく、熱を帯びた口調で説明を続ける。

「もちろん、デュランダルも、ローラン本人も実在したわけじゃないらしいんだけど、十二人の騎士《きし》はみんな個性的で、特にローランの親友のオリヴィエとか、すっごくかっこいいんだよ。その十二人を、英語で《ザ・トゥエルブ・パラディンズ》っていうの」

「へぇえ～っ！」

ユウマたちは再び叫《さけ》んだ。ゲーム内の一職業だとしか思っていなかったパラディンにそんな由緒《ゆいしょ》正しい出典があったことにも驚《おどろ》かされたが、友利の博識ぶりも、同じ小学六年生とは思えない。

ユウマとコンケンはひたすら感心することしかできなかったが、サワが二人とは地頭《じあたま》が違《ちが》うところを披露《ひろう》した。

「なんだか、アーサー王のお話みたいだね。あれにも《円卓《えんたく》の騎士《きし》》ってのがいたでしょ？」

「そうなの！」

途端《とたん》、友利《トモリ》がぐいっと身を乗り出す。

「『ローランの歌』は、『アーサー王物語』と共通要素がたくさんあるの。ローランのデュランダルと、アーサー王のエクスカリバーは物語の中での扱《あつか》いがよく似てるし、騎士《きし》たちの中から裏切り者が出てきたり、あとはどっちにも魔女《まじょ》モルガンが……」

目をきらきらさせながらまくし立てたが、不意に言葉を途切《とぎ》れさせ、打って変わって小声で謝る。

「……ごめんなさい、私、こういう話になると夢中になっちゃって……」

「ううん、とっても面白《おもしろ》かったよ。ナギを助けてシェルターに戻《もど》ったらまた聞かせて。あの子もそういう話、好きだから」

サワがそう言うと、友利は「……うん」と頷《うなず》き、ユウマを見た。

「脱線《だっせん》させちゃってごめんね、芦原《アシハラ》くん。色々考えたんだけど……」

そこで少し間を置いてから、きっぱりと言い切る。

「私、やっぱり後衛担当の、普通《ふつう》の僧侶《そうりょ》になるよ」

「え……」

てっきり「殴《なぐ》り僧侶《プリ》になる」と言われるものと思っていたユウマは、まじまじと友利の顔を見ながら訊《き》き返した。

「……ほんとに、それでいいの？」

「うん。みんなのＨＰ《ヒットポイント》をしっかり回復するのが、私の役割だと思うし……それに、私にはパラディンは務まりそうにないから」

冗談《じょうだん》めかしてそう答えた友利は、すっかり落ち着きを取《と》り戻《もど》したように見える。

先刻、ユウマが口にしなかった、友利が前衛に転向するためのもう一つの条件——それは、恐《おそ》れずモンスターに立ち向かえるかどうかということだ。現実と何ら変わらないＡＭ世界で、後方から魔法《まほう》を撃《う》つのと、前面で武器を振るうのとでは精神的なプレッシャーが違《ちが》ってくる。友利の勇敢《ゆうかん》さを疑うわけではないが、ＨＰが減ってあと一撃《いちげき》でも食らえば死ぬという状況《じょうきょう》で、自分と仲間を信じて踏《ふ》みとどまれるかどうか——それはその状況《じょうきょう》になってみないと解《わか》らない。

友利が再び口にした《役割》という言葉にかすかな懸念《けねん》を感じつつも、ユウマはゆっくりと頷《うなず》いた。

「解《わか》った。じゃあ清水《シミズ》さんの四つ目のスキルは、《魔法《まほう》射程強化》……いやその前に、《ＨＰ自然回復強化》を取るのがいいと思う。僕たちも取るつもりだから」

「えっ、マジで？」

と素《す》っ頓狂《とんきょう》な声を出したのはコンケンだ。

「あれ、微妙《びみょう》スキルっぽくね？　戦闘《せんとう》中の回復量はあてにならねーし、戦闘《せんとう》してない時なら他にも回復方法が色々あるし……」

「AM世界ならな」

とユウマが言うと、サワが「あー、なるほどね」と呟《つぶや》いた。そちらに小さく頷《うなず》きかけてから、再びコンケンに顔を向ける。

「アバターは骨が折れたり血管が破けたりしないから、どんなにダメージを喰《く》らっても、HP《ヒットポイント》が1残ってれば自然回復だけで全快できる。でも現実世界じゃそうはいかない。大怪我《おおけが》したら、清水《シミズ》さんが会田《アイダ》や僕らを治療《ちりょう》してくれた時みたいに魔法《まほう》を使うか、回復《ヒール》ポーションを使うしかないけど、どっちも使えない状況《じょうきょう》だってあるだろ？　その時に《HP自然回復強化》を取ってれば……」

「現実世界でも、素の回復力だけで持ちこたえられるかもしれないってワケか」

ユウマの言わんとするところを理解したらしく、コンケンは真顔で自分の体を見下ろした。コーンヘッド・デモリッシャーに吹《ふ》っ飛《と》ばされた時のことを思い出したのか、左手で腹のあたりをさすりながら言う。

「確かに、ヤベェのはこっちよりあっちだもんな。生き残れる確率はちょっとずつでも上げてかねーとな……」

「うん、私も賛成。デモリッシャーにやられた時、近堂《コンドウ》くん、HPがあとこれくらいしか残ってなかったからね」

友利《トモリ》が右手の人差し指と親指を一センチくらいまで近づけると、コンケンは「うへぇ……」

と顔をしかめた。

全員の同意を得られたので、善は急げとばかりにメニューウインドウを開き、スキルタブに移動して《HP自然回復強化》を選択《せんたく》。OKボタンを押すと、新規スキルの修得エフェクトが四人の体を包む。

続けて、ユウマは魔法職必須《まほうしょくひっす》スキルの《M《マジックポイント》P自然回復強化》、コンケンは体勢を崩《くず》しにくくなる《強靱《きょうじん》》、サワは魔法《まほう》の威力《いりょく》が上がって消費MPが下がる《短杖修練《ワンドマスタリー》》を修得。これで、四人ともスキルポイントはほぼ使い切ったことになる。

ガイドブックによれば、《レベル12で5スキル修得》すれば初級プレイヤーは卒業、ということらしい。友利はまだレベル11だし本人がMMORPG初心者なのでフォローは必要だが、次にヴァラニアン・アックスベアラー級のボスモンスターと対峙《たいじ》する時は、ユウマたち三人は中級者らしく立ち回らなくては。少なくとも、乱入してきた雑魚《ざこ》モンスターに戦型《せんけい》を乱されるようなヘマは二度としない。

ひそかに決意を固めつつ、メニューウインドウを閉じる。食後に頼《たの》んだホットコーヒーを、格好つけてブラックのまま一口すすり、強烈《きょうれつ》な苦さに顔をしかめる。

「ほら」

サワが呆《あき》れ顔《がお》で回してくれた陶器《とうき》のピッチャーからミルクをたっぷり注ぎ、ついでに角砂糖も三つ投下。現実世界ならスプーンでかき混ぜる工程が必要になるが、省略して再び味見する。

今度は、まろやかな味わいと豊かな香りが口いっぱいに広がり、ユウマは深々と息を吐《は》いた。頭の芯《しん》に少しだけ疲労《ひろう》を感じるが、任務はこれからが本番だ。時刻は夜の八時五十分。日付が変わる前にナギと合流を果たし、須鴨《スガモ》シェルターに戻《もど》りたい。

ユウマとほぼ同時に他の三人もコーヒーや紅茶を飲み終え、カップを置いた。

「よっしゃ、エネルギーチャージ完了《かんりょう》！」

キメ顔で言ったコンケンが、不意に自分の体を見下ろし、次いでサワを見る。

「なあ、サワ……この世界で飲み食いしたモノって、ログアウトしてもハラん中から消えたりしねーよな？」

「え……うーん……」

サワはしばし考えてから、ひょいと肩《かた》をすくめた。

「消えない、と思うよ。もし体の状態がリセットされるなら、入り直《リログ》しするだけで毒とか麻痺《まひ》も治せることになっちゃうし」

「おお、なるほどな」

ほっとしたように頷《うなず》くと、コンケンは卓上《たくじょう》のメニューに手を伸ばした。

「ちょっと、まだ食べる気？」

「ちげーよ、ナギみそのためになんかテイクアウトしてってやろうと思ってさ」

「ふーん……あんたにしてはいい考えね」

まったくだ、と思いながらユウマもコンケンが広げたメニューブックを覗《のぞ》き込もうとした。

ふと何かが気にかかり、斜《なな》め前の友利《トモリ》を上目遣《うわめづか》いにちらりと見やる。しかし、サワと一緒《いっしょ》にもう一つのメニューブックを広げている友利に、変わった様子は見当たらなかった。

検討の結果、柔《やわ》らかい白パンに香草とチーズ、薄《うす》切りハムをたっぷり挟《はさ》んだサンドイッチと、クリーム入りのアップルパイをテイクアウトで注文すると、三分もかからずにウェイトレスが茶色い紙袋《かみぶくろ》をテーブルまで運んできた。

このタイミングで「お会計を」と声を掛《か》けたところ、現実世界ばりに伝票を渡《わた》されたので、少し驚《おどろ》く。綺麗《きれい》な文字で手書きされた食事代は、四人分の料理と飲み物、テイクアウト二つで合計百八十一オーラム。恐《おそ》らく一オーラムが百円相当なので、なんと一万八千百円だ。

日頃《ひごろ》、コンビニで二百円のお菓子《かし》を買う時ですら躊躇《ちゅうちょ》しているユウマとしては「うわあ」と思わざるを得ないが、古城の宝箱から手に入れたコインは三千オーラムを超《こ》えるし、そもそも以前にプレイしていたRPGでは、十万ゴルドだの百万ゼーニだののアイテムを毎日のように売り買いしていたのだ。

平静を装《よそお》いつつストレージを開き、百オーラム金貨を一枚、十オーラム銀貨を九枚、一オーラム銅貨を一枚オブジェクト化する。ウェイトレスが差し出す蠟《ろう》引き革《がわ》のキャッシュトレイにまずぴったりの金額を置いてから、これはチップですよという意図を込めて、一枚余分に取り出しておいた銀貨を追加する。

果たしてNPC相手に通じるか――と思ったが、ウェイトレスは瞬《まばた》きすると軽く腰《こし》を屈《かが》め、

「こんなにいいの、かわいい冒険者《ぼうけんしゃ》さん？」と訊《き》いてきた。

ユウマはすかさず頷《うなず》き、小声で答えた。

「もちろんです。とっても美味《おい》しかったから」

「あら、ありがとう。でも、こんなに気前よくチップを払《はら》ってたら、あっという間に文無しになっちゃうわよ？」

「だったら……少し、話を聞かせて貰《もら》えませんか？」

それを聞いたウェイトレスは、一瞬《いっしゅん》だけ値踏《ねぶ》みするようにユウマを見てから、小さく頷《うなず》いた。

「いいわよ。お店の裏で待ってて」

体を起こし、ウインクしてから立ち去っていく。

ユウマがふうっと息を吐《は》くと、隣《となり》のコンケンが感心したように言った。

「ユウ、お前、すげーな」


四人はレストランを出ると、いちおう誰《だれ》にも見られていないことを確認《かくにん》してから、隣《となり》の建物との隙間《すきま》にある狭《せま》い路地に入り込んだ。

横幅《よこはば》五十センチあるかないかの小道を一列になって進むと、やがて直交する裏通りに出る。

目抜《めぬ》き通《どお》りとは打って変わってかなり暗く、湿《しめ》った石畳《いしだたみ》はあちこち割れたり凹《へこ》んだりしていて、

別の街に来てしまったかのようだ。

「……カルシナにこんな場所があったのね……」

サワの呟《つぶや》きに、ユウマが「隠《かく》れショップとか見つかりそうだよな」と小声で答えたその時、レストランの裏口と思《おぼ》しきドアからガチャッという解錠音《かいじょうおん》が響《ひび》いた。

反射的に身構えてしまうが、開いたドアから顔を出したのは先ほどのウェイトレスだった。エプロンと頭の三角巾《さんかくきん》を外しているので印象が異なるが、ポニーテールに結んだ赤茶色の髪《かみ》は記憶《きおく》にあるとおりだ。

ウェイトレスは、後ろ手にドアを閉めるとそこに寄りかかり、ロングスカートのポケットに右手を入れた。取り出したのは、長さ七、八センチほどの細い棒。黒褐色《こっかっしょく》のそれで近くの壁《かべ》を擦《こす》ると火花が散り、先端《せんたん》に小さな火が灯《とも》る。

ユウマたちが唖然《あぜん》と見つめる中、ウェイトレスはその棒の根元側を口にくわえ、深々と吸い込んだ。

「ふう〜っ」

と声を漏《も》らしながら、紫色《むらさきいろ》の煙《けむり》を細長く吹《ふ》き出す。途端《とたん》、甘いような苦いような香りが漂《ただよ》う。

——この世界、タバコがあるの⁉

とユウマが仰天《ぎょうてん》していると、ウェイトレスは軽く首を傾《かたむ》け、ハスキーな低音で言った。

「で、何が知りたいの、坊《ぼう》や」

声音《こわね》も口調も、店内で給仕《きゅうじ》をしていた時とはまったく違《ちが》う。本当にさっきのお姉さんなのか確信が持てなくなり、ユウマはウェイトレスのＨＰ《ヒットポイント》バーを見上げたが、《石榴亭《ざくろてい》の給仕係《きゅうじ》》としか書かれていない。

しかし、別人に入《い》れ替《か》わる意味も理由もなかろうと考え、用意していた質問を投げかける。

「ええと……今日の夕方ごろ、この街に僕たちと同じ年頃《としごろ》の、女の子の冒険者《ぼうけんしゃ》が一人で来ませんでしたか？」

「あのね坊《ぼう》や、あたしはお昼からずっと店の中で働いてたのよ。街に出入りした冒険者《ぼうけんしゃ》の顔を、いちいち見てるわけないでしょう？」

再びチリチリと音を立てて煙《けむり》を吸い込み、美味《おい》しそうに吐《は》き出す。

仮にこの世界でユウマがタバコを吸ったとして、生身の体に影響《えいきょう》するのだろうか……という疑問を、即座《そくざ》に頭から追い出す。ウェイトレスの返事はある程度予想していたので、次の質問を口にする。

「だったら、どなたか知っていそうな人をご存じじゃないですか？」

「……そうね……。この店の斜向《はすむ》かいに、《縞屋《しまや》》っていう土産物《みやげもの》屋があるわ。そこの店主のお爺《じい》さんなら、何か知ってるかもよ」

「縞屋、ですね。ありがとうございます」

ユウマが頭を下げると、サワたちも倣《なら》った。

ウェイトレスは指先に挟《はさ》んだタバコをひらひらと振り動かし、裏口のドアを押し開けてから、顔だけを振り向かせて付け加えた。

「もしお爺《じい》さんが話を聞いてくれなかったら、エレインの紹介《しょうかい》だって言っていいわ。女の子、見つかるといいわね」

今度こそドアの奥へと戻《もど》っていくウェイトレスに、ユウマは「ありがとうございます！」と声を張り上げた。

気配が消えると、コンケンが「ほんとにNPCなのか……？」と呟《つぶや》いた。

裏通りを探索《たんさく》してみたいという好奇《こうき》心に蓋《ふた》をして、ユウマたちは急いで表通りに引き返した。

すでに夜の九時を回っているのに、まだそこそこ人通りがある。とは言え、そのほとんどは家路に就《つ》く食事客か赤ら顔の酔《よ》っ払《ぱら》いで、観光客と思《おぼ》しきNPCは数えるほどしかいない。

《石榴亭》という名前だったらしいレストランの前から道路の向かい側を眺めると、正面には三階建ての宿屋がでんと居座《いすわ》り、その右側はオープンテラスのある酒場、左側はすでに営業を終えた服屋か何かで、土産物《みやげもの》屋などどこにも……。

「あ……。あれじゃないかな？」

友利《トモリ》が指差したのは、宿屋と服屋のあいだの暗がりだった。目を凝《こ》らすと、道からいくらか引っ込んだところに、確かに店舗《てんぽ》らしき佇《たたず》まいの平屋、というか小屋が見える。

目抜《めぬ》き通《どお》りを斜《なな》めに横断し、近づいてみると、それは確かに店だった。しかし間口はわずか一・五メートルほどしかなく、存在を知らなければほとんどのプレイヤーが見逃《みのが》してしまうに違《ちが》いない。

全体は鉄道駅の売店のような造りで、前面に商品の陳列台《ちんれつ》が店舗《てんぽ》の幅《はば》いっぱいに設置され、軒下《のき》には色褪《いろあ》せた筆文字で《縞屋《しまや》》と書かれた看板が掲《かか》げられている。そして陳列台《ちんれつ》の奥には、店主であろう老人の姿。

明かりは看板の左右に吊《つ》られた小型ランプ二つだけで、老人の顔は影《かげ》に沈《しず》んでよく見えない。ユウマは恐《おそ》る恐《おそ》る近づき、まず売り物を眺《なが》めた。整然と並べられているのは指輪やバングル、ネックレスといったアクセサリー類ばかりで、しかも全て赤と白の縞《しま》模様が浮《う》き出た鉱物——恐《おそ》らくは縞瑪瑙《しまめのう》を加工したもののようだ。

なるほど店名の縞《しま》はここからか……と思ったその時、ニャーという鳴き声が聞こえ、ユウマは顔を上げた。陳列台《ちんれつ》の奥にあるカウンターの端《はし》に一匹《びき》の黒猫《くろねこ》が横たわり、長い尻尾《しっぽ》を左右に振っている。体は黒一色なのに尻尾《しっぽ》だけは白黒の縞《しま》模様になっていて、店名の由来はこちらの可能性もある。

果たしてどっちが正解なのかと考えていると、いままで微動《びどう》だにしなかった老人の口ひげが動き、嗄《か》れた声が響《ひび》いた。

「もうすぐ閉店じゃよ、若いの」

「あ……す、すみません。実は、買い物に来たんじゃなくて……」

「だったら帰りな。今日は店じまいじゃ」

にべもない言葉とともに老人が立ち上がろうとしたので、慌《あわ》てて押しとどめる。

「あの、実は、人を捜してるんです！」

「うちは土産物屋《みやげもの》じゃ、人は売っておらん」

「いえ、買いたいわけじゃなくて……」

狼狽《ろうばい》するユウマの背後で、サワの落ち着いた声が響《ひび》いた。

「あたしたち、石榴亭《ざくろてい》のエレインさんの紹介《しょうかい》で来たんです」

途端《とたん》、老人がぴたりと動きを止めた。

浮《う》かせていた腰《こし》をどすんと椅子《いす》に戻《もど》し、嗄《か》れ声で毒づく。

「……まったく、あの跳《は》ね返《かえ》りめ、厄介《やっかい》ごとばかり押し付けよって。仕方ない、話を聞いてやろう」

話が前に進んでほっとする気持ちと、ウェイトレスの言葉を忘れていたきまり悪さを同時に感じながら、ユウマは女の子の冒険者《ぼうけんしゃ》を見なかったかと老人に訊《たず》ねた。

もしこれがシナリオのあるクエストなら、そろそろ有望な手がかりが得られる頃合《ころあ》いだが、ナギは自分の意思で行動しているプレイヤーだ。この老人にも「見ていない」と言われたら、カルシナには来なかったのだと判断し、マップの反対側にあるソリューの街に向かわなくてはならない。

その覚悟《かくご》を固めつつ、ユウマは老人の答えを待った。数秒後――。

「……そういう年格好の冒険者《ぼうけんしゃ》は、見ておらんな」

いくら心の準備をしていても、実際にそう告げられると、深い落胆《らくたん》を感じずにはいられない。

背後で、コンケンも深々とため息をつく。

しかし、老人の言葉はまだ終わっていなかった。

「じゃが、お前さんたちの捜し人と関係があるかもしれんしないかもしれん噂話《うわさばなし》なら、こいつが又聞《またぎ》きしてきたぞ」

「……こいつ？」

周囲を見回すが、近くにいるのはサワたちと老人だけだ。ユウマがきょとんとしていると、老人はカウンターの隅《すみ》で丸まっている黒猫《くろねこ》に話しかけた。

「おい、例の話、もう一度聞かせてくれ」

すると黒猫《くろねこ》は面倒《めんどう》くさそうに首を持ち上げ、「にゃんにゃーにゃ、にゃにゃーにゃにゃにゃ」と鳴いた。

「ふむふむ……なるほどのう」

「…………………」

硬直《こうちょく》するユウマたちに向き直り、老人はごほんと咳払《せきばら》いしてから、おもむろに語り始めた。

「今日の昼下がり……お日さんが傾《かたむ》き始めた頃《ころ》、フィロス島の岸辺に、坊主《ぼうず》たちと同じ年頃《としごろ》の娘《むすめ》が流れ着いたそうじゃ」

「………!!」

老人が猫《ねこ》と喋《しゃべ》ったことへの驚《おどろ》きも一瞬《いっしゅん》で吹《ふ》き飛《と》び、ユウマはサワたちと顔を見合わせてから、陳列《ちんれつ》台の上に身を乗り出した。

「ふぃ……フィロス島って、どこにあるんですか!?」

「昼間ならここからでも見えるわい。カルシナの中央広場から橋を渡《わた》った先……領主館があるカル川の中州《なかす》のことじゃ」

「……あ、あー……」

言われてみれば、テストプレイのスタート地点だった広場から、仰々《ぎょうぎょう》しい建物が見えていた記《き》憶《おく》がある。観光している場合じゃないとスルーしてしまったが、あそこにカルシナの領主が住んでいたというわけか。

ともあれ、中央広場ならここから三百メートルも離《はな》れていない。なぜナギが川の中州《なかす》などに流れ着いたのかは不明だが、会えれば事情は全て解《わか》るだろう。

「お爺《じい》さん、ありがとう！」

礼を言い、ユウマは勢いよく振り向いた。

「待つんじゃ、坊主《ぼうず》」

しかし背後から呼び止められ、そのままぐるりと一回転する。

「通行証がなければフィロス島には渡《わた》れんぞ。そもそも、この時間はもう橋門《きょうもん》が閉ざされておる」

「な……なんですか？」

「え……」

反射的に自分の体を見下ろすが、もちろん通行証など持っていない。しかしだからと言って、引き下がれるはずもない。

「でも、中州《なかす》なら、舟《ふね》で渡《わた》るとか川を泳ぐとかすれば……」

「渡し舟なぞないし、泳いで渡《わた》るのも、よほどの達人でなければ《大瀑布《だいばくふ》》まで流されるのが関の山じゃ。万が一渡《わた》れても、警吏《けいり》に見つかったらえらいことになる。いいから落ち着いて、ワシの話を聞け」

「……………はい」

大瀑布《だいばくふ》という初耳のワードも気になるが、我慢《がまん》して次の言葉を待つ。

老人は左手を伸ばし、黒猫《くろねこ》の背中を撫《な》でながら言った。

「フィロス島に忍《しの》び込んだ者は、たとえ子供だろうが容赦《ようしゃ》なく縛《しば》り上げられ、警吏長《けいりちょう》の前に引き出される。審問《しんもん》の結果によっては即日《そくじつ》の処刑《しょけい》も有り得るところじゃが、この《七緒《ななお》》が言うには、島に流れ着いた娘《むすめ》は気を失ったまま目を覚まさないので、領主館の地下牢《ろう》に入れられたそうじゃ」

「地下牢《ろう》……」

ユウマは掠《かす》れ声で呟《つぶや》いた。

意識のないナギが、薄暗《うすぐら》い牢屋《ろうや》に閉じ込められている様子を想像しただけでいてもたってもいられない気持ちになるが、助け出すにはまず、フィロス島に渡《わた》る手段を見つける必要があるらしい。

舟《ふね》もダメ、泳ぎもダメならあとはもう、橋門《きょうもん》とやらを力尽《ちからず》くで突破《とっぱ》して、正面から殴《なぐ》り込むしか……とユウマが破れかぶれなことを考えていると。

「その警吏長《けいりちょう》っていうのは何者なんですか？」

いつの間にか隣《となり》に立っていた友利《トモリ》が、落ち着いた声で訊《き》いた。

途端《とたん》、老人が皺《しわ》深い顔を盛大《せいだい》にしかめる。しかしそれは、友利が質問したせいではないようだった。

「警吏長《けいりちょう》オーベン……領主様がまだお若いのをいいことに、カルシナの市政を牛耳《ぎゅうじ》って私腹を肥やす悪党じゃよ。奴《やつ》が特産品の縞瑪瑙《しまめのう》を独《ひと》り占《じ》めしておるから、うちにはこんな三級品しか回ってこんのじゃ」

老人が指差した陳列《ちんれつ》台を、ユウマと友利は見下ろした。並んでいるアクセサリー類はどれも艶《つや》やかに光っていて、粗悪《そあく》な品にはまったく見えない。

「……とっても綺麗《きれい》ですけど……」

同じ感想を抱《いだ》いたらしい友利《トモリ》がそう言うと、老人は一瞬《いっしゅん》だけ表情を緩《ゆる》めたものの、すぐにまた口をひん曲げた。

「そりゃあワシも、不出来なものを店に並べたりはせぬ。じゃがな、上物のカルシナ青瑪瑙《あおめのう》の吸い込まれるような輝《かがや》きや、優美極《きわ》まりない縞《しま》模様は、一度見たら……」

不意に口を閉じ、ゆっくり首を左右に振ってから続ける。

「……いまは、そんなことを言うておる場合ではなかったわい。オーベンは欲深な悪党じゃが、特大の金鎚《かなづち》をぶん回す膂力《りょりょく》は人間離《にんげんばな》れしておるし、知恵《ちえ》もそこそこ回りよる。お前さんたちのような子供にどうこうできる相手ではないぞ。正面から乗り込もうなどという考えはいますぐ捨てることじゃ」

じろりと一瞥《いちべつ》され、ユウマは首を縮めながらも抗弁《こうべん》した。

「でも、その女の子は……ナギは、僕たちの大切な仲間なんです。目を覚ましたら、すぐ審問《しんもん》に掛《か》けられちゃうんですよね？　だったら、その前に助け出さないと……」

「じゃから、ワシの話を聞けと言うておるじゃろう」

ごほんと咳払《せきばら》いすると、老人はユウマたちの背後を見やってから手招きした。

四人が、横幅《よこはば》一メートル半もない陳列《ちんれつ》台の前に押し合いへし合《あ》いしながら並ぶと、いっそう低い声で囁《ささや》く。

「実はな、フィロス島の地下からは、川底をくぐってカル川の向こう岸まで隠《かく》し通路が延びておるのじゃ。ずっと、ずうっと昔、カルシナとソリューのあいだで長い戦《いくさ》が続いておった頃《ころ》に造られた脱出《だっしゅつ》用の地下道なんじゃが、いまの領主家も、もちろん警吏長《けいりちょう》も知らん。もしそこを通れれば、誰《だれ》にも気付かれずに地下牢《ろう》まで行けるじゃろう」

「なんだよじいさん、それを先に……」

コンケンがほっとしたように言いかけた途端《とたん》、サワが肘鉄《ひじてつ》で黙《だま》らせた。

「アホ、声が大きい！　……お爺《じい》さん、『通れれば』ってことは、その地下道にも何か問題があるんですよね？」

「然り。まず、隠《かく》し通路の出口――お前さんたちにとっては入り口になるわけじゃが、それがあるのはカル川の南岸じゃから、街のずっと東に架かる橋を渡《わた》らねばならん。次に、入り口の扉《とびら》は祝福された《浄鉄の鎖《じょうてつのくさり》》で封印《ふういん》されておるので、それを何らかの方法で切断する必要がある。そして最後に、通路は一本道ではなく迷路《めいろ》になっていて、しかも枝道には追手を始末するための罠《わな》が、大量に仕掛《しか》けられているそうじゃ」

ひと息に説明すると、老人は少し間を置いてから、重々しい口調で問いかけてきた。

「どうじゃ、それでも行くかね？」

「………」

当たり前ですと即答《そくとう》したいところだが、命にかかわるレベルの罠《わな》があると言われれば慎重《しんちょう》にならざるを得ない。この世界でユウマたちが死んだ時、単にログアウトして二度とAM世界にダイブできないだけなのか、それとも現実世界に戻《もど》ることもできずに完全消滅《しょうめつ》してしまうのか、まだ判然としていないのだ。

ユウマが唇《くちびる》を噛《か》んでいると——。

「行くに決まってるぜ、じっちゃん」

左側に立つコンケンが、きっぱりと言い切った。ユウマは思わず親友の横顔を見上げたが、そこにはいつもの軽はずみな無鉄砲《むてっぽう》さではなく、しっかり考えたうえでの決意が漲《みなぎ》っている……ように見える。

確かに、どれだけ危険だろうと、それが島に渡《わた》るための唯一《ゆいいつ》のルートなら飛び込むしかない。罠《わな》があると解《わか》っていれば、観察力と慎重《しんちょう》さで全て回避《かいひ》できるはず。

ユウマとサワと友利《トモリ》も、同時に「行きます」と答えた。

老人は無言で頷《うなず》き、猫《ねこ》が寝そべっているカウンターの下から平たい木箱を引っ張り出した。中には古そうな紙が大量に詰《つ》まっていて、それをしばらく掻《か》き分《わ》けてから、ひときわ変色した一枚を抜き出す。

「その地図をやろう。光にかざすと、カル川南岸の一箇所《かしょ》にごく小さな針穴が見つかるはず。そこが隠《かく》し通路の入り口じゃ」

差し出された紙を、ユウマは両手で受け取った。いますぐランプの光にかざしたくなるのを

我慢《がまん》し、ストレージに収納する。

「……ありがとうございます、お爺《じい》さん。ナギを助けて戻《もど》ってきたら、必ずお礼をします」

そう言って頭を下げると、老人はフンと鼻を鳴らし、最初と同じくらいぶっきらぼうな口調で答えた。

「礼なぞ要《い》らんから、次はちゃんと買い物客として来るんじゃぞ」

7

「うわあ……すっごい星……」

背後からサワの声が聞こえ、ユウマは立ち止まって頭上を仰《あお》ぎ見《み》た。

途端《とたん》、小さく口を開けてしまう。

透明《とうめい》感のある漆黒《しっこく》の夜空には、無数の……という言葉ですら足りないと思えるほどの星々が静かに瞬《また》いている。現実世界ののぞみ市も、首都圏《けん》で最高級に澄《す》んだ空気と海抜《かいばつ》千メートルを超《こ》える標高のおかげで、晴れた夜なら6等星が肉眼ではっきり見えるほどだが、いまユウマが見ている夜空はもはや現実のものとも思えない。

いや、現実ではないのだ。ここは世界初のVRMMO-RPG《アクチュアル・マジック》の中。だが、単なる仮想世界だとも言えない。いまユウマたちの肉体は現実世界からは消滅《しょうめつ》し、データとしてのみ存在しているのだから。

不意に、いままで懸命《けんめい》に握《にぎ》り締《し》めていた現実感が手の中からすり抜けていくかのような感覚に襲《おそ》われ、ユウマはぎゅっと両目をつぶった。

いまは、二〇三一年五月十三日火曜日の、午後九時三十分。

ここは、AM世界の南西の端《はし》にあるカルシナの街から、東に一キロほど離《はな》れた草原のただ中。

そしてユウマたちは、領主館の地下牢《ろう》に囚《とら》われているという幼馴染《おさななじみ》のナギ……茶野水凪《サノミナギ》を、これから助けにいくのだ。現実だの仮想だのをあれこれ考えるのは、ナギと一緒《いっしょ》にこの世界を離脱《りだつ》してからでいい。

瞼《まぶた》を持ち上げ、美しさを通《とお》り越《こ》して恐《おそ》ろしくすらある星空をもう一度見つめながら、ユウマは言った。

「今夜中にナギを助け出して、あいつにもこの星を見せてやろう」

「おう、そうだな。急ごうぜ」

頷《うなず》いたコンケンが、草原を貫《つらぬ》く小道を大股《おおまた》に歩き始める。ユウマたちもその背中を追う。

土産物《みやげもの》屋の老店主がくれた地図によれば、カルシナの街から東に二キロほど進んだところに橋があり、川の南岸に渡《わた》れるはずだ。たかがその程度の距離《きより》、ひと息に走ってしまいたいのはやまやまだが、AM世界にダイブした初日の夜なので無理はせず、しっかり前後を警戒《けいかい》しながら歩く。

その甲斐《かい》あって、左右の草むらから巨大《きょだい》なカエルやらネズミやらが何度か飛び出してきたが、不意打ちを喰《く》らうことなく撃退《げきたい》できた。やがて前方右手に、思いがけず立派な三連アーチ橋が見えてくる。

古今東西のRPGで、橋というのはイベントの定番ロケーションなのでいっそう注意しつつ渡《わた》り始める。幸い、いきなり橋桁《はしげた》が崩《くず》れたり、前後からモンスターに挟《はさ》み撃《う》ちされたりというともなく、一行はカル川の南岸に渡《わた》ることができた。

川岸の小道を、今度は西へと引き返す。再び二キロの道のりを踏破《とうは》すると、対岸にカルシナの街明かりが見えてくる。

ひときわ見晴らしのいい高台で、ユウマたちはいったん足を止めて目的地を観察した。

川幅《かわはば》はゆうに二百メートル、岸から水面までの落差も十メートルはありそうな大河の中央に、大型船の如《ごと》きフォルムとサイズの岩塊《がんかい》が突き出している。対岸のカルシナ市街と立派な石橋で結ばれたあの巨岩《きょがん》が、問題のフィロス島に違《ちが》いない。

岩塊《がんかい》の上には厳《いか》めしいデザインの城館がそびえ立ち、夜も更《ふ》けてきたのに無数のかがり火で赤々と照らされている。城館をぐるりと囲む壁《かべ》の上には、斧槍《ハルバード》を担《かつ》いで行き来する衛兵たちのシルエット。空を飛ぶか、透明《とうめい》にでもならない限り、あの壁《かべ》を乗《の》り越《こ》えて忍《しの》び込むのは不可能だろう。

「おいユウ、ほんとに隠《かく》し通路なんかあんのか……？」

コンケンの声に、ユウマは視線を引き戻《もど》した。

南岸も、北岸と同じく起伏《きふく》の緩《ゆる》やかな丘陵《きゅうりょう》が連なるばかりで、目に付くのはぽつんぽつんとまばらに生えている広葉樹だけ。

「なかったら困るよ……」

顔をしかめつつ、ストレージから地図を取り出す。ランタンを灯《とも》したいが、領主館の衛兵に見つかってしまいそうなので、夜空を横切る天の川の、いちばん明るいあたりにかざす。

「…………あ」

隣《となり》で地図を見上げた友利《トモリ》が、小さく声を上げた。ほぼ同時にユウマも気付く。

細密な線で描《えが》かれたカル川南岸の、恐《おそ》らくユウマたちの現在位置からさほど遠くない場所に、老人の言葉どおりごく小さな穴があり、青白い星明かりを透過《とうか》させている。

「この穴、木の根元に開いてるよね」

そう呟《つぶや》くと、友利は素早《すばや》く周囲を見回し、言った。

「ね、あの木じゃないかな？」

指差すほうを見ると、ちょうどカルシナの街の反対側にある丘《おか》のふもとに、ひときわ大きな古木が黒々と枝葉を広げている。

サワとコンケン、友利がいっせいに駆《か》け出したので、ユウマも地図をポケットに突っ込むと急いで追いかけた。

近くまで行くと、古木は予想より五割増しで立派だった。節くれ立った幹は直径二メートル以上もありそうだが、高さはそれほどでもなく、太くて長い枝を天蓋《てんがい》の如《ごと》く横方向に伸ばしている。

樹齢《じゅれい》何年くらいかな……と思いながら見上げていると、「こっち来て！」というサワの声が反対側から聞こえてきて、ユウマはダッシュで太い幹を回り込んだ。

サワが発見したのは、古木の根元にぽっかりと口を開ける樹洞《ウロ》だった。大人でも無理すれば通り抜けられそうだが、中は暗くて見通せない。

「……クマとかいねーだろうな……」

コンケンが後ずさりながら呟《つぶや》くので、ユウマは「こんな草原にクマがいるわけないだろ」と答えようとして、寸前で呑《の》み込んだ。仮想世界には草原に暮らすクマがいるかもしれないし、クマ以外の危険な生き物が潜《ひそ》んでいる可能性だってある。

振り向き、背後の丘《おか》がフィロス島からの見通しを遮《さえぎ》っていることを確認《かくにん》して、左手をウロに向ける。

「ルーミン《光よ》」

光魔法《まほう》の属性詞を唱えると、指先に白い輝《かがや》きが宿る。《照らす小鳥《イルミネート・バード》》の魔法《まほう》と違《ちが》って遠くに飛ばせないしモンスターに反応もしてくれないが、目の前のウロの中を照らすだけならこれでこと足りる。

腰《こし》を屈《かが》め、右手をランプシェードのようにあてがって光を送り込む。ウロの中には落ち葉が積もっているだけで、クマどころかネズミ一匹《ぴき》見当たらない。モンスターがいないのは結構なことだが、何もなかったらそれはそれで困る。

ユウマは四《よ》つん這《ば》いのまま前進し、ウロの中に潜《もぐ》り込んだ。そこで呪文《じゅもん》を唱えてから十秒が経過し、ぽふっと情けない音を立てて光が消える。

ふと数時間前のことを思い出し、ストレージを開く。入手順に並ぶアイテムの上のほうに、《冷火のランタン》という名前を発見し、指先でタップ。表示された説明テキストに、さっと目を通す。

【サブリマの冷たい炎《ほのお》を閉じ込めたランタン。熱を持たず、凍《こご》えた手を温めてはくれないが、水の中でも燃え続ける】

サブリマ、というのが人名なのか地名なのかそれ以外の何かなのか不明だが、明かりとして使えるならなんでもいい。

「おーいユウ、大丈夫《だいじょうぶ》かー」

外から小声で呼びかけてくるコンケンに、「大丈夫《だいじょうぶ》！」と答えてランタンをオブジェクト化。やたらと細長い風防の中では、すでに青白い炎《ほのお》が揺《ゆ》らめいている。確かに熱はまるで感じない――どころか、見ているとガラスの風防に少しずつ霜《しも》が降りていく。

木製の把手《とって》を摑《つか》んでランタンを持ち上げ、ウインドウを消すと、ユウマは改めてウロの内部を見回した。

頭上は、ユウマがぎりぎり立てるかどうかの高さしかない。壁面《へきめん》は苔《こけ》むした樹皮、地面には分厚い落ち葉。地下道の入り口はおろか、場所の手がかりになりそうなものさえ……。

「………あ」

闇雲《やみくも》に地面を探《さぐ》った左手が、何かに触《ふ》れた。

明かりを近づけ、落ち葉を左右に掻《か》き分《わ》ける。現れたのは、頑丈《がんじょう》そうな板に取り付けられた鋼鉄の輪っか。恐《おそ》らく、地面に設置された落とし戸を引っ張り上げるための持ち手だ。

左手で輪っかを握《にぎ》り、引っ張る。木製の落とし戸はわずかに軋《きし》みはしたが、一ミリたりとも持ち上がらない。

「コンケン、来てくれ」

外に向けて呼びかけると、親友が緊張《きんちょう》した面持《おもも》ちでウロの中を覗《のぞ》き込んだ。ランタンの光に照らされた落とし戸を見るや即座《そくざ》に状況《じょうきょう》を察したらしく、そのままウロに潜《もぐ》り込んでくる。

ユウマが場所を譲《ゆず》ると、「任せろ」とひと言囁《ささや》き、両手で輪っかを握《にぎ》る。両足を踏《ふ》ん張《ば》り、大きく息を吸い込んで――。

「ふんぬっ‼」

コンケンが全力で引っ張っても、落とし戸はしばらく抗《あらが》い続けた。しかし数秒後、根負けしたかのように、ズズ……と音を立てて動き始める。

「んぬぬぬぬ……」

顔を真っ赤にしたコンケンは、落とし戸が三十センチほど持ち上がると、その裏側に右膝《みぎひざ》をあてがって思い切り蹴《け》り上げた。頑丈《がんじょう》そうな蝶番《ちょうつがい》を支点にして、落とし戸は後ろへ傾《かたむ》いていき、ズズン！　と地面を震《ふる》わせて倒《たお》れる。

「はあ、はあ……なんで、たかが木のフタが、こんなに重いんだよ……」

座り込んで息を荒《あら》らげるコンケンに、

「剛力《ごうりき》スキル上げててよかったな、お疲《つか》れ」

と声を掛《か》けると、ユウマはウロの底に開いた穴を覗《のぞ》き込んだ。

落とし戸で隠《かく》されていたのだから当然だが、正方形の縦穴は、明らかに人が造ったものだ。垂直の壁面《へきめん》に取り付けられた鉄製の梯子《はしご》が、ランタンの光を受けてぎらりと光る。

「……ユウ、オレが最初に降りるよ」

そう言って起き上がろうとするコンケンを、ユウマは押しとどめた。

「いや、僕が行く」

「なんでだよ」

「体育館の肋木《ろくぼく》登りは僕のほうが速かったろ」

そう言うや、縦横六十センチ足らずの縦穴に体を滑《すべ》り込ませる。靴底《くつぞこ》で梯子《はしご》の横木を何度も踏《ふ》み、ちゃんと体重を支えてくれることを確かめてから、ランタンをベルトの金具に吊《つ》るし、意を決して降りていく。

最初は梯子《はしご》の段を数えていたが、五十を超《こ》えたところで諦《あきら》める。考えてみれば、この縦穴が問題の地下道に繋《つな》がっているのなら、それはカル川の底よりさらに深いところに掘《ほ》られているわけだから、二十……いや三十メートル以上続いていても不思議はない。

手足を滑《すべ》らせないよう注意しつつ梯子《はしご》を降りていくこと、約二分。ようやくユウマの右足が硬《かた》い平面に触《ふ》れた。

振り向き、ベルトからランタンを外して掲《かか》げる。途端《とたん》、口から「おー……」とかすかな声が漏《も》れる。

脱出《だっしゅつ》用地下道という老人の言葉から、ユウマは地下をただ掘《ほ》っただけの原始的なトンネルを想像していた。しかしランタンが照らし出したのは、天井《てんじょう》も壁《かべ》も床《ゆか》も黒っぽい石材で隙間《すきま》なく覆《おお》われた立派な隧道《すいどう》だった。さすがに空気はいくらか黴臭《かびくさ》いが、横幅《よこはば》も高さも二メートル以上あるので息苦しさは感じないし、モンスターの気配もない。

「大丈夫《だいじょうぶ》だ！　降りてきていいぞー！」

頭上の縦穴めがけて叫《さけ》ぶと、少しして「了解《りょうかい》！」というコンケンの声が反響《はんきょう》しながら届いた。

二分後、サワ、友利《トモリ》、コンケンの順で梯子《はしご》を降りてくる。

「……ほんとにあったね、地下道……」

両目を瞠《みは》りながら呟《つぶや》く友利に、ユウマは頷《うなず》きかけた。

「清水《シミズ》さんが、木を見つけてくれたおかげだよ」

「私がいなくても、誰《だれ》かが見つけてたよ……」

友利が真顔でそう言うので、少なくとも僕は気付けなかった、とユウマは反論しようとした。

しかし一瞬《いっしゅん》早く――。

「おい、こっちこっち！」

　コンケンの叫《さけ》び声《ごえ》が聞こえ、やむなく地下道の奥へと向かう。

　サワとコンケンが見上げているのは、この上なく頑丈《がんじょう》そうな両開きの扉《とびら》だった。石ではなく鈍《にぶ》い光沢《こうたく》のある金属製で、左右の扉《とびら》の中央部にはU字型の金具が埋《う》め込まれ、それを太い鎖《くさり》が繋《つな》いでいる。金具も鎖《くさり》もわずかに金色がかっていて、同一の素材で造られているようだ。

「これが、《祝福された浄鉄《じょうてつ》の鎖《くさり》》ね……」

　そう言いながらサワが右手を持ち上げ、鎖《くさり》を摑《つか》んで引っ張った。がちゃん！　と冷たい音が響《ひび》いたが、もちろん鎖《くさり》はびくともしない。

　サワは肩《かた》をすくめると、後ろに下がりながらコンケンの背中を叩《たた》いた。

「じゃ、よろしく」

「よろしくって……まあ、やってみっけどよ……」

　コンケンはウインドウを開くと、ストレージに収納していた両手剣を背中に実体化させた。勢いよく鞘《さや》から引き抜き、体の前で中段に構える。

　そこから剣をゆっくり持ち上げて右肩《みぎかた》に担《かつ》ぐと、刀身が赤い輝《かがや》きを放った。両手剣専用武技、《ヘビー・スラッグ》。二木《ニキ》が使った片手剣専用武技の《パワー・スマッシュ》とフォームは似ているが、速度で劣《おと》る代わりに威力《いりょく》は高い。

「お……らぁッ!!」

　裂帛《れっぱく》の気合いとともにコンケンが振り下ろした刃《やいば》は、鎖《くさり》のど真ん中を痛撃《つうげき》し、真紅《しんく》の閃光《せんこう》とオレンジ色の火花、そして耳をつんざくような破壊音《はかい》を生んだ。

ぶんぶん回転しながらすっ飛んだ金属片《へん》が、天井《てんじょう》にぶつかって跳《は》ね返《かえ》り、ユウマの目の前に落ちてきた。

鎖《くさり》の破片《はへん》、ではない。半ばからへし折れた、両手剣の刀身──。

「おんぎゃあああああ⁉」

絶叫《ぜっきょう》したコンケンの手中に残る剣の下半分と、石畳《いしだたみ》の隙間《すきま》に突き刺さった上半分が、同時に銀色のパーティクルとなって消滅《しょうめつ》した。

「あ……あ、あああ……オレのエクスカリバーが……」

地面にがくっと膝《ひざ》を突くコンケンに、サワがいつもの呆《あき》れ声を投げかける。

「いつそんな名前つけたのよ。あれ、ただの初期装備でしょ。あんた、古城の宝箱から新しい両手剣ゲットしてなかった？」

「…………あ、忘れてた」

しゃがみ込んだままウインドウを開き、操作し始める。

そう言えば僕も小剣《しょうけん》をゲットしたんだった、早めにステータスを確認《かくにん》しておかないと……と考えながら、ユウマは妹に歩み寄った。

「単純な物理じゃ無理そうだな、これ。あとは炎《ほのお》か、氷か……」

「どっちも、初級の魔法《まほう》じゃ歯が立たないと思う。たぶん、領主館の地下牢《ろう》に忍《しの》び込む正規のクエストがあって、それをこなしていけばこの鎖《くさり》を切るためのアイテムとかが手に入るんだと思うけど……」

サワの言葉に、なるほどと頷《うなず》く。

クエストに似た状況《じょうきょう》ではあるが、ユウマたちが助け出そうとしているナギはNPCではない。本来ならばカルシナのどこかで領主館絡《がら》みのクエストを受注し、きちんと段階を踏《ふ》んで訪《おとず》れるべき場所に、イレギュラーなルートで突入《とつにゅう》してしまったわけだ。

「……でも、だとすると、いまの僕たちにはこの鎖《くさり》を切る手段はない……ってことにならないか……?」

「………」

サワはすぐには答えず、再び扉《とびら》に近づくと、今度は指先でぽんとタップした。

出現した小窓には、【浄鉄《じょうてつ》の鎖《くさり》】というオブジェクト名と、【30000／30000】という耐久度《たいきゅうど》だけが表示されている。これで解《わか》るのは、扉《とびら》が凄《すさ》まじく頑丈《がんじょう》なことと、コンケンが愛剣の命と引き換《か》えに放った《ヘビー・スラッグ》でさえ、鎖《くさり》の耐久度《たいきゅうど》を1ポイントたりとも減らせなかったということだけだ。

「ねえ、サワちゃん」

背後から、友利《トモリ》が何かを思いついたような声を響《ひび》かせた。

「あのお爺《じい》さん、この鎖《くさり》のこと、《祝福された鉄》だって言ってたよね。それって、神聖魔法《まほう》で強化されてるってことなのかな？」

「うん、たぶんね。しかも、だいぶ上級なやつ」

振り向いたサワが頷《うなず》く。すると友利は、体ごとユウマに向き直り——。

「だったら、芦原《アシハラ》くんの闇魔法《やみまほう》で壊《こわ》せるんじゃないの？　確か、反対属性の魔法《まほう》同士は効果を打ち消し合うんだよね？」

今日までRPGで遊んだことのなかった初心者だとは思えない発想力だ。ナイスアイデア！　と言いたいのはやまやまなのだが、ユウマは小さくかぶりを振った。

「……残念だけど、闇魔法《やみまほう》の反属性は光魔法《まほう》で、神聖魔法《まほう》じゃないんだ」

それを聞いた友利が、眼鏡の奥の両目を瞬《しばた》かせる。

「え……じゃあ、神聖魔法《まほう》の反対って何なの？」

「確か、呪詛魔法《じゅそまほう》だったかな。プレイヤーは初期状態では修得できないって、ガイドブックに書いてあった」

「…………そっか……」

残念そうに俯《うつむ》く友利に、ユウマはフォローの言葉を掛《か》けようとした。

しかし一瞬《いっしゅん》早く進み出たサワが、決然とした表情で言った。

「ユウ、この鎖《くさり》を切れるのは、《彼女》だけだと思う」

「彼女……？」

ヴァラクのことか、でもまだ一日一回の制限はリセットされていないのに……と考えてから、ユウマは鋭《するど》く息を呑《の》んだ。

違《ちが》う。サワが示唆《しさ》しているのは、ユウマが右胸に装備したカードホルダーの中で眠《ねむ》る、綿巻《ワタマキ》すみかのことだ。

確かにすみかは、いまのコンケンですら遠く及《およ》ばないほどの圧倒的戦闘力《あっとうてきせんとう》を秘めているが、攻撃《こうげき》が物理属性であることに変わりはない。力押しでは《浄鉄《じょうてつ》の鎖《くさり》》は切断できないことを、サワも認めていたはず――。

不意に、ユウマの脳裏《のうり》にすみかのステータスウインドウが甦《よみがえ》った。

レベルは17。修得済みスキルは《剛力《ごうりき》》、《剣化《けんか》》、《非視覚感知》、《痛覚耐性《たいせい》》、《闇耐性《やみたいせい》》、《氷耐性《たいせい》》の六個。そして種族名は、《ナイト・フィーンド》。

日本語なら《夜の悪鬼《あっき》》とでもなるのであろうその名称《めいしょう》を思《おも》い浮《う》かべながら、ユウマは妹に問いかけた。

「お前……彼女自身が呪詛《じゅそ》属性だって思ってるのか？」

するとサワは、低い声で答えた。

「モンスターによっては、存在そのものに属性があること、ユウも覚えてるでしょ。北の森で戦ったトレント系は木属性だったし、古城ダンジョンのファイア・ドラゴンは火属性だった。彼女は闇《やみ》属性かなって思ってたけど、それなら《炎の矢《ファイア・アロー》》でもっとダメージを受けてたはず。

火は闇《やみ》の反属性じゃないけど、ガイドブックの属性相性《あいしょう》表では弱点扱《あつか》いになってたからね」

「………そう、だな」

火属性の魔法《まほう》は氷属性のモンスターに対して基礎《きそ》ダメージが二倍になるが、木属性と闇《やみ》属性にも一・五倍のボーナスがある。サワがすみかに《炎の矢《ファイア・アロー》》をヒットさせた時、すみかは派手に吹《ふ》き飛《と》びはしたが、弱点攻撃《こうげき》に成功した時特有のエフェクトは見えなかった。

すみかが闇《やみ》属性のモンスターではないというサワの推測には説得力があるし、それ以前に、すみかのあの姿が呪詛《じゅそ》……呪《のろ》いでなくてなんだと言うのか。

ユウマが目を伏《ふ》せた時、ついに我慢《がまん》しきれなくなったか、友利《トモリ》が口を開いた。

「あの……さっきから二人が言ってる《彼女》って、誰《だれ》のことなの……？　ヴァラクじゃないよね……？」

すぐには答えられず、ユウマは俯《うつむ》き続けた。

サワは、友利からこの質問が出ることも予想していたはずだ。つまり、友利にも真実を——ユウマが綿巻すみかを使い魔《ファミリア》としてカード化したことを打ち明けるべきだと、暗に促《うなが》しているのだろう。

その判断は恐《おそ》らく正しい。友利なら、すみかを元《もと》に戻したいというユウマの望みを理解し、他の生徒たちには黙《だま》っていてくれるはずだ。それに、もしもヴァラニアン・アックスベアラー以上の強敵に襲《おそ》われたら、すみかを召喚《しょうかん》するという選択《せんたく》を強《し》いられることも有り得る。その時、友利《トモリ》がすみかのことを知らなければ、パニックに陥《おちい》ってしまう可能性は高い。

相変わらず、サワの状況《じょうきょう》判断は合理的だ。しかしそれでも、伝えるのが恐《こわ》いという気持ちを完全に拭《ぬぐ》い去《さ》ることはできない。モンスター化した綿巻《ワタマキ》すみかだから可能だったこととは言え、ユウマが魔物《まもの》使いの力でクラスメイトを捕獲《キャプチャー》したのは厳然たる事実なのだ。

友利に責められるか、あるいは怖《こわ》がられるのではと想像し、奥歯《おくば》を噛《か》み締《し》めるユウマの左肩《ひだりかた》を──。

いつの間にか後ろに立っていたコンケンが、ぽんと軽く叩《たた》いた。

それだけで嘘《うそ》のように呪縛《じゅばく》が解け、肺に溜《た》まった空気をひと息に吐《は》き出す。

責められようが怖《こわ》がられようが、それはユウマの選択《せんたく》の結果なのだから、受け止めなくてはならない。

「……清水《シミズ》さん。これが《彼女》だよ」

そう告げると、ユウマは右胸のホルダーに左手を差し込み、収納されている二枚のカードの片方を抜き出した。

紫色《むらさきいろ》に透《す》き通《とお》る、長辺が約九十ミリ、短辺が約六十ミリのカードを、友利の眼前にかざす。

眉《まゆ》をひそめて注視した友利の両目が、いっぱいに見開かれた。

「えっ……わ、綿巻すみか……って、あの綿巻さん……!? なんで、カードに綿巻さんの名前が……」

「僕、シェルターのみんなに、怪物《かいぶつ》化した綿巻さんを拘束《こうそく》して動けなくしたって説明したよね。清水さんは、それをカリキュラスの中に閉じ込めたっていう意味に受け取って、二木《ニキ》にもそう説明したと思うけど、本当は違《ちが》うんだ。僕は綿巻さんを、魔物《まもの》使いの専用呪文《じゆもん》で捕獲《キャプチャー》して……使い魔《ファミリア》にしたんだ」

「………ファミリア」

鸚鵡《おうむ》返《がえ》しに呟《つぶや》いた友利の顔には、いまのところ驚愕《きょうがく》以外の表情は浮《う》かんでいない。しかし、それもあと数秒だろう。

「いまから綿巻さんを召喚《しょうかん》するけど、怖《こわ》がる必要はないよ。僕たちを攻撃《こうげき》はしないから」

自分でも意外なほど落ち着いた声で前置きすると、ユウマは扉《とびら》に歩み寄り、カードを高々と掲《かか》げた。

「アペルタ《開け》！」

たった一語の詠唱《えいしょう》が、石造りの地下通路にこだまする。

カードからほとんど黒に近い紫《むらさき》色《いろ》の光が溢《あふ》れ、どこか禍々《まがまが》しい形の立体魔《ま》法陣《ほうじん》を描《えが》き出す。左手のカードが溶《と》け崩《くず》れるように実体を失い、闇《やみ》色の光線となって床《ゆか》の一点に照射される。

その場所から、人型の影《かげ》が、ずずっ……と這《は》い出す。

ストレートの長い髪《かみ》。丈《たけ》の短いジャケットと、膝上丈《ひざうえたけ》のプリーツスカート。まとわりつく闇《やみ》が蒸発すると、それらは見慣れたライトブルーとアイボリーホワイトの色彩《しきさい》を取《と》り戻《もど》す。

出現したのは、雪花《ゆきはな》小学校の制服を着た、ほっそりとした体格の女の子だった。六年一組の——いや、全校生徒のアイドル、綿巻《ワタマキ》すみか。

アルテアでの戦闘《せんとう》で受けたダメージは完全に治癒《ちゆ》し、制服の汚《よご》れやかぎ裂《ざ》きも消えている。だがいかなる理由なのか、髪《かみ》を飾《かざ》る純白のリボンカチューシャに染《し》みついた赤黒い血痕《けっこん》だけはそのままだ。幸いなことに、一番プレイルームで振り回していた《三浦幸久《ミウラユキヒサ》の右腕《みぎうで》》は持っていない。

すみかは、両腕《りょううで》をだらりと下げ、深く俯《うつむ》いた姿勢のままじっとしていたが、やがてゆっくりと体を起こした。

ユウマが右手で掲《かか》げた冷火のランタンの青白い光が、目も鼻も口も存在しないすみかの顔を照らし出した瞬間《しゅんかん》、背後で友利《トモリ》が鋭《するど》く空気を吸い込む音がした。

甲高《かんだか》い悲鳴が耳に突き刺さってくるのを、ユウマは待った。しかし一秒、二秒と経過しても、友利が声を上げる気配はない。反応を自分の目で確かめたかったが、振り向く勇気を持てず、そのまま前に進む。

ユウマが近づくと、すみかはのっぺらぼうの顔をぎこちなく動かした。目が存在しないのに視線を感じるのは不思議だが、《非視覚感知》スキルを持っているので、第六感のようなものでユウマを視《み》ているのだろう。

不思議と言えば、手を伸ばせば触《ふ》れられる距離《きょり》まで近づいても、まったく恐怖《きょうふ》を感じない。

コーンヘッド・ブルーザー戦で召喚《しょうかん》した時は、使い魔《ファミリア》化していると解《わか》っていても緊張《きんちょう》したのに、いまはやるせなさと心苦しさ、それに……胸《むね》の奥がぎゅっと圧迫《あっぱく》されるような、奇妙《きみょう》な感覚を覚える。

「綿巻さん」

掠《かす》れ声で、そっと囁《ささや》きかける。

「起こしちゃってごめん。……ナギを助けるために、力を貸してほしいんだ」

音声命令《ボイスコマンド》ではないので反応はしないだろうと思ったが、すみかはわずかながら顔を動かした。頷《うなず》いたように見えなくもないその動作に、ユウマもこくりと頷《うなず》き返し、通路の二メートル先に立ちはだかる巨大《きょだい》な扉《とびら》を指差した。

「あの扉《とびら》を封印《ふういん》してる鎖《くさり》を切って。――《浄鉄の鎖《じょうてつのくさり》》を《破壊《はかい》》！」

念のために、最初の指示をボイスコマンドの形式で言い直したが、その時にはもうすみかは動き出していた。

黒いソックスに包まれた足で、とす、とすと敷石《しきいし》を踏《ふ》み、扉《とびら》に近づいていく。

その様子を見守りながら、ユウマはなぜ靴《くつ》を履《は》いていないんだろうと考え、すぐに悟《さと》った。

テストプレイの前、最初にカリキュラスに入った時は、昇降台《ランプ》で靴《くつ》を脱《ぬ》ぐよう指示されたのだ。

つまりすみかのローファーは、一番プレイルームのどこかに残っているはず。

現実世界に戻《もど》ったら回収したいが、やることが多すぎて忘れてしまいそうだ。こちら側ではクレストのリマインダーアプリも起動できないので、せめてすみかの姿をしっかり記憶《きおく》に焼き付けるべく、ユウマは華奢《きやしゃ》な背中を見つめた。

扉《とびら》の手前で立ち止まったすみかは、静止したまま鎖《くさり》を眺《なが》めていたが、いきなり右手を高々と持ち上げた。

ぎらりと輝《かがや》く鉤爪《かぎづめ》の威力《いりょく》は、一番プレイルームで襲《おそ》われた時に痛いほど——比喩《ひゆ》ではなく、文字通り身をもって思い知らされたが、浄鉄《じょうてつ》の鎖《くさり》も線径十五ミリはありそうな特大サイズだ。物理攻撃力《こうげきりょく》だけでは到底《とうてい》どうなるものでもなく、サワが指摘《してき》した《すみか自身の呪詛《じゅそ》属性》が鎖《くさり》の神聖属性を中和、侵食《しんしょく》してくれることに期待するしかない。

と、ユウマは考えたのだが。

突然《とつぜん》、鉄板が軋《きし》むような異音とともに、すみかの右腕《みぎうで》が変形した。

五本の指が、螺旋《らせん》状に撚《よ》り集まって融合《ゆうごう》し、薄《うす》く、長く延びていく。白い肌《はだ》が、黒々とした光沢《こうたく》を帯びた金属へと変化する。ジャケットの袖口《そでぐち》から、鋭《するど》く尖《とが》った切っ先まで、七十センチ近くもありそうな……剣。

——これが、《剣化《けんか》》か。

いままで、すみかのステータス画面でその存在に気付いてはいたが、ガイドブックに載《の》っていないがゆえに詳細《しょうさい》不明だったスキルの効果を目の当《ま》たりにして、ユウマは息を呑《の》んだ。

すみかが、片刃《かたば》の直剣に変じた右腕《みぎうで》を前方に倒《たお》し、次いで全身を捻《ひね》りながら大きく引き絞《しぼ》る。

刀身に、黒紫色《くろむらさきいろ》のオーラが宿る。武技……なのかもしれないが、名前は解《わか》らない。

ドッ！　と空気が震《ふる》えた。

空恐《おそ》ろしいほどの速度で突き出された右腕《みぎうで》の剣が、浄鉄の鎖《くさり》の中心部を直撃《ちょくげき》し、コンケンが武技を叩《たた》き込んだ時とはまるで異なる硬質《こうしつ》な高周波音を響《ひび》かせた。純白の火花が大量に迸《ほとばし》り、すみかの頭や体に降り注ぐ。

あまりの眩《まぶ》しさに思わずつぶってしまった目を、ユウマは懸命《けんめい》に見開いた。

剣の切っ先は、鎖《くさり》の一点に、ごくわずかだが食い込んでいる。そこから金色の波動が溢《あふ》れ、剣を拒《こば》もうとしているかのように見える。

すみかが、右足をじりっと前進させた。

剣に宿る黒紫色のオーラが、いっそう密度を増す。金色の波動が不規則に明滅《めいめつ》し、ピキッ、ピキッ、と甲高《かんだか》い金属音が弾《はじ》ける。

「あっ……！」

サワが、抑《おさ》えた声で叫《さけ》んだ。

鎖《くさり》に、たった一本だけだが亀裂《きれつ》が走り、筋状の光が漏《も》れ出している。

やはり、サワの見立ては正しかったらしい。ナイト・フィーンドは呪詛《じゅそ》属性のモンスターで、神聖属性の加護を打ち破れるのだ。

いける、と思ったのも束《つか》の間《ま》、ユウマはあることに気付いて左手を握《にぎ》り締《し》めた。

すみかの頭上に浮かぶＨ　Ｐ《ヒットポイント》／Ｍ　Ｐ《マジックポイント》バーが、両方ともじりじりと減少していく。恐《おそ》らく、オーラをまとった突き技《わざ》はやはり武技で、ＭＰの減少はそのせいだろう。そしてＨＰの減少は、剣にかかっている過大な負荷《ふか》のせいだ。普通《ふつう》の武器なら耐久度《たいきゅうど》が減るだけだが、すみかの剣は体の一部なので、損傷がＨＰに跳《は》ね返《かえ》ってくる。

不可侵《ふかしん》と思えた浄鉄《じょうてつ》の鎖《くさり》も、確実に耐久度《たいきゅうど》を削《けず》られているはずだ。しかし、二本目の亀裂《きれつ》はまだ発生しない。このままでは、先にすみかのＨＰが尽《つ》きてしまうかもしれない。

その時――。

背後でたたっと足音が響《ひび》き、ユウマの右側に誰《だれ》かが走り出てきた。

「芦原《アシハラ》くん、私が綿巻《ワタマキ》さんのＨＰを回復する！」

そう叫《さけ》んだのは、清水友利《シミズトモリ》だ。横顔には決然とした表情だけが浮《う》かんでいて、恐怖《きょうふ》も嫌悪《けんお》も感じ取れない。

「ありがとう……いや、待って！」

いったんは感謝したものの、ユウマは慌《あわ》てて友利を制止した。

「綿巻さんが呪詛《じゅそ》属性だとしたら、神聖属性の回復魔法《まほう》でダメージを受けちゃうかもしれない！」

「えっ……じゃあ、どうやって回復すれば……」

「逆に呪詛《じゅそ》属性の、物理ダメージが入ってない攻撃魔《こうげきま》法《ほう》なら……でも、そんなの誰《だれ》も使えないし……」

ユウマが懸命《けんめい》に頭を回転させるあいだにも、すみかのHPは着実に減り続けている。なのに当のすみかは自分のダメージをまったく気にする様子もなく、右腕《みぎうで》の剣をいっそう激しく鎖《くさり》に突き立てる。

当然だ、マスターであるユウマがそうするように命じたのだから。

しかし綿巻すみかは、使い魔《ファミリア》である以前に六年一組のクラスメイトで、ユウマの憧《あこが》れの人だ。無貌《むぼう》の怪物《かいぶつ》と化してしまったいまでも、それは変わらない。便利な道具として使い潰《つぶ》すような真似《まね》は絶対にしたくない。

カードに戻《もど》すこと以外にも、必ず何かあるはずだ。呪詛《じゅそ》属性のすみかのHPを、鎖《くさり》への攻撃《こうげき》を邪魔《じゃま》せずに回復する方法が。

限界まで過熱したユウマの脳が、すみかに関する全ての記憶《きおく》の中から、たった一つの情景を掬《すく》い上げた。

一番プレイルームで怪物《かいぶつ》化したすみかに襲《おそ》われた時、彼女はユウマを圧倒的《あっとうてき》なパワーで殴《なぐ》り倒《たお》しておきながら、目の前まで近づき、噛《か》みつこうとした。単に殺すだけなら、安全な間合いから重ねて殴打《おうだ》したり、鉤爪《かぎづめ》で引き裂《さ》いたりするだけでもよかったはずだ。あの噛《か》みつきに、殺す以外の目的があったのなら――それは、恐《おそ》らく。

「…………ッ！」

歯を食い縛《しば》ると、ユウマは右手のランタンを投げ捨て、すみかに駆《か》け寄《よ》った。走りながら、チュニックの左袖《そで》を大きくまくり上げ、露出《ろしゅつ》した腕《うで》を背後からすみかの顔に近づける。

「綿巻《ワタマキ》さん、僕を嚙《か》んで!!」

そう命じた途端《とたん》、後方でサワとコンケンが同時に叫《さけ》んだ。

「お兄ちゃん、だめ!!」

「よせ、ユウ!!　三浦《ベロシ》みたいに食いちぎられるぞ!!」

しかしユウマには、大丈夫《だいじょうぶ》だという予感があった。

「……ハアァァ……」

真冬の外気のように冷たい吐息《といき》が、ユウマの肌《はだ》を撫《な》でた。背後からでもかろうじて見える、すみかの顔の下側が音もなく裂《さ》け、鋭利《えいり》な牙《きば》が無数に並ぶ口が露《あら》わになる。

しかし、そこですみかは動きを止めた。

すでにＨＰ《ヒットポイント》を半分も失っているのに、まるで本能に抗《あらが》うかの如《ごと》く、全身を小刻みに震《ふる》わせる。

鎖《くさり》に突き立てられた右手の剣から、黒紫色《くろむらさきいろ》のオーラを貫《つらぬ》いて、真紅《しんく》のダメージエフェクトが飛び散る。

「いいんだ、綿巻さん！　僕は……僕は、きみを……!!」

その先に続く言葉を、ユウマは見つけられなかった。

溢《あふ》れかけた感情を懸命《けんめい》に抑《おさ》え込み、ボイスコマンドを伝える。

「……綿巻さん、《僕》から《吸血》!!」

同時にユウマは、右手ですみかの体を抱《かか》え、左腕《ひだりうで》を口に押し付けた。

今度は、すみかは命令に抗《あらが》わなかった。がばっと開いた口が、剝《む》き出しの前腕《ぜんわん》部に嚙《か》みつき、無数の牙《きば》を皮膚《ひふ》に沈《しず》み込ませた。

AM世界では、仮想体《アバター》が傷ついても痛みは感じず、代わりに不快な麻痺《まひ》感が生成される。

しかしいまは、ユウマは氷のように冷たく鋭《するど》い痛みを確かに感じた。

さすがに血液までは流れ出ず、代わりに真紅《しんく》の光点が次々と零《こぼ》れる。すみかが喉《のど》を動かし、その光をごくごくと飲み下す。

HPの減少が緩《ゆる》やかになり、止まり——徐々《じょじょ》に増え始めた。

代わりに、ユウマのHPが急激に減っていく。すみかが受け続けているダメージと、HPの最大値の差を考えれば、二本のHPバーの回復量と減少量は完全に釣《つ》り合《あ》っているように思える。

やはり、すみかの嚙《か》みつきは単なる攻撃《こうげき》ではなかった。獲物《えもの》の血を吸って自分を回復させる、ナイト・フィーンドの固有能力なのだ。

無論、このままではすみかが全回復する前にユウマが死んでしまう。しかし、プレイヤーのユウマには、多くの回復手段がある。

ユウマは、右手でベルトポーチを開け、下級回復薬《レッサー・ポーション》を取り出そうとした。だが一瞬《いっしゅん》早く、

「サークラ!!　祝福《よ》」

背後で、友利《トモリ》が神聖魔法《まほう》の属性詞を唱えた。

「プレミス《集まり》……フジオーネ《融け合え》!!」

ユウマの背中に、仄《ほの》かな熱感が生まれる。それは体の芯《しん》まで浸透《しんとう》し、冷気を遠ざける。

すみかの吸血はまだ続いているが、ユウマのＨＰ《ヒットポイント》バーは七割ラインで下げ止まり、ぶるぶると震《ふる》える。現在、すみかのＨＰは浄鉄《じょうてつ》の鎖《くさり》とのせめぎ合いで削《けず》られ、そのダメージをユウマのＨＰが補塡《ほてん》し、さらにそのダメージを友利がＭＰ《マジックポイント》を使って回復している状態なわけだ。

損耗《そんもう》を先送りしただけのようだが、僧侶《そうりょ》の専用魔法《まほう》である《聖なる癒し《ホーリー・ヒール》》は、汎用《はんよう》回復魔法《まほう》と比べてＭＰの消費効率が遥《はる》かに高い。検証したわけではないが、ユウマのＨＰ量なら、友利のＭＰが尽《つ》きる前に五回は全快させられるのではないか。

それにいざとなれば、古城の宝箱から入手したＭＰ回復ポーションもある。足りるはずだ、足りてくれ……と必死に念じるうちに、ユウマは我知らず、すみかの胴体《どうたい》に回した右腕《みぎうで》に力を込めていた。

それが、何らかの合図になったかのように――。

すみかがユウマの左腕《ひだりうで》から口を離《はな》し、吼《ほ》えた。

「シャアアアッ!!」

華奢《きゃしゃ》な体に鋼《はがね》のような筋肉が盛り上がり、激しく収縮する。

とても密着していられず、ユウマが後方に弾《はじ》き飛《と》ばされた、その直後。

すみかの右腕《みぎうで》を、これまでの何倍も濃《こ》い闇《やみ》色のオーラが包み込み、肩《かた》から切っ先に向かって螺旋《らせん》状に渦巻《うずま》いた。空気が圧縮され、床《ゆか》や壁《かべ》から砂埃《すなぼこり》が舞《ま》い上がる。

剣の先端《せんたん》に凝縮《ぎょうしゅく》されたオーラが、無音の大爆発《ばくはつ》を引き起こし。

ピキイィ――ン……。

と、甲高《かんだか》い金属音が響《ひび》き渡《わた》った。

浄鉄《じょうてつ》の鎖《くさり》の中心――すみかの剣を受け止めていた一つの輪が、金色の輝《かがや》きを振りまきながら粉々に砕《くだ》けた。分断された左右の鎖《くさり》が、力尽《ちからつ》きたかのようにだらりと垂れ下がる。

「……切れた……！」

背後でコンケンが喘《あえ》ぐように言ったのと、ほぼ同時に。

右腕《みぎうで》を下ろしたすみかが、ぐらりとよろめいた。

ユウマは再び前に飛び出し、両腕《りょううで》ですみかの体を抱《だ》き止めた。素早《すばや》くHPバーを確認《かくにん》するが、HPは半分以上残っているし、デバフも受けていない。

腕《うで》の中で、すみかがぎこちなく顔の向きを変え、存在しない瞳《ひとみ》でユウマを見た。普通《ふつう》の大きさに戻《もど》った口から、木枯《こが》らしのような嗄《か》れ声が漏《も》れる。

「アシ……ハラ、クン……」

背後で、友利が息を呑《の》む気配がした。

「ワ……タ、シ…………ヤク、ニ…………」

そこで言葉は途切《とぎ》れ、口そのものも消滅《しょうめつ》した。すみかの全身から力が抜け、顔もがくんと下を向く。

——芦原《アシハラ》くん、私、役に立った？

きっとすみかは、そう言おうとしたのだろう。

たとえ見た目がモンスターに変わってしまっても、その内側にはまだ綿巻《ワタマキ》すみかの心が……欠片《かけら》だけかもしれないが、間違《まちが》いなく残っている。

改めてそう確信しながら、ユウマはすみかに囁《ささや》きかけた。

「すごく助かったよ、綿巻さん。本当にありがとう……また助けてもらうかもしれないけど、それまでゆっくり休んでて」

左手ですみかの前髪《まえがみ》に触《ふ》れ、呟《つぶや》く。

「——クラウザ《閉じろ》」

すみかの足許《あしもと》に闇《やみ》色の魔《ま》法陣《ほうじん》が現れ、回転しながら次々に層を重ねていく。やがてすみかの全身を呑《の》み込むと、紫色《むらさきいろ》の閃光《せんこう》とともに凝縮《ぎょうしゅく》し、一枚のカードへと変わる。

空中に浮《う》かぶそれを左手でそっと掴《つか》み、右胸のカードホルダーに収めると、ユウマは背筋を伸ばした。

振り向き、まっすぐ友利《トモリ》を見る。眼鏡の奥で少しだけ見開かれた瞳《ひとみ》からは、何を考えているのかを読み取ることはできない。

「……回復魔法《まほう》、ありがとう」

　そう声を掛《か》けると、友利《トモリ》は首を少しだけ左右に動かした。

「ううん……その前に芦原《アシハラ》くんが止めてくれなかったら、綿巻《ワタマキ》さんを傷つけちゃうとこだったし……」

　どこかふわふわした口調でそう呟《つぶや》いてから、一度強く瞬《まばた》きし、ユウマの右胸を見る。

「……ねえ、いまの……本当に綿巻さんなの？」

「うん」

　迷うことなく、ユウマは頷《うなず》いた。

「清水《シミズ》さん、いままで内緒《ないしょ》にしててごめん。何があったのかは解《わか》らないけど、いまの綿巻さんは種族がプレイヤーじゃなくて、《ナイト・フィーンド》っていうモンスターになってるんだ。だから、魔物《まもの》使いの専用魔法《まほう》で捕獲《キャプチャー》して、使い魔《ファミリア》にできた。……僕は、綿巻さんを人間に戻《もど》す方法が絶対にあるって信じてる。勝手なお願いだって解《わか》ってるけど……清水さんにも、それを手伝ってほしいんだ」

　ひと息にそこまで言うと、ユウマはまっすぐ友利を見た。本当は深々と頭を下げたかったが、それは精神的な圧力を掛《か》けようとする行為《こうい》に思えたので、じっと我慢《がまん》する。

　友利は、いまだ現実を受け止めかねるかのような表情でしばらく黙《だま》り込んでいたが、不意に両目を何度か瞬《しばたた》かせると、打って変わって恐怖《きょうふ》の滲《にじ》む声を響《ひび》かせた。

「……でも。でも、綿巻さんは、一番プレイルームで、私たちに襲《おそ》いかかってきて……。会田《アイダ》くんと多田《タダ》くんに怪我《けが》させて、それで、止めようとした三浦《ミウラ》くんの、腕《うで》を……」

そこで言葉を途切《とぎ》れさせると、左手で口を覆《おお》い、繰《く》り返《かえ》しえずく。ユウマは棒立ちになってしまったが、サワが駆《か》け寄《よ》り、少々ぎこちない手つきで友利の背中をさする。

どうやらAM世界に嘔吐《おうと》の機能はなかったようで、カルシナで食べたシチューが排出《はいしゅつ》されてしまう事態は避《さ》けられた。数秒で落ち着きを取《と》り戻《もど》した友利は、サワに「ありがと」と囁《ささや》くと、牧杖《バクルス》を支えにして立ち上がった。

「……ごめんね、情けないところ見せて」

「いや、ぜんぜん……こっちこそ、辛《つら》いことを思い出させちゃって……」

どうにかそんな言葉を返したユウマに、友利は小さくかぶりを振り、言った。

「……綿巻さんが、したくてあんなことをしたわけじゃないんだって、私も解《わか》ってる。でも……確か、魔物《まもの》使いの使い魔《ファミリア》って、使役《しえき》状態が解除されちゃうこともあるんだよね？」

ガイドブックをしっかり読み込んでいるらしい友利の指摘《してき》に、ユウマはこくりと頷《うなず》いた。

「うん。使い魔《ファミリア》のステータスには忠誠値っていうのがあって、初期状態の最大値は100で……それが0になると、敵に戻《もど》っちゃうんだ」

「綿巻さんの、いまの忠誠値はいくつなの……？」

「ええと……」

再びホルダーからすみかのカードを取り出し、人差し指でタップする。

出現したステータスウインドウを一瞥《いちべつ》した途端《とたん》、レベルがいつの間にか18になっていることに気付く。しかしいま重要なのは、その二行下だ。

「……忠誠値は、100マックスで87。前に見たときは64だった」

ユウマが見たままの数字を口にすると、友利《トモリ》は少しだけほっとしたような顔をした。しかし、すぐに口許《くちもと》を引き締《し》め――。

「もしもその数字が、召喚《しょうかん》してる時に0になったら、綿巻《ワタマキ》さんは、私たちに襲《おそ》いかかってくるってことだよね」

「………うん」

再び、しっかりと頷《うなず》く。

そんなことは起きないと信じたいが、そう断言できる根拠《こんきょ》は何もない。ガイドブックには、『使い魔《ファミリア》の忠誠値は、HP《ヒットポイント》が大きく減ったまま放置される、空腹状態が長時間続く等《など》の理由で減少する』と書いてあるだけで、『等《など》の理由』が他にいくつあるのかは説明されていないのだ。仮に《忠誠値を0にする魔法《まほう》》が存在したら、どんなに気をつけていても、一発で使役《しえき》状態を解除されてしまうことも有り得る。

友利は、ユウマが左手で持つすみかのカードを凝視《ぎょうし》していたが、つと顔を伏《ふ》せ、囁《ささや》くように言った。

「ごめんね……いますぐには決められない。茶野《サノ》さんを助け出して、ここからログアウトするまで考えさせてもらっていい？」

「もちろん」

ユウマはすぐさまそう答えたが、危惧《きぐ》する気持ちがないわけではない。もしも友利が「協力できない」という結論に至った場合、綿巻《ワタマキ》すみかの現状をシェルターの生徒たちにも伝えると言い出す可能性もある。

だが、いまそこまで心配しても仕方ない。フィロス島へ続く扉《とびら》を閉ざしていた浄鉄《じょうてつ》の鎖《くさり》は切断された。あとは地下通路を突破《とっぱ》し、領主館の牢獄《ろうごく》でナギを見つけるだけだ。

「コンケン、扉《とびら》を開けるの手伝ってくれ」

カードを仕舞《しま》いながら声を掛《か》けると、コンケンが無言で歩み寄ってきた。

二人で、扉《とびら》から垂れ下がる鎖《くさり》の切《き》れ端《はし》を一本ずつ摑《つか》む。「せーの！」とタイミングを合わせ、思い切り引っ張る。

巨大《きょだい》な金属の扉《とびら》は、最初こそ抵抗《ていこう》したが、いったん動き出すと拍子《ひょうし》抜《ぬ》けするほどあっさりと手前に開いた。

奥の暗がりにモンスターの気配がないことを確認《かくにん》してから、ユウマは扉《とびら》の裏側を見上げた。

近づいてきたコンケンが、怪訝《けげん》そうに訊《き》いてくる。

「扉《とびら》になんかあんのか？」

「いや……この扉《とびら》、領主館からの脱出《だっしゅつ》用ってことは、本来は向こう側から開ける想定だろ？　でも、こっち側を鎖《くさり》で固定しちゃったら、向こう側からは開けられないじゃんって思ってたんだけどさ……」

説明しながら、扉《とびら》の裏側の一箇所《かしょ》を指差す。

ねじ切りされた金属の棒が二本、扉《とびら》を貫通《かんつう》して突き出している。浄鉄《じょうてつ》の鎖《くさり》が繋《つな》がれていた、U字金具の先端《せんたん》部だ。巨大《きょだい》なナットで扉《とびら》に固定されているのだが、そのナットには手回し用の突起《とっき》がついていて、これを外してから先端《せんたん》を叩《たた》けばU字金具が扉《とびら》から抜け、鎖《くさり》ごと落下する……という仕組みらしい。

コンケンも一目見て理解したようで、しかめっ面《つら》で唸《うな》った。

「んん～……なんつーか、まどろっこしいギミックだなー。こんな仕掛《しか》けにするくらいなら、普通《ふつう》に鍵《かぎ》でいいじゃんよ……」

「それだと、鍵《かぎ》開けの魔法《まほう》で開けられちゃうからかな」

「あー、そんな魔法《まほう》もあったかぁ」

二人であれこれ言い合っていると、焦《じ》れたようなサワの声が聞こえた。

「ねえ、いつまでそんなとこに突っ立ってるわけ!?」

「悪い、もうちょっと待って！」

そう叫《さけ》び返すと、ユウマは右手を伸ばし、手回しナットを掴《つか》んだ。システム的に固定されている可能性もあると思ったが、力を込めると案外あっさりと回転する。

「おっ」

ユウマの意図を汲《く》んだらしいコンケンが、小さく声を上げると反対側の扉《とびら》へと走っていく。

二人で競争するようにナットを外し、固定が解除されたU字金具の先端《せんたん》を勢いよく押し込む。

扉《とびら》の反対側で、がらがらじゃらーん！　と騒々《そうぞう》しい音が鳴《な》り響《ひび》く。

急いで扉《とびら》を回り込むと、期待どおり、外れた金具と浄鉄《じょうてつ》の鎖《くさり》の切《き》れ端《はし》が床《ゆか》に転がっていた。

切《き》れ端《はし》と言っても、長さは五十センチ近い。何かに使える場面があるかもしれないし、売ればかなりの金額になるはずだ。

鎖《くさり》と金具を拾い上げ、ナット二個と一緒《いっしょ》にストレージへ収納する。もう一セットもコンケンが回収したのを確認《かくにん》し、サワと友利《トモリ》のところへ駆《か》け戻《もど》る。

「お待たせ！」

「あんたねえ、その調子で何でもかんでも拾ってたら……」

小言をため息で中断し、サワは体の向きを変えた。

「……まあいいわ、家まで持ち帰らなければ。ほら、さっさと行くわよ」

そう言うや、すたすた歩き始める。背後の友利とコンケンが笑いを堪《こら》える気配を感じながら、ユウマは無言で妹を追いかけた。

8

——通路は一本道ではなく迷路《めいろ》になっていて、しかも枝道には追手を始末するための罠《わな》が、大量に仕掛《しか》けられているそうじゃ。

という土産物《みやげもの》屋の老人の言葉どおり、扉《とびら》の奥には複雑極《きわ》まる迷路《めいろ》ゾーンが待ち構えていた。幸いなことにモンスターの姿はないが、罠《わな》を回避《かいひ》しつつ正攻法《せいこうほう》で迷路《めいろ》を突破《とっぱ》しようとしたら、ゆうに二、三時間はかかったかもしれない。

しかしユウマたちには心強い味方がいる。AM世界で最初に捕獲《キャプチャー》した使い魔《ファミリア》、青ウサギことホーンド・グレートヘアーの《ムク》だ。

テストプレイが終了《しゅうりょう》しても、これだけは消えなかったムクのカードをホルダーから取り出し、召喚《しょうかん》。

「きゅいい——っ！」

と元気のいい鳴き声とともに青いウサギが実体化した途端《とたん》、友利《トモリ》が「ふわあー！」と奇妙《きみょう》な叫《さけ》び声《ごえ》を上げた。女子では最も冷静沈着《ちんちゃく》な部類の友利でさえ、ムクのシステム外魅了《チャーム》能力には抗《あらが》えないらしい。

抱《だ》っこさせてあげたいところだが、いまは時間が惜《お》しい。行商人から買った干し果物をいくつか食べさせてから、音声命令《ボイスコマンド》を叫《さけ》ぶ。

「ムク、《ダンジョンの終点》まで《先導》！」

「むっきゅー！」

ひと声鳴くと、ムクは迷いのない足取りで迷路《めいろ》を走り始めた。

ホーンド・グレートヘアーには《隧道探索《トンネル・サーチ》》という能力があり、地下通路に類する場所なら、《始点先導》、《終点先導》、《アイテム捜索《そうさく》》、《モンスター捜索《そうさく》》、そして《モンスター回避《かいひ》》を命じることができる。まだ《罠回避《わなかいひ》》は修得していないが、《終点先導》はダンジョンの出口までの最短経路を案内してくれるので、枝道にしか罠《わな》がないこの迷路《めいろ》ならば安全に進めるわけだ。

冷火のランタンを掲《かか》げ、青い尻尾《しっぽ》を追いかけて走ること、約五分。

前方に新たな扉《とびら》が見えてきて、ユウマは走るスピードを緩《ゆる》めた。

ムクが扉《とびら》の手前で立ち止まり、振り向いて自慢《じまん》そうに「きゅるっきゅー！」と鳴く。あれが出口で間違《まちが》いあるまい。

いちおう警戒《けいかい》しつつゆっくり近づいたが、通路が崩壊《ほうかい》したり、イベントボスが湧《わ》いたりすることもなく、扉《とびら》の前まで辿《たど》り着《つ》けた。頑張《がんば》ってくれたムクに再び干し果物を食べさせてから、カードに戻《もど》す。

「使い魔《ファミリア》って、便利なんだね……可愛《かわい》いし……」

羨《うらや》ましそうに呟《つぶや》いてから、友利《トモリ》は軽く首を傾《かし》げた。

「もっといっぱい捕獲《キャプチャー》すればいいのに、どうしてムクと、その……綿巻《ワタマキ》さんだけなの？」

「えっと……魔物《まもの》使いには、使い魔《ファミリア》を保持しておけるキャパシティがあるんだ。レベルアップしたり、《使役《しえき》》スキルの熟練度を上げたりすればキャパシティも増えるけど、いまはムクと綿巻さんでほとんど使い切ってて……」

実際、レベルがユウマより6も……いや、最初に襲撃された時点では10も高かったすみかを捕獲できたのは奇跡《きせき》なのだ。本来なら、対象モンスターのレベルが1でも高ければ、成功率は大幅《おおはば》に下がるはず。

確率を引き上げる要因があったとしたらそれは何だろう、と考え込んでいると、コンケンが焦《じ》れたように言った。

「おい、早くナギみそのとこに行こうぜ。あとちょっとなんだろ？」

「あ……うん、そのはずだけど……」

ユウマは思考を切《き》り替《か》え、目の前の扉《とびら》を見た。

最初の扉《とびら》と同じくらい立派だが、こちらは鎖《くさり》で封印《ふういん》されておらず、代わりにドアハンドルが取り付けられている。鍵穴《かぎあな》やその他の施錠《せじょう》装置も見当たらないので、ハンドルを押し下げれば開くはずだ。

振り向き、三人に小声で指示する。

「……この先が地下牢《ろう》だとしたら、衛兵がいる可能性が高い。戦闘《せんとう》は極力回避《かいひ》して、スニークで進もう」

「見つかったらどうする？」

コンケンに訊《き》かれ、ユウマは少し迷ってから答えた。

「僕とコンケンで、なるべくたくさんの衛兵を上の階におびき出す。サワと清水《シミズ》さんはその隙《すき》にナギを捜して、見つけたら三人でこの通路から脱出《だっしゅつ》して。正しい道はマップに表示されてるはずだから」

「……ナギが起きなかったら？」

さすがに緊張《きんちょう》している様子のサワに、ニッと笑いかける。

「もうレベル12なんだから、魔術師《まじゅつし》の筋力値《ストレングス》でもナギ一人くらい楽勝で運べるだろ」

「……わかったわよ、やってみる」

「ねえ、芦原《アシハラ》くんと近堂《コンドウ》くんはどうするの？」

今度は友利《トモリ》が心配そうに言ったので、ユウマは再び笑《え》みを浮《う》かべてみせた。

「大丈夫《だいじょうぶ》だよ、いざとなったら川に飛び込んで逃げるから」

「おい、マジかよ……オレ、泳ぎはあんまし……」

そう言えば、こいつは昔っから、プールにだけは誘《さそ》っても来なかったよな……と思いながらユウマは親友の肩《かた》に手を載《の》せた。

「水中呼吸の魔法《まほう》かけてやるから心配すんな」

「……本当だろうな」

「マジ、絶対、ほんとにホント」

事実、汎用魔法《はんようまほう》には風属性の《水中呼吸》が存在する。しかし現在の熟練度では効果時間は十秒あるかどうかなのだが、それは言わずにユウマはバシッとコンケンの肩《かた》を叩《たた》き、ついでに背中を覗《のぞ》き込んだ。

「……それ、古城でゲットした新しい剣？」

「んあ？ ……おう、かっけーだろ」

早くも水への恐怖《きょうふ》を忘れたかのようにニマッと笑うと、コンケンは体を反転させた。

背中にマウントされている両手剣は、確かに一目で初期装備より遥《はる》かに上等な品だと解《わか》る。茶革《がわ》の鞘《さや》は何十個ものリベットで補強され、鋼鉄の鍔《ガード》と柄頭《ポメル》はしっとりとした輝《かがや》きを帯びて、握《グリップ》りには細い革紐《かわひも》が丁寧《ていねい》に巻いてある。右手の指先でタップすると、【鍛造《たんぞう》された鋼鉄の大剣　780／780】と書かれた小窓が現れる。所有者ではないので最小限の情報しか見えないが、耐久度《たいきゅう》はユウマの小剣《しょうけん》の四倍近い。

ユウマたちも古城で新しい武器を手に入れたものの、更新《こうしん》のタイミングはよく考える必要があることをテストプレイで思い知らされた。フルダイブゲームでは、武器の重さやバランス、握《にぎ》った時の感触《かんしょく》といったフィーリングの部分が、使い勝手に大きく影響《えいきょう》するのだ。慣れた武器から新しい武器に替《か》えた直後は、攻撃《こうげき》の時に姿勢を崩《くず》して転んだり、手からすっぽ抜けたりといった事故の確率が高まる。

それはコンケンも理解しているのだろう。体の向きを戻《もど》すと、位置を確かめるように剣の柄《つか》に触《ふ》れながら訊《き》いてきた。

「ユウたちはどうすんだ？」

「う～ん……」

以前の剣を失ってしまったコンケンは新しい剣を使うしかないが、地下牢《ろう》では戦闘《せんとう》を避《さ》ける予定なので、他の三人は使い慣れた武器のほうがいいだろうと考え、そう告げる。サワと友利《トモリ》も異論はないらしく、揃《そろ》って頷《うなず》く。

最後に全員のＨ Ｐ《ヒットポイント》、Ｍ Ｐ《マジックポイント》が最大値まで回復していることを確かめ、ユウマは扉《とびら》に向き直った。

ここからは、迷ったり立ち止まったりしている余裕《よゆう》はない。ナギを助け、全員でアルテアに戻《もど》るために、最善の行動を選び続けなくては。

「……開けるよ」

小声で宣言し、慎重《しんちょう》にドアハンドルを押し下げていく。

推測どおり鍵《かぎ》は掛《か》かっていないが、何年も使われていなかったからか、動きがかなり渋《しぶ》い。掌《てのひら》に伝わってくる内部機構の感覚に集中しながら、一ミリずつじわじわと回転させ、ガチンと最小限の音でラッチボルトを外す。

しばらく聞き耳を立ててから、扉《とびら》を手前に引く。蝶番《ちょうつがい》が軋《きし》むたびに手を止め、再び引いてを繰《く》り返《かえ》して、最も大柄《おおがら》なコンケンがぎりぎり通れるだけの隙間《すきま》を作る。

そこから頭を半分だけ出して覗《のぞ》くと、扉《とびら》の奥は三メートル四方ほどの小部屋になっていた。左右の壁《かべ》には棚《たな》が作り付けられ、古びた木箱やら樽《たる》やらが置かれている。正面にはアーチ状の開口部があり、上り階段が見える。人の姿はないが、天井《てんじょう》から吊《つ》り下《さ》げられたランプには炎《ほのお》が灯《とも》されているので、定期的に見回りが来ているのは間違《まちが》いないだろう。

ユウマは右手に持っていた冷火のランタンをストレージに戻《もど》すと、扉の隙間《すきま》を通り抜けて小部屋に入った。

抜き足差し足、階段に近づく。一段目の手前で上の階の気配を窺《うかが》い、振り向いて仲間たちに大丈夫《だいじょうぶ》だと合図する。

ユウマ、コンケン、サワ、友利《トモリ》の順で階段を上ると、突き当たりにまたしても扉《とびら》が現れた。さすがにうんざりしてくるが、今度の扉《とびら》はハンドルも蝶番《ちょうつがい》もスムーズに動き、その奥には待ち望んだ光景が広がっていた。

水が滲《にじ》む天井《てんじょう》。あちこちひび割れた床《ゆか》。ごつごつした粗《あら》い石壁《いしかべ》。そして、ランプの明かりを受けて鈍《にぶ》く光る鉄格子《てつごうし》。

間違《まちが》いなく地下牢《ろう》だ。しかし——。

「………広《ひろ》っ……」

ユウマを押しのけながら覗《のぞ》き込んだサワが、押し殺した声で呟《つぶや》く。

扉《とびら》から北にまっすぐ延びる通路は、奥行《おくゆ》きが十五メートルはありそうで、その左右に牢屋《ろうや》が五つずつ並んでいる。突き当たりの壁《かべ》に見える扉《とびら》は、恐《おそ》らく上の階に続いているのだろう。

ユウマとサワの左右にも通路が延びていて、どちらも奥に別の通路の入り口がある。つまりこの地下牢《ろう》は、三本の縦向き通路を上下から二本の横向き通路で挟《はさ》んだ、ローマ数字の「Ⅲ」のような構造をしているわけだ。

縦向き通路それぞれに十の牢屋《ろうや》が存在するとしたら、合わせて三十。その数の牢屋《ろうや》を、衛兵に見つからずに調べて回るのは至難の業《わざ》だ……と思った瞬間《しゅんかん》、さっそく左側からゴツ、ゴツという足音が聞こえてきた。

見ると、左側の突き当たりにある縦向き通路の入り口付近で、オレンジ色の光が揺《ゆ》れている。咄嗟《とっさ》に体を引っ込めようとしたが、足音の主が扉《とびら》の中まで調べにきたら、四人とも見つかってしまう。

ユウマは三人に手振りで合図し、扉《とびら》から出ると正面の縦向き通路に飛び込んだ。コンケン、友利《トモリ》が続き、最後にサワが通路へ出てくる。一秒を争う状況《じょうきょう》なのに、音を立てずに扉《とびら》を閉め、ふわりとジャンプ。

サワがユウマの隣《となり》に着地したのとほぼ同時に、足音の音量が大きくなった。

角を曲がった何者かが、ゆっくりと、しかし確実に近づいてくる。反対側の横向き通路まで、忍《しの》び足《あし》で移動する余裕《よゆう》はない。素早《すばや》く周囲を見回し、通路の左右にある二つの牢屋《ろうや》がどちらも空であることを確かめる。

牢屋《ろうや》を塞《ふさ》ぐ鉄格子《てつごうし》は、壁面《へきめん》から三十センチほど引っ込んでいて、ぎりぎり身を隠《かく》せそうだ。仲間たちもユウマの意図を察したらしく、友利《トモリ》とコンケンが右側の鉄格子《てつごうし》に、ユウマとサワは左側の鉄格子《てつごうし》にぴったり貼《は》り付《つ》く。

五秒後、足音の主が、ユウマたちの視界に姿を現した。

衛兵……なのだろうが、どこか異様な風体《ふうてい》だ。ずんぐりした猫背《ねこぜ》の体軀《たいく》を、まるで拘束具《こうそく》のような形状のレザーアーマーに包み、頭から両肩《りょうかた》にかけてをボロボロのフードで覆《おお》っている。右手には大型のランタン、左手には鉄のトゲトゲが生えた棍棒《こんぼう》。頭上に浮《う》かぶＨＰ《ヒットポイント》バーには、【プリズンガード】という名前が表示されている。

厚底ブーツをゴツゴツ鳴らしながら歩いてきた衛兵は、先ほどサワが閉めたばかりの扉《とびら》の前で立ち止まった。

ランタンを高く掲《かか》げ、体を左に回して、ユウマたちが隠《かく》れる中央の通路を覗《のぞ》き込む。もしもこちらに歩いてきたら、今度こそ逃げ場はない。

その場合は戦うしかないが、どんなに怪《あや》しげな格好をしていても、相手は人間だ。正確にはＮＰＣではあるものの、自ら悪事を働いたわけでもない、ただ命令に従っているだけの衛兵を攻撃《こうげき》するのは抵抗《ていこう》がある。

こっち来んな！　というユウマの、いや四人の思念が通じたか、衛兵はランタンを下ろしてぐるりと右に向き直った。

左手の棍棒《こんぼう》を壁《かべ》に立《た》て掛《か》け、その手で扉《とびら》を開ける。棍棒《こんぼう》を回収して中に入ると、ドタ、ドタと音を立てて階段を下りていく。

ボロ布のフードが見えなくなった瞬間《しゅんかん》、ユウマは隠《かく》れ場《ば》所《しょ》から出た。衛兵が戻《もど》ってくる前に、中央通路の探索《たんさく》を終えなくては。

右側の牢屋《ろうや》は友利《トモリ》とコンケンに任せ、サワと一緒《いっしょ》に左側の牢屋《ろうや》をチェックする。二つ目も空、三つ目も空——しかし四つ目の牢屋《ろうや》を覗《のぞ》き込んだ瞬間《しゅんかん》、びくっと体が竦《すく》む。

奥行《おくゆ》きが二メートルもない小部屋の片隅《かたすみ》に、不自然な格好で横たわる人影《ひとかげ》を見つけたのだ。

投げ出された手足は、生きている人間のものとは思えない。

まさか……と思いながら目を凝《こ》らすが、通路の天井《てんじょう》に吊《つ》るされたランプの光は、牢屋《ろうや》の奥まで届かない。やむなく鉄格子《てつごうし》に左手を突っ込み、最小のボリュームで属性詞を唱える。

「ルーミン《光よ》」

生成された純白の光球が、小部屋を隅々《すみずみ》まで照らし出した途端《とたん》、ユウマとサワは揃《そろ》って息を呑《の》んだ。

横たわっているのは、ぼろぼろの衣服をまとった白骨死体だった。横倒《よこだお》しになった頭蓋骨《ずがいこつ》の黒々とした眼窩《がんか》が、恨《うら》めしそうにユウマたちを見ている。服の朽《く》ち具合からして、死んだのは数十年前だろうし、体格も明らかに大人のものだ。

それでも、安堵《あんど》する気にはなれない。この地下牢《ろう》が、囚人《しゅうじん》を餓死《がし》もしくは病死させたあげく、遺体を運び出しもしない場所だと解《わか》ってしまったからだ。

十秒が経過し、光球が消えたのと同時に、階段を上る足音が聞こえてきた。

急いで鉄格子《てつごうし》から離《はな》れ、五つ目の牢屋《ろうや》を覗《のぞ》く。ここも無人。

振り向くと、向かいの牢屋《ろうや》をチェックしていた友利《トモリ》とコンケンが、揃《そろ》ってかぶりを振った。右側は全て空っぽだったらしい。

四人が北の横向き通路に駆《か》け込み、左の曲がり角に隠《かく》れた直後、衛兵が通路に戻《もど》ってきた。そっと覗《のぞ》き込むと、中央通路の突き当たりを、ランタンの光が横向きに移動していく。どうやら、東側の縦向き通路に向かうようだ。

ならばその隙《すき》に西側の通路を調べられる。ユウマの合図で、四人は小走りに西へと向かい、角を左に曲がる。

最初に予想した通り、この通路も両側に五つずつ牢屋《ろうや》がある。サワとユウマは左側、友利とコンケンは右側に分かれ、順にチェックしていく。

無事でいてくれ……！　と念じながら、三つ目の牢屋《ろうや》を覗《のぞ》き込んだ時だった。

背後で、「あっ……！」という友利の声がかすかに響《ひび》いた。

ユウマとサワは素早《すばや》く身を翻《ひるがえ》し、通路の反対側を見た。コンケンと友利は、三つ目の牢屋《ろうや》の前に立ち、両手で鉄格子《てつごうし》を握《にぎ》り締《し》めている。

一っ飛びに通路を横切り、コンケンの左側から牢屋《ろうや》の中を覗《のぞ》いた途端《とたん》、ユウマも叫《さけ》びそうになった。

湿《しめ》った石張りの上に、白っぽい人影《ひとかげ》が横たわっている。しかしこの牢屋《ろうや》も暗く、シルエットしか視認《しにん》できない。

今度はサワが手を伸ばし、属性詞を詠唱《えいしょう》した。

「フラーマ《火よ》」

指先に生じた火球が、小柄《こがら》な人影《ひとかげ》――少女を照らし出した。

着ているのは、酷《ひど》く汚《よご》れてはいるものの、もとは純白だったのであろう法衣《カソック》。ミルクティー色の髪《かみ》は、サワよりいくらか長い。うつ伏《ぶ》せに倒《たお》れているので顔は見えないが、十一年以上も近くにいた幼馴染《おさななじみ》を、たとえ仮想体《アバター》であっても誰《だれ》が見間違《みまちが》えるだろう。

ユウマの確信を裏付けるかのように、倒《たお》れた少女の頭上にＨＰ《ヒットポイント》バーが浮《う》かんだ。ＨＰは三割も残っていない。点灯しているデバフアイコンは、《低温》と《空腹》。そして、表示されたプレイヤーネームは――【ナギ】。

コンケンが両手で握《にぎ》り締《し》めている鉄格子《てつごうし》が、ミシッと軋《きし》んだ。見上げると、親友の横顔には、長い付き合いで一度も見たことがないほど険《けわ》しい表情が浮《う》かんでいる。

怒《いか》りに衝《つ》き動《うご》かされているのは、ユウマも同じだ。この地下牢《ろう》の責任者――恐《おそ》らくは警吏長《けいりちょう》オーベンという名のNPC——は、昏睡《こんすい》状態のナギをずぶ濡《ぬ》れのまま投獄《とうごく》し、HP《ヒットポイント》が……命が尽《つ》きていくに任せたのだ。たとえそれがNPCとしての《設定》に基《もと》づく行動なのだとしても、だったら仕方ないと思えるほどユウマは達観していない。

だが、ここで力任せに鉄格子《てつごうし》を破壊《はかい》したら、いまごろ東側の通路を歩いているはずの衛兵もさすがに気付くだろう。それ以前に、さすがのコンケンでも素手《すで》でこの太さの鉄棒をどうにかできるとは思えないが、ユウマは親友の左腕《ひだりうで》を摑《つか》み、視線で「落ち着け」と伝えた。

コンケンの腕《うで》からいくらか力が抜けたのと同時に、サワが動いた。火球を消すと、鉄格子《てつごうし》の右端《みぎはし》にある扉《とびら》の錠前《じょうまえ》に左手をかざし、再び呪文《じゅもん》を詠唱《えいしょう》する。

「フェラム《鉄》……クラヴィス《鍵》……」

生成されたのは魔法《まほう》の鍵《かぎ》を、錠前《じょうまえ》の鍵穴《かぎあな》に差し込み、最後の呪文《じゅもん》。

「アペルタ《開け》」

鍵《かぎ》はしばらく小刻みに震《ふる》えてから左に九十度回転し、ガチャリ、と鈍《にぶ》い解錠《かいじょう》音を響《ひび》かせた。

サワは即座《そくざ》に扉《とびら》を開け、中に滑《すべ》り込む。ユウマも追いかけたかったが、狭《せま》い牢《ろう》内では邪魔《じゃま》になるだけなので、コンケンの腕《うで》を摑《つか》んだままぐっと堪《こら》える。

床《ゆか》に膝《ひざ》をつき、華奢《きゃしゃ》な体を両手で抱《だ》き起《お》こすと、サワは掠《かす》れ声で呼びかけた。

「……ナギ。ナギ」

仰《あお》向けになった幼馴染《おさななじみ》の顔は、ランプの明かりの下でもぎょっとするほど青白い。長い睫毛《まつげ》に縁取《ふちど》られた瞼《まぶた》は、サワが繰《く》り返《かえ》し名前を呼んでもぴくりとも動かない。

　ユウマは、ナギと合流できたらその場でログアウトし、五人でアルテアに戻《もど》るつもりだった。

　しかしナギが目を醒《さ》ましてくれないと、メニューウインドウを呼び出せず、当然ログアウトもできない。

　もしかすると、ナギの昏睡《こんすい》は低温や空腹のデバフによるものではなく、本人の意識に何らかの問題が起きているせいではないだろうか。だとしたら、この場でどんなに呼びかけても覚醒《かくせい》させられない可能性もある。

「サワ、いったんナギを連れてフィールドに戻《もど》ろう」

　ユウマが囁《ささや》きかけると、サワは無言で頷《うなず》き、ナギを横抱《だ》きにしたまま立ち上がった。

　レベル12だけあって筋力値《ストレングス》は足りていそうだが、扉《とびら》をくぐって出てきたサワに、コンケンが両手を差し出す。

「オレが運ぶ」

　有無《うむ》を言《い》わせぬその声に、サワは再び頷《うなず》くとナギを預けた。進み出てきた友利《トモリ》が、ユウマを見て囁《ささや》く。

「茶野《サノ》さんのＨＰ《ヒットポイント》、回復《ヒール》する？」

「いや、外に出てからにしよう」

　そう答えると、ユウマは耳を澄《す》ました。

ゴツ、ゴツ、という足音がかすかに聞こえる。移動している方向までは解《わか》らないが、衛兵は地下牢《ろう》の外周を反時計回りに歩き続けているようなので、いまごろは「Ⅲ」の右上……北東の角あたりにいるはずだ。

ユウマは南を指差し、先頭に立って通路を進み始めた。

南西の角でいったん止まり、再び聞き耳を立てる。通路を反響《はんきょう》してくる衛兵の足音に変化がないのを確認《かくにん》してから、左に曲がって南通路に踏《ふ》み込み、忍《しの》び足《あし》で前進する。

ほんの七メートル先に、地下の迷路《めいろ》エリアへと続く扉《とびら》が見える。あそこに入ってしまえば、たとえ衛兵がナギの消滅《しょうめつ》に気付いても、ユウマたちに追いつくのは不可能だろう。十秒後には、ナギ救出作戦の成功がほぼ決まる。

——という期待が、感覚を鈍《にぶ》らせたか。

ユウマは、遠くで響《ひび》く足音が、こちらに近づいてきていることに気付けなかった。

扉《とびら》まであと半分というところまで到達《とうたつ》した時、前方に見える東側の縦向き通路から、ぬっと衛兵が姿を現した。

「…………!?」

愕然《がくぜん》と目を見開く。衛兵は、地下牢《ろう》を反時計回りに移動し続けているものと思っていたのに、東側通路のどこかで引き返してきたらしい。

一瞬《いっしゅん》足を止めてしまったが、即座《そくざ》に思考を立て直し、ユウマは叫《さけ》んだ。

「走れ!!」

スニーキングを放棄《ほうき》し、扉《とびら》めがけてダッシュ。衛兵もドタドタ走り始めたが、扉《とびら》までの距離《きょり》は向こうのほうが遠いし、足も遅《おそ》い。これならギリギリ間に合う……と思ったその時、衛兵が近くの壁《かべ》に手を伸ばした。

乱雑に積まれた石ブロックの一つを、奥に押し込む。途端《とたん》——。

ガコオォォン！　という轟音《ごうおん》とともに、天井《てんじょう》から分厚い板が垂直に落下してきて、扉《とびら》を完全に塞《ふさ》いだ。

落とし戸は、厚さ三センチはありそうな鋼鉄製で、武器でも魔法《まほう》でも容易には破壊《はかい》できまい。

地下牢《ろう》に忍《しの》び込んだ時、天井《てんじょう》もチェックしておけばと悔《く》やむが、もはや後の祭りだ。

来た道を戻《もど》り、カル川の南岸に脱出《だっしゅつ》するという計画は潰《つい》えた。あとは、北側の扉《とびら》から上階を目指すしかない。そちらも落とし戸で封鎖《ふうさ》されていたら進退窮《きわ》まるが、それだと増援《ぞうえん》の衛兵も下りてこられなくなるので、北の扉《とびら》はまだ通れるはず。

問題は、五メートル先にいるフード姿の衛兵をどうするかだ。襲《おそ》ってきたら戦うしかないが、落とし戸のスイッチのところに立ったまま、近づいてくる様子はない。

「おい、ユウ」

背後でコンケンが囁《ささや》いた。

「スイッチをもっかい押せば、鉄板を上げられるんじゃないか？」

「…………」

可能性はある。現実世界だったら、あのサイズの鉄板を短時間で引っ張り上げるには大出力のモーターが必要だろうが、ゲームシステムが命じれば山ですら動くのが仮想世界だ。衛兵が動かないのも、スイッチを守っているからか。

「サワ、清水《シミズ》さん、ナギを頼《たの》む」

ユウマが囁《ささや》くと、サワが左腕《ひだりうで》を伸ばし、コンケンからナギを受け取った。

「コンケン、あいつを倒《たお》す必要はない。あの場所から動かしてくれたら、僕がスイッチを押す」

「解《わか》った」

頷《うなず》いたコンケンが、背中から両手剣を抜いた。

そのアクションに反応し、前方の衛兵も棘《とげ》つき棍棒《こんぼう》を構える。目深《まぶか》に被《かぶ》ったフードの奥で、

「シュルルル……」という異様な息づかいが響《ひび》く。

どこかで聞いたような……と思ったその時、隣《となり》でコンケンが床《ゆか》を蹴《け》った。

「オオオッ!!」

気合とともに突進《とっしん》しつつ、両手で剣を振りかぶる。

衛兵が、左手一本で棍棒《こんぼう》を掲《かか》げる。

《剛力《ごうりき》》と《両手剣修練《マスタリー》》スキルを習得しているレベル12の純戦士がフルパワーで繰《く》り出す上段斬《ぎ》りを、片手で受け止められるはずがない。

そう確信しつつ、ユウマも走り始めた。衛兵が吹《ふ》き飛《と》ばされたら、その隙《すき》に壁《かべ》のスイッチを押して落とし戸を上げる。ナギを抱《かか》えたサワと友利《トモリ》が迷路《めいろ》エリアに逃げ込むまで時間を稼《かせ》ぎ、再び衛兵をスタンさせて、ユウマとコンケンも逃げる。

そんなプランを思《おも》い描《えが》きながら、ユウマは左側の壁《かべ》にあるスイッチの場所を確かめた。

コンケンが、猛然《もうぜん》と大剣を振り下ろす。突進《とっしん》の勢いと全体重を乗せた一撃《いちげき》は、衛兵が掲《かか》げる棘《とげ》つき棍棒《こんぼう》の中ほどに激突《げきとつ》し、爆発《ばくはつ》じみた閃光《せんこう》と轟音《ごうおん》を生み出す。

衛兵は大きく仰《の》け反《ぞ》り、後ろに一歩下がった——が、ひっくり返ることなく踏《ふ》み留まった。

発生した衝撃波《しょうげきは》がぼろぼろのフードを捲《まく》り上げ、衛兵の頭を露出《ろしゅつ》させた。

瞬間《しゅんかん》、ユウマは驚愕《きょうがく》のあまり視野が狭窄《きょうさく》し、少しだけ出っ張った敷石《しきいし》につまづいてしまった。かろうじて転倒《てんとう》は避《さ》けられたが、たたらを踏《ふ》んで立ち止まる。

衛兵の頭部は、人間のそれではなかった。前に突き出た鼻筋、大きく裂《さ》けた口、顔の両側に離《はな》れた黄色い目、そしてごつごつしたうろこ状の皮膚《ひふ》。トカゲ……リザードマンだ。

衛兵の頭上に浮《う》かぶＨＰ《ヒットポイント》バーの名前が、音もなく書き換《か》わった。【プリズンガード】から、【ヴァラニアン・プリズンガード】へ。

「なんで……カルシナの街に、ヴァラニアンが……」

ユウマは呆然《ぼうぜん》と呟《つぶや》いたが、トカゲ衛兵は縦長の瞳孔《どうこう》を持つ目をわずかに細めただけで、何も言おうとしない。

身《み》の丈《たけ》こそ、森の古城で遭遇《そうぐう》したヴァラニアン・アックスベアラーの半分ほどしかないが、顔のつくりは明らかに同種族だ。こいつもどこかから侵入《しんにゅう》してきたのか……いや、だとしても、地下牢《ろう》の見回りをしている理由が解《わか》らない。

立《た》ち尽《つ》くすユウマの耳に、ガチャリという金属音が届いた。

視線を左に向ける。中央通路の突き当たりにある、北側の扉《とびら》が開いている。

そこからぬうっと姿を現したのは、まるで貴族のような出《い》で立《た》ちの、でっぷりと太った巨漢《きょかん》だった。

頭には、ナポレオンを連想させる横長の二《に》角帽子《かくぼうし》。黒いビロードの上着には金色の編み紐《ひも》がごてごてと飾《かざ》られ、その下のはち切れそうなほど膨《ふく》らんだベストと、タイツのように薄手のズボンは染《し》み一つない白。そして左手には、なぜか特大の両口ハンマーをぶら下げている。

巨漢《きょかん》は、ぎょろりとした金壺眼《かなつぼまなこ》でユウマたちを眺《なが》めると、だぶついた下顎《したあご》をぶるぶる震《ふる》わせて嗤《わら》った。

「ぐふ、ぐふふ……侵入者《しんにゅうしゃ》というから、アルゴルを股《また》に掛《か》ける大盗賊《とうぞく》か、はたまた百年生きた大魔術師《まじゅつし》かと思ったら、年端《としは》もゆかぬ小童《こわっぱ》ばかりではないか。いったいどこから入ってきたんだァ、ンン～？」

アルゴルって何だっけ……と考える余裕《よゆう》もなく、ユウマは必死に打開策を捻《ひね》り出そうとした。探検してたら迷《まよ》い込んじゃったんです、という言い訳は、コンケンが剣を抜いている時点で通用しないだろう。だからと言って、戦って倒《たお》せる保証もない。そもそもあの怪《あや》しげな大男は、いったい誰《だれ》なのだ。

とユウマが眉根《まゆね》を寄せた途端《とたん》、巨漢《きよかん》の頭上にＨＰ《ヒットポイント》バーが出現した。

名前は、【オーベン・ザ・ヘッドワーデン】。その横に、人型のシルエットが二つ重なった、支援《バフ》でも阻害《デバフ》でもないアイコンが点灯しているが効果は解《わか》らない。

後ろで、サワが低く呟《つぶや》く。

「あいつが、例の……」

間違《まちが》いない。あの巨漢《きよかん》こそ、土産物《みやげもの》屋の老人が警告していた、《カルシナの市政を牛耳《ぎゆうじ》って私腹を肥やす悪党》こと警吏長《けいりちよう》オーベンなのだ。

老人は、「お前さんたちのような子供にどうこうできる相手ではないぞ」とも言っていた。実際、巨漢《きよかん》の全身からは、うなじがピリピリするような圧力が放出されている。コーンヘッド・デモリッシャーほどの絶望感はないにせよ、安易に攻撃《こうげき》を仕掛《しか》けていい相手ではないことは確実だ。

ちらりと右方向を見ると、トカゲ頭の衛兵はいつの間にか元の位置まで戻《もど》り、棘《とげ》つき棍棒《こんぼう》を構えている。どうやら、落とし戸のスイッチは意地でも押させないつもりらしい。

衛兵の姿を見ても平然としているので、警吏長《けいりちよう》オーベンは地下牢《ろう》にトカゲ亜人《ヴアラニアン》がいることを知っていたのだろう。いったいどんな理由で敵対的亜人《あじん》を雇《やと》っているのか気になるが、訊《き》いても教えてくれそうにない。

それより何より、いまはこの窮地《きゅうち》を切り抜ける方法を見つけなくては……しかし、どんなに考えても、スイッチを押して地下への扉《とびら》を開けるか、オーベンを倒《たお》して地上への扉《とびら》を通るかの二通りしか思《おも》い浮《う》かばない。

「ン、ンンン～～？」

ユウマたちが動けずにいると、オーベンが再び声を発した。

「そこの娘《むすめ》が抱《かか》えているのは、今日、島に流れ着いた娘《むすめ》か。なるほどなァ、お前たちは仲間を助けるためにこの牢《ろう》に忍《しの》び込んだというわけか、ぐふふふ……」

ひとしきり嗤《わら》うと、やけに長い舌でべろりと下唇《したくちびる》を舐《な》め——。

「その娘《むすめ》、目を醒《さ》ます前に死んだら、煮《に》込み料理の具にしてやろうと思っていたが……これで肉の量が増えたなァ。ぐふ、ぐっふふふふ」

「……ん、だとォ……」

コンケンが、怒《いか》りに満ちた唸《うな》り声を漏《も》らした。

ユウマも、腹の底がかっと熱くなるのを感じた。オーベンは、ナギをずぶ濡《ぬ》れのまま牢屋《ろうや》に放置しただけでなく、死んだら料理して食べるつもりだったと言ったのだ。もはや、まともな人間だとは思えない。

「……戦おう」

ユウマが囁《ささや》くと、コンケン、サワ、友利《トモリ》が同時に「おう」「うん」「解《わか》った」と答えた。

ただ怒《いか》りに任せて口走ったわけではない。周囲の状況《じょうきょう》、味方の戦力、そして警吏長《けいりちょう》オーベンの言動を重ね合わせた上での決断だ。

「サワ、清水《シミズ》さん……」

作戦を伝えようとしたユウマを、友利が遮《さえぎ》った。

「トモでいいよ」

「は、はい？」

「そのほうが短くて済むから」

——と言われても、今日までろくに話したこともなかった女子を、いきなり名前の短縮形で呼ぶのはハードルが高い。

しかし確かに、《清水さん》を《トモ》にすることで短縮できる約〇・五秒が、全員の生死を分ける可能性もないとは言えない。

「……解《わか》った。サワ、トモ、最初は後ろで援護《えんご》に徹《てっ》して。あと、スイッチ前の衛兵が動いたらすぐ知らせて」

二人が頷《うなず》くや、コンケンにも指示する。

「コンケン、オーベンのハンマーはお前の《ガード・カウンター》じゃたぶん受け切れない。武技は《ヘビー・スラッグ》だけにして、防御《ぼうぎょ》は回避《かいひ》メインで」

「了解《りょうかい》」

――そして、戦況《せんきょう》を把握《はあく》、コントロールするのが僕の役目だ。

自分にそう言い聞かせ、ユウマは左腰《こし》のショートソードを抜いた。

「ぐふふ……小童《こわっぱ》どもが、生意気に戦うつもりかァ」

オーベンも、左手のハンマーをぐうっと持ち上げ、長い柄《え》に右手を添《そ》える。

頭部がちょっとした丸太くらいある両口ハンマーは、きちんと手入れされているようなのに打撃《だげき》面が異様に黒ずみ、側面にも飛沫《ひまつ》状の汚《よご》れが点々と残っている。もしあれらが血痕《けっこん》なら、いままでどれほどの数の動物――もしくは人間を叩《たた》き殺してきたのか。

「我輩《わがはい》は優《やさ》しいからなァ、形が残るように殺してやるぞォ。ぺしゃんこに潰《つぶ》してしまったら、肉が取れないからなァ、ぐっふっふ……」

とても全年齢《ねんれい》向けゲームのNPCとは思えないような台詞《せりふ》を口にすると、オーベンは右足を持ち上げた。

衛兵のものと似ているが二回りほども大きいブーツで、ずしん、ずしんと床《ゆか》を踏《ふ》みながら、ユウマたちに近づいてくる。

人並み外れた巨軀《きょく》は、決して狭《せま》くない中央通路を、縦も横も七割近く塞《ふさ》いでしまっている。後方に回り込むのは苦労しそうだが、敵も巨大《きょだい》なハンマーを自在には振り回せないはず。

後ろで、友利《トモリ》が詠唱《えいしょう》を開始する。コンケンが両手剣を体の前で構え、オーベンと同じくらいのスピードで前進し始める。少し遅《おく》れて、ユウマも前に出る。

戦場は、長さ十五メートルほどある通路の中間地点が望ましい。それより遠いとサワたちが援護《えんご》しづらいし、近いとナギに危険が及《およ》ぶ。

最初の間合いが半分を切っても、オーベンは攻撃《こうげき》態勢に入ろうとしない。両手用ハンマーは縦に振り下ろすか横に薙《な》ぎ払《はら》うかしかできないはずなのに、横向きにだらりとぶら下げたまま無造作に距離《きより》を縮めてくる。

いや、ハンマーを警戒《けいかい》させながら一気に間合いを詰《つ》め、手や足で攻撃《こうげき》してくる可能性もある。ユウマがコンケンにそう注意しようとした、その時。

いままで一定のペースで前進していたオーベンが、いきなり敷石《しきいし》を踏《ふ》み砕《くだ》かんばかりの勢いで前ダッシュした。同時にハンマーを縦に構え、猛然《もうぜん》と突き出す。

まさかの突き攻撃《こうげき》に、コンケンは回避《かいひ》動作が間に合わず、「うおっ⁉」と叫《さけ》びながら両手剣でガードした。ハンマーの頭部を貫《つらぬ》いて少しだけ飛び出している柄《え》の先端《せんたん》が、コンケンの剣をしたたかに打ち据《す》え、腹に響《ひび》くような衝撃《しょうげき》音を轟《とどろ》かせた。

もし初期装備のままだったら、真っ二つにへし折られていただろうと確信してしまうほどの一撃《いちげき》だったが、下ろしたての《鍛造《たんぞう》された鋼鉄の大剣》は刃《は》こぼれ一つせずに持ちこたえた。

しかしコンケンは踏《ふ》み留まれず、三メートル以上もノックバックする。

初撃《しょげき》は意表を突かれたが、オーベンもすぐにはハンマーを引き戻《もど》せないはず。ユウマは思い切って踏《ふ》み込み、オーベンのがら空きの右脇腹《わきばら》を狙《ねら》ってショートソードを繰《く》り出した。

当たる！　と確信した、その瞬間《しゅんかん》。

オーベンが、大きく突き出したハンマーの柄《え》から右手を離《はな》し、ユウマの剣を手《て》の甲《こう》で防ごうとした。

それならそれで構わない。手だって当たればＨ Ｐ《ヒットポイント》は減るし、《欠損》は無理でも《負傷》のデバフを与《あた》えられれば、ハンマーをしっかり握《にぎ》れなくなるはずだ。

「ハアアッ！」

あらん限りの力を乗せて、ユウマはオーベンの丸々とした手《て》の甲《こう》にショートソードの切っ先を突き込んだ。

初期装備とはいえ、《檜の棒《ひのき》》や《銅の剣》ではなく立派な鉄の剣だ。そして、魔物《まもの》使いは魔法職《まほうしょく》ではあるが、魔術師《まじゅつし》ほど知力値《インタレクト》が上がらない代わりに、筋力値《ストレングス》や敏捷値《アジリティ》がそこそこ上昇《じょうしょう》する。何の防具も着けていない剝《む》き出しの手なら、掌《てのひら》まで貫通《かんつう》してもおかしくない一撃《いちげき》だったはずだ。

しかし。

ガキイィィン！　という鈍《にぶ》い金属音と、青っぽい色の火花が飛び散り──ユウマの両手に、絶望的な感触《かんしょく》が伝わってきた。

テストプレイの時からずっとユウマを助けてくれたショートソード、正式名《鉄の小剣《しょうけん》》は、まるで力尽《ちからつ》きたかのように先端《せんたん》から粉々に砕《くだ》けていき、最後に残った柄《つか》も、微《び》小《しょう》な光の粒子《りゅうし》となって手の中から消えた。

「な…………」

有り得ない出来事に、ユウマは喘《あえ》いだ。

小剣《しょうけん》の耐久度《たいきゅうど》はまだ充分《じゅうぶん》に残っていたはずだ。なのに、素手《すで》で弾《はじ》き、砕《くだ》くとは。

──いや。薄《うす》れつつあるライトエフェクトの向こう、オーベンの右手《て》の甲《こう》に、何かが見える。

生白い皮膚《ひふ》が液体のようにうごめき、その奥にうっすらと透《す》ける、青っぽいあれは……。

「ぬうん！」

短く吼《ほ》えたオーベンが、突きを防いだ右拳《こぶし》を、そのままユウマめがけて突き出してきた。

ハンドボールなみに巨大《きょだい》な拳《こぶし》を、ユウマは咄嗟《とっさ》に交差させた両腕《りょううで》で受け止めようとした。

寸前、コーンヘッド・デモリッシャーに蹴《け》られた時のことを思い出す。同じようにガードを試みた両腕《りょううで》を、まるで小枝の如《ごと》くへし折られ、ユウマは瀕死《ひんし》級のダメージを受けた。さすがにオーベンはデモリッシャーなみに理不尽《りふじん》な存在ではない──と思いたいが、そもそも「防御《ぼうぎょ》は回避《かいひ》メインで」と言ったのはユウマ自身だ。

「くっ……」

クロスガードの姿勢はそのままに、ユウマは全力で後ろに跳躍《ちょうやく》した。

直後、オーベンの右フックが、ユウマの両腕《りょううで》を捉《とら》えた。

仮想体なのに、全身の骨が軋むほどの衝撃。視界左上に表示されたＨＰバーが、目に見えて削《けず》り取《と》られる。減少量は五パーセント弱だが、もしバックジャンプしていなければ、その倍は減っていただろう。

ユウマは打撃《だげき》のパワーに逆らうことなく後ろに跳《と》び、どうにか転ばずに着地した。

「支えとく!」

ノックバックから復帰したコンケンが、そう叫《さけ》ぶやオーベンに向かっていく。

「頼《たの》む!」

と応じながらメニューウインドウを開き、ストレージタブに移動。すぐ見つけられるよう、最上段に移動させておいた新しい武器——【暗鉄《あんてつ》の小剣《しょうけん》】をタップし、装備を選ぶ。

左腰《こし》に出現したショートソードは、黒革《くろかわ》巻きの鞘《さや》と柄《つか》を持つ、一目で上質さが伝わってくる品だった。暗鉄というのはAM世界のオリジナル金属で、光を反射せず、また闇魔《やみま》法《ほう》や氷魔《ま》法《ほう》の補助具《アンプリファイア》として使える特性があるらしい。

柄《つか》を握《にぎ》って引き抜くと、刀身全体が艶《つや》のないマットグレーで、ランプの光を受けてもまるで色合いが変わらない。細身なのにずしりと重く、予想したとおり初期装備の剣とは振った時の感覚が異なるが、そこは戦闘《せんとう》中にアジャストしていくしかない。

武器の交換《こうかん》を終えて顔を上げると、コンケンが一人でオーベンと対峙《たいじ》していた。

ユウマの指示どおり防御《ぼうぎょ》に徹《てっ》しながらも、ほとんど後退せずにラインを保ち続けているのはさすがと言うしかない。オーベンの攻撃《こうげき》が両手突きばかりなので、対処しやすいということもあるのだろうが、あの圧力をいなし続けるのはセンスと度胸の両方が必要だ。

それでもまったくのノーダメージとは行かず、ハンマーが体のどこかを掠《かす》めるたびにわずかずつHP《ヒットポイント》を削《けず》られるが、事前に修得しておいた《HP自然回復強化》スキルと、友利《トモリ》が掛《か》けた《癒しの輪《ヒーリング・サークル》》の効果で相殺《そうさい》できている。ナギを抱《かか》えているサワはまだ呪文《じゅもん》を唱えていないが、スイッチ前のトカゲ衛兵がいつ動くか解《わか》らないのでそれが正解だろう。

もちろん、防御《ぼうぎょ》しているだけでは勝てない。オーベンのHPを削《けず》るのはユウマの役目だし、この剣なら素手《すで》で砕《くだ》かれてしまったりはしないはずだ。

暗鉄《あんてつ》の小剣《しょうけん》を構え、再び戦闘《せんとう》に参加するべく一歩前に出た、その瞬間《しゅんかん》。

コップに少しずつ滴《したた》っていた水がついに縁《ふち》から溢《あふ》れたかの如《ごと》く、ユウマの中に濃密《のうみつ》な違和感《いわかん》が広がった。

初期装備の剣を打ち砕《くだ》いた、オーベンの手の異様な硬《かた》さは、まるでハサミで紙を切っていてホチキスの針を噛《か》んでしまった時のような……いや、それよりも遥《はる》かに絶望的な感触《かんしょく》だった。

武器のスペックがどうこうというレベルではない、断固たる拒絶《きょぜつ》。

そもそも、オーベンの行動は色々と不自然すぎる。

警吏長《けいりちょう》を名乗るからには、オーベンはフィロス島の警備責任者クラスの地位にあるはずだ。

それどころか、《カルシナの市政を牛耳《ぎゅうじ》っている》という土産物屋《みやげもの》の老人の言葉が真実なら、この街の最高権力者だという可能性すらある。

そんな人物が、護衛も連れずにたった一人で現れるだろうか。しかも、地下牢《ろう》の通路は狭《せま》く、せっかくの両手用ハンマーを突き攻撃《こうげき》にしか使えないのだ。上の領主館なら広間の一つや二つあるだろうから、そこで待てば振り回し放題だったのに。

つまりオーベンには、侵入者《しんにゅうしゃ》が地下牢《ろう》にいるうちに、一人で対処しなくてはならない理由があったのだ。その一端《いったん》が、なぜか衛兵として雇《やと》われているヴァラニアンだとすれば……もしかすると。

「コンケン、間合いを作ってくれ!」

ユウマが叫《さけ》ぶと、コンケンはさっと頷《うなず》き、腰《こし》を落とした。

それを見たオーベンが、苛立《いらだ》ったように吼《ほ》えた。

「ええい、小僧《こぞう》どもがちょこまかと……。おとなしく、我が鎚《つち》のシミとなれィ!」

右半身《みぎはんみ》になりながら、両手持ちしたハンマーをいっぱいに引く。

「ぬうゥん!!」

野太い雄叫《おたけ》びとともに、肥満体からは想像できないほどのスピードでハンマーを突き出す。

狙《ねら》われたのがユウマだったら思い切り飛《と》び退《の》いていただろうが、コンケンは糞度胸《くそどきょう》を発揮して一歩も動かず、武技《ヘビー・スラッグ》で迎《むか》え撃《う》った。

鉄塊《てっかい》と鋼剣《こうけん》が激突《げきとつ》し、ユウマがかつてこの世界で見たことのない規模の音と光を発生させた。

爆発《ばくはつ》めいた衝撃波《しょうげきは》が、両者を三メートル近く弾《はじ》き飛《と》ばす。これほど激しくノックバックすれば、コンケンもオーベンも数秒間は硬直《こうちょく》するはずだ。

「テネブリス《闇よ》！」

暗鉄《あんてつ》の小剣《しょうけん》を突き出し、ユウマは叫《さけ》んだ。

「カペーレ・フェブリス《熱の狩り手となり》……イグニス《飛べ》!!」

剣の先に、青紫色《あおむらさきいろ》に透《す》き通《とお》る七本指の手が生成される。ユウマが剣を振ると、手は木枯《こが》らしのような音を立てて飛び、オーベンのでっぷりとした脇腹《わきばら》を鷲掴《わしづか》みにする。

「ぐぬうううッ！」

硬直《こうちょく》が解けるやいなや、オーベンは唸《うな》り声を上げながら《凍える手《チリング・ハンド》》を払《はら》い落《お》とそうとした。

だがその手は、実体なき幻《まぼろし》の手をすり抜けてしまう。

直後、オーベンのＨＰ《ヒットポイント》バーに、雪マークのデバフアイコンが点灯する。《低温》の状態異常……だが、発生するまでの時間が明らかに通常より早い。それと入《い》れ替《か》わるように、最初から点灯していた二重の人型アイコンが消える。

ずしん、と床《ゆか》を震《ふる》わせて、オーベンが左膝《ひだりひざ》を突いた。

露出《ろしゅつ》している両手と首回りの肌《はだ》が、不規則に波打つ。生白い皮膚《ひふ》がまだらに透《す》き通《とお》り、その奥に青黒い色が見《み》え隠《かく》れする。

「お……おわ!?　ま、マジかよ!?」

両手剣を構えたまま、コンケンが喚《わめ》いた。後ろで、サワと友利《トモリ》も息を呑《の》む気配がする。

オーベンの顔が、じわじわと形を変えていく。

鼻と口が前方に突き出し、目が太い鼻梁《びりょう》の左右に移動する。大きく裂《さ》けた口の中には鋭利《えいり》な牙《きば》がずらりと並び、皮膚《ひふ》がうろこ状にささくれる。

その皮膚《ひふ》が、鈍《にぶ》い光沢《こうたく》のあるダークブルーに染まり、最後に両目が金色の輝《かがや》きを帯びた。

「……ヴァラニアン」

背後で、サワが掠《かす》れ声を漏《も》らした。

もはや疑いようもない。でっぷりした体に変化はないが、顔はどう見てもトカゲそのものだ。ハンマーの柄《え》を握《にぎ》る両手《て》の甲《こう》には、ひときわ分厚いうろこが密に並んでいる。恐《おそ》らくあれが、ユウマの小剣《しょうけん》を砕《くだ》いたものの正体だろう。

HP《ヒットポイント》バーの名前も、いつの間にか【オーベン・ザ・ヘッドワーデン】から【オーベン・ザ・ヴァラニアン・コマンダー】に書き換《か》わっている。二重の人型アイコンは、《変身》を表していたに違《ちが》いない。

「見たなァ、小童《こわっぱ》どもォ……」

膝《ひざ》を突いたまま、シュウシュウと擦過音《さっか》の交じる声でオーベンが言った。

「こうなった以上、一匹《ぴき》たりとも生かして帰さんぞォ……」

「へっ、最初っから全員煮《に》込んで食うとか言ってたじゃねーか！」

果敢《かかん》にそう言い返すや、コンケンは猛然《もうぜん》とダッシュした。

オーベンはまだ《低温》デバフにかかったままだ。ヴァラニアンが冷気に弱いのは、古城で戦ったアックスベアラーで実証済み。敵対的亜人《あじん》がいったいなぜ領主館に入り込んでいるのか、どうやって人間に化けていたのか、知りたいことは山ほどあるが、訊《き》いても教えてはくれないだろう。

いまは余計なことを考えず、戦うだけだ。

——行け、コンケン！

そう念じながら、ユウマは剣を握《にぎ》る右手に力を込めた。

暗鉄《あんてつ》の小剣《しょうけん》は、闇魔法《やみまほう》と氷魔法《まほう》限定だが、サワの短杖《ワンド》や友利《トモリ》の牧杖《バクルス》と同じく魔法の補助具《アンプリファイア》としても使用できる。《凍える手《チリング・ハンド》》の威力《いりょく》は、アックスベアラー戦の時より上がっているはずだ。

あの時は、乱入してきたバーブド・ウルフに邪魔《じゃま》されてしまったが、今回はＭＰ《マジックポイント》が尽《つ》きるまで絶対に魔法《まほう》を解きはしない。

膝《ひざ》を突くトカゲ亜人《ヴァラニアン》の、二角帽子《にかくぼうし》を被《かぶ》った頭めがけて、コンケンが両手剣を振り下ろそうとした。

瞬間《しゅんかん》、オーベンが巨大《きょだい》な口を閉じ、その先端《せんたん》だけを漏斗状《じょうご》に開いた。

シュゴオッ！　と音を立てて黄色いガスが噴射《ふんしゃ》され、コンケンの全身を包んだ。ブレス攻撃《こうげき》——恐《おそ》らくは酸か毒。

「コンケン‼」
ユウマが叫《さけ》んだのと同時に、コンケンがぐらりと姿勢を崩《くず》す。しかし斬撃《ざんげき》は止めず、根性《こんじょう》で剣を振り抜く。
二《に》角帽子《かくぼうし》が真ん中から切断され、真紅《しんく》のダメージエフェクトが散った。
斬撃《ざんげき》は明らかに浅かったが、それでもオーベンのHP《ヒットポイント》は一割近く減った。しかしコンケンも、着地した場所に剣を突き立て、うずくまってしまう。こちらのHPは減っていないが、黄色い波線が上下に二本並んだデバフアイコンが点灯している。あれは確か……《麻痺《まひ》》だ。
「トモ、コンケンの治療《ちりょう》を頼《たの》む！」
とユウマが指示した瞬間《しゅんかん》、友利《トモリ》が走り始めた。同時に、呪文《じゅもん》を詠唱《えいしょう》。
「サークラ……プルーヴィア……」
アルテア一階のシェルターで、ヘルタバナス・ラーヴァに噛《か》まれた生徒たちが麻痺《まひ》した時も
大活躍《だいかつやく》した《聖なる浄め《ホーリー・ピュリファイ》》だ。多くの状態異常を治療《ちりょう》できるだけでなく、アイテムに掛かった
呪《のろ》いや毒も浄化《じょうか》できる優秀《ゆうしゅう》な僧侶《そうりょ》専用魔法《まほう》だが、《聖なる癒し《ホーリー・ヒール》》と比べるとかなり射程が短い
ので、コンケンに近づく必要がある。
ユウマは、《凍える手《チリング・ハンド》》を解除して友利を守るべきか迷った。もしオーベンが再び毒の息を
吐《は》き、友利まで麻痺《まひ》してしまったら一気に戦況《せんきょう》が危なくなる。
だが、《手》を消せば当然だが低温デバフも消え、オーベンが動けるようになる。問題は、

それに何秒かかるかだ。

限界まで加速したユウマの知覚の中で、全てがスローモーションで動いていく。

走りながら、牧杖《バクルス》を掲《かか》げる友利。そちらに鼻面《はなづら》を向けるオーベン。

もしも、また口先だけをラッパのように開く毒息《ブレス》の予備動作をしたら、その瞬間《しゅんかん》に《手》を消し、飛び出す。そう決意し、ユウマはオーベンの口に全神経を集中させた。

細かいウロコに覆《おお》われた唇《くちびる》が歪《ゆが》み、開く。

放たれたのは、しかしブレスではなく、雷鳴《らいめい》のような咆哮《ほうこう》だった。

「ヴォル、ヴァロル‼」

――ただの威嚇《いかく》？　この状況《じょうきょう》で……？

《凍える手》を保持したまま、ユウマが眉根《まゆね》を寄せた、その時だった。

背後で、サワの鋭《するど》い声が響《ひび》いた。

「ユウ、衛兵が！」

素早《すばや》く振り向く。落とし戸の開閉スイッチを守っていたヴァラニアンの衛兵が、じりじりと前に出ていく。狙《ねら》っているのはもちろん、左腕《ひだりうで》にナギを抱《だ》きかかえたサワだ。

友利が動いたので、もうスイッチを守る必要はないと考えたオーベンが、衛兵に戦闘《せんとう》参加を命じた……ということか。NPC離《ばな》れした判断力だが、考えてみれば石榴亭《ざくろてい》のウェイトレスも縞屋《しまや》の店主も、会話能力は本物の人間とまったく遜色《そんしょく》なかった。

チャットAIを搭載《とうさい》したNPCは他のゲームでもさして珍《めずら》しくはないが、それらは《会話を破綻《はたん》なく成立させる》ことだけに特化していて、自ら状況《じょうきょう》を観察し、検討し、判断する能力があるわけではない。しかしどうやらアクチュアル・マジックのNPCは、サワに憑依《ひょうい》している《悪魔《あくま》》ヴァラクも含《ふく》めて、人間並みの思考力を持つ汎用《はんよう》AIらしい。NPCと侮《あなど》っていると足を掬《すく》われる……いや、すでにユウマはオーベンが次々と打つ手に追い詰《つ》められつつある。

魔術師《まじゅつし》のサワが、H P《ヒットポイント》が減っているナギを守りながら、一人で衛兵を倒《たお》すのは難しい。かと言ってユウマが《凍える手《チリング・ハンド》》を消せば、友利《トモリ》がオーベンに攻撃《こうげき》されるかもしれない。

ユウマたちに残された切り札は二つ。

一つは、綿巻《ワタマキ》すみかを召喚《しょうかん》すること。彼女なら、一人でも衛兵ヴァラニアンを足止めできるはずだ。しかし、浄鉄《じょうてつ》の鎖《くさり》を切断した時の消耗《しょうもう》がまだ回復していないであろうすみかを、この短時間で再び喚《よ》ぶのは避《さ》けたい。

そしてもう一つの切り札は、圧倒的《あっとうてき》な魔法攻撃力《まほうこうげき》を誇《ほこ》る《悪魔《あくま》》ヴァラクだ。彼女ならば、衛兵どころか警吏長《けいりちょう》オーベンですら呪文《じゅもん》一発で消し炭にできるだろうが、現在時刻はまだ夜の十時三十分。一日一回の制限がリセットされるまでには、あと一時間半もある。

日付が変わるまで、地下牢《ろう》内を逃げ回るのは絶対に無理だ。ならば、綿巻すみかを召喚《しょうかん》するしかないのだが……いまのすみかには、《自分を守りたい》という欲求は恐《おそ》らく存在しない。ユウマが命じれば、どんな強敵にも猛然《もうぜん》と襲《おそ》いかかり、相手か己《おのれ》の命が尽《つ》きるまで戦い続ける。

この場で召喚《しょうかん》したら、最悪の結果を招いてしまうという強い予感がする。

決断できず、硬直《こうちょく》するユウマの眼前で、衛兵が一歩、また一歩とサワに迫《せま》っていく。

サワも右手の短杖《ワンド》を突き出し、タイミングを計る。魔法《まほう》で攻撃《こうげき》するならチャンスは一度だけ、この距離なら外しはしないだろうが、頑丈《がんじょう》なうろこを持つヴァラニアンを、《炎の矢《ファイア・アロー》》一発で倒《たお》すのは不可能だ。

サワとナギを守るために、いますぐ衛兵を側面から攻撃《こうげき》するべきか。

あるいは友利とコンケンを守るために、《凍える手》を維持《いじ》するべきか。

選択《せんたく》不可能な二択《にたく》を迫《せま》られ、現実世界だったら砕《くだ》けていただろう強さで奥歯《おくば》を食い縛《しば》った、その瞬間《しゅんかん》。

いままで数え切れないほど聞いた、それなのに誰《だれ》のものか解《わか》らない声が響《ひび》いた。


「はあ……、しょうがないなあ……」


思わず周囲を見回してから、やっと気付く。

サワに抱《かか》えられたナギの目が開いている。

しかし、表情も雰囲気《ふんいき》も、赤《あか》ん坊《ぼう》の頃《ころ》から一緒《いっしょ》に育った茶野水凪《サノミナギ》のそれではない。これほどの危機的状況《じょうきょう》にありながら、倦《う》んだような気だるさを漂《ただよ》わせている。

立《た》ち尽《つ》くすサワの左腕《ひだりうで》からするりと抜け出すと、ナギ——の仮想体《アバター》に入っている何者かは、床《ゆか》に片膝《かたひざ》を突くユウマを見下ろした。その瞳《ひとみ》が、仄《ほの》かな水色の光を宿していることにユウマは気付いた。

「まったく……。助けに来るのも遅《おそ》いし、この程度のピンチも切り抜けられないし……」

小ぶりな唇《くちびる》から流れ出た声は、確かにナギのものなのだが口調がまったく違《ちが》う。

「そんなことじゃ、わたしの崇拝者《クルトール》になる資格なんかないよ？」

「く……くると……？」

記《き》憶《おく》にない言葉を呆然《ぼうぜん》と繰《く》り返《かえ》しかけてから、ユウマは慌《あわ》てて「敵が」と叫《さけ》ぼうとした。

しかし、一瞬《いっしゅん》早く——。

「ヴォアアアアッ！」

猛々《たけだけ》しい咆哮《ほうこう》とともに、衛兵が飛び出した。ナギが目覚めたのを見て様子を窺《うかが》っていたが、脅威《きょうい》ではないと判断したらしい。

実際、ナギは泥染《どろじ》みだらけの法衣《カソック》を着ているだけで、ナイフ一本持っていない。トカゲ亜人《ヴァラニアン》の腕力《わんりょく》で殴《なぐ》られたら、残り三割もないＨＰ《ヒットポイント》が消し飛んでしまいそうだ。

「ナギ！」

我に返ったらしいサワが飛び出し、衛兵とナギのあいだに割り込もうとする。

しかしナギは右手でサワを押しとどめ、左手を衛兵に向けた。

ヴァラニアンが、凶悪《きょうあく》な棘《とげ》つき棍棒《こんぼう》を高々と振りかぶる。

ナギの左手の前に、青い光球が出現し——ズバッ！　という音とともに、螺旋《らせん》状に回転する極細《ごくぼそ》の光線が発射された。

それは衛兵の顎《あご》下に命中し、真っ赤なダメージエフェクトと、青白い水しぶきを同時に飛び散らせた。光線ではなく、超《ちょう》高圧の螺旋《らせん》水流……《水の揉み錐《ウォーター・ギムレット》》の魔法《まほう》だ。

しかし、ナギは、呪文《じゅもん》を詠唱《えいしょう》していない。

ユウマは驚愕《きょうがく》のあまり右手の小剣《しょうけん》を取り落としそうになり、慌《あわ》てて握《にぎ》り直した。通路の先を見やると、友利《トモリ》はすでにコンケンのすぐ後ろまで辿《たど》り着《つ》き、《聖なる浄め《ホーリー・ピュリファイ》》の魔法《まほう》で麻痺《まひ》毒を浄化《じょうか》しようとしている。

その奥では、巨体《きょたい》を丸めた警吏《けいり》長《ちょう》オーベンが、金色の双眸《そうぼう》で憎々《にくにく》しげにこちらを睨《にら》んでいる。どうやら麻痺《まひ》毒ブレスは連発できないようだが、低温デバフが消えた瞬間《しゅんかん》に、これまで以上の勢いで大暴れすることは確実だ。

やはり《凍える手《チリング・ハンド》》を解除するわけにはいかない。しかしユウマのＭＰ《マジックポイント》残量は、すでに二割を切っている。

視線を右に戻《もど》した瞬間《しゅんかん》、ヴァラニアンの衛兵が、喉《のど》の傷口から赤い光点を大量に零《こぼ》しながら再び棍棒《こんぼう》を振りかぶった。

だが、今度もそれを振り下ろすことはできなかった。ナギの左手からまたしても高圧水流が発射され、喉下《のど》のまったく同じ位置に突き刺さったのだ。

もう一発。さらにもう一発。詠唱《えいしょう》も、クールタイムすらも省略して水流が放たれるたびに、衛兵は大きくよろめく。

変わらず気だるげな表情のナギが五回目に発射した《水の揉み錐》は、衛兵の首を貫通《かんつう》し、後方の通路に渦巻《うずま》き状の水しぶきを散らした。頭上のＨＰ《ヒットポイント》バーが急激に減っていき、呆気《あっけ》なく消滅《しょうめつ》した。

トカゲ亜人《ヴァラニアン》は、左手の棍棒《こんぼう》と右手のランタンを同時に落とすと、そのまま前のめりに倒《たお》れ、床《ゆか》にぶつかる寸前で赤い断片《だんぺん》となって砕《くだ》け散《ち》った。

それを見届けたユウマは、ぽかんと口を開けたまま首をめぐらせ、ナギの顔を見上げた。

アクチュアル・マジックというゲームは、タイトルに《マジック》がついているだけあって魔法《まほう》が非常に強力だが、それでも同レベルの戦士と魔術師《まじゅつし》が一対一で戦えば、現状では戦士に分がある。なぜなら魔法《まほう》を撃《う》つには属性詞、形態詞、発動詞の三つを詠唱《えいしょう》しなくてはならず、戦士は距離《きょり》さえ詰《つ》めてしまえば、武器攻撃《こうげき》で詠唱《えいしょう》を止められるからだ。

しかし、もしも詠唱《えいしょう》なし、クールタイムなしで魔法《まほう》を連発できるなら、戦士には万に一つの勝ち目もない。いまナギがやってのけたのは、まさにそういうことだ。

左手を下ろしたナギは、水色に光る両目でユウマを見ると、本来のナギよりいくらか幼い、それでいて冷ややかな声音《こわね》で言った。

「わたしがこれだけ手伝ってあげたんだから、あのでっかいのはお前たちだけで片付けてよね。それと……」

くるりと振り向き、正面からサワを見る。

「あなたも、甘さは捨てなさい。わたしたちは主《ドミナス》で、この子たちは器《ヴアース》……それを忘れないことね、ヴァ、ヴァ、ヴァラク」

その言葉を聞き、ようやくユウマは理解した。

ナギもサワと同じく、《悪魔《あくま》》に憑依《ひょうい》されているのだ。無詠唱《えいしょう》の魔法《まほう》で衛兵を倒《たお》したのも、サワをヴァラクと呼んだのもそいつだ。

「あ……あの！」

無意識のうちに、ユウマは掠《かす》れ声で問いかけていた。

「きみは……いや、あなたは、誰《だれ》なんですか」

ナギの姿をした何者かは、水色の瞳《ひとみ》を面白《おもしろ》がるように細め、唇《くちびる》に淡《あわ》い笑《え》みを浮《う》かべて答えた。

「わたしはクローセル」

直後——いくつものことが、同時に起きた。

スイッチが切れたかの如《ごと》く、ナギが再び意識を失い。

ユウマのＭ　Ｐ《マジックポイント》が尽《つ》きて、《凍える手《チリング・ハンド》》が解除され。

コンケンのＨ　Ｐ《ヒットポイント》バーから、麻痺《まひ》のアイコンが消え。

そして警吏長《けいりちょう》オーベンが、地下牢《ろう》全体を震《ふる》わせるほどの怒声《どせい》を迸《ほとばし》らせた。

「ヴォルアアアアア――――ッ!!」

低体温状態から解放されたばかりとは思えない勢いで立ち上がり、ずしん、ずしんと両足を踏《ふ》み鳴《な》らす。

「よくも……よくも我輩《わがはい》の眷属《けんぞく》を殺してくれたなァ――ッ！　ヒトどもに気付かれぬよう元の衛兵と入《い》れ替《か》えるのに、どれほど手間と時間を掛《か》けたと思っているのだァ――ッ!!」

「ンなもん知るか!!」

こちらも麻痺《まひ》から解放されたばかりのコンケンが、友利《トモリ》を下がらせながら言い返す。

「てめーこそ、リザードマンのくせに毒ブレスなんか吐《は》きやがって！　だったら緑とか紫《むらさき》とか、もっと毒っぽいカラーリングにしとけ！」

難癖《なんくせ》の度合いはいい勝負だぞ、と思いながらユウマはポーチからMP回復ポーションを出し、ひと息に飲み干した。枯渇していたMPバーが、少しずつ増え始める。

考えたいことも、話し合いたいことも山ほどあるが、全ては目の前の敵に勝利してからだ。ナギ、いやクローセルのおかげで背後の衛兵がいなくなったので、ここからはオーベンだけに集中できる。

駆《か》け戻《もど》ってきた友利と入《い》れ替《か》わりに前進しながら、ユウマは叫《さけ》んだ。

「コンケン、作戦は変わらずだけど、ブレスのモーションを見たら全力バック！」

「ラジャー！」

麻痺《まひ》していたとは言え、コンケンもナギに起きた異変にまるで気付かなかったということはないだろう。それでも前だけを見て剣を構える親友に、心の中で「お前がいてくれてよかった」と口に出しては絶対に言えない台詞《せりふ》を呟《つぶや》き、ユウマも小剣《しょうけん》を握《にぎ》り直した。

オーベンの、麻痺《まひ》毒ブレス以外の攻撃《こうげき》は《凍える手《チリング・ハンド》》で完封《かんぷう》できる。ユウマのＭＰ《マジックポイント》がある程度回復するまで持ちこたえられれば、こちらの勝ちだ。

それを理解しているのか、オーベンが射抜くような視線でユウマを睨《にら》みながら、ハンマーを天井《てんじょう》すれすれの高さまで持ち上げた。

「ヴォルアッ!!」

獰猛《どうもう》な咆哮《ほうこう》が響《ひび》いた瞬間《しゅんかん》、ユウマとコンケンも思い切り床《ゆか》を蹴《け》った。

9

警吏《けいり》長《ちょう》オーベン、あるいはオーベン・ザ・ヴァラニアン・コマンダーは、《最初の街のボス》とは思えないほどの強さを発揮し、ユウマたち四人と渡《わた》り合《あ》った。

ことに驚《おどろ》かされたのは、ＨＰ《ヒットポイント》が残り半分まで減った途端《とたん》に両手用ハンマーの柄《え》をへし折り、片手用ハンマーとショートスピアに分割《ぶんかつ》したことだ。攻撃《こうげき》パターンが大きく変わったうえに、いままでは天井《てんじょう》につかえてできなかった振り下ろしや薙《な》ぎ払《はら》いを多用して四人を苦しめたが、やはり《凍える手》には対抗《たいこう》できず、動けなくなったところをコンケンの《ヘビー・スラッグ》とサワの《炎の杭《ファイア・ステーク》》で畳《たた》みかけられ、最期《さいご》は「こんなところで我輩《わがはい》の計画が……、我輩《わがはい》の夢がああァァ――――ッ！」という怨嗟《えんさ》の叫《さけ》びとともに四散した。

敵ながら天晴《あっぱ》れな戦いぶり、そして散りざまに〇・五秒ほどの黙禱《もくとう》を捧《ささ》げてから、ユウマはフルスピードでサワとナギのところに駆《か》け戻《もど》った。

「ナギ！」

叫《さけ》びながら、再び意識を失ってしまった幼馴染《おさななじみ》の顔を覗《のぞ》き込もうとしたが、サワにぐいっと押し戻される。

「ユウ、毛布みたいなもの持ってない？」

冷静なサワの言葉に、ユウマは急いでストレージを開いた。

所持品のリストをスクロールしていくと、《バーブド・ウルフの毛皮》というアイテム名が目に付いた。実体化させると、ウインドウの上に青黒いかたまりが出現する。

動物から剝《は》いだ生皮をなめすには、大変な手間と時間がかかると何かで読んだ記憶《きおく》があるが、ユウマが床《ゆか》に広げた毛皮はすでに加工済みで、もふもふと柔《やわ》らかかった。サワはそこにナギを寝かせると、下級回復薬《レッサーポーション》の栓《せん》を抜き、少しだけ開いた唇《くちびる》にレモン色の液体をぽたり、ぽたりと垂らす。

学校で行われた救急救命講習で、意識のない人間に水を飲ませてはいけないと教わったが、ポーションの雫《しずく》はナギの口に入るそばから淡《あわ》い光になって消えていった。やがて、ＨＰ《ヒットポイント》バーが少しずつ回復し始める。サワがずっと抱《だ》いていたからか、《低温》のデバフはすでに消滅《しょうめつ》し、《空腹》だけが残っている。

膝《ひざ》立ちになったまま、ユウマはふと眉根《まゆね》を寄せた。

ナギがフィロス島に流れ着いたのは、今日の午後――恐《おそ》らくはテストプレイが異常終了《しゅうりょう》した直後のことだろう。その時点ですでに低温状態だったはずだし、空腹状態になったのも一時間や二時間前のことではあるまい。

だとすると、ＨＰの減りが遅《おそ》すぎるのではないか。もちろんそれは僥倖《ぎょうこう》以外のなにものでもないのだが、本来ならば、ナギのＨＰはユウマたちがこの地下牢《ろう》に辿《たど》り着《つ》く前にゼロになっていたはず……。

「ん…………」

不意に、ナギの口からかすかな吐息が零《こぼ》れ、ユウマは考えていたことを全て忘れた。

滑《なめ》らかな眉間《みけん》に小さな谷が生まれ、長い睫毛《まつげ》が小刻みに震《ふる》える。それが少しだけ持ち上がり、また閉じ……今度こそ、しっかりと両目が開いた。

虹彩《こうさい》は、テストプレイの時と同じ落ち着いたペールブルー。発光しているようには見えない。

瞬《まばた》きを繰《く》り返《かえ》しながら、まずサワを、次いでユウマとコンケン、友利《トモリ》を見上げ——ナギは、いつものふんわりした笑《え》みを浮《う》かべた。

「よかったぁ〜……やっと会えたぁ……」

「ナギ!!」

ほとんど音にならない声で叫《さけ》ぶと、サワは横たわるナギに覆《おお》い被《かぶ》さるように抱《だ》きついた。

二年、いや三年前までなら、ユウマも飛びついていただろう。しかし、さすがに六年生ともなるとそうはいかない。

右側で同じようにそわそわしているコンケンとしばし顔を見合わせ、無言で頷《うなず》き合ってから、左側で正座する友利に向き直る。

「トモ……じゃなくて清水《シミズ》さん、本当にありがとう。ナギを見つけられたのは、清水さんのおかげだ」

すると友利《トモリ》はなぜか一瞬《いっしゅん》だけ目を伏《ふ》せたが、すぐににっこりと笑った。

「芦原《アシハラ》くんたちの力になれたなら、私も嬉《うれ》しいよ」

「力になったなんてモンじゃねーよ！　清水《シミズ》がいなかったら絶対ここまで辿《たど》り着《つ》けなかったし、あのトカゲ野郎《やろう》にも勝てなかったし……」

ユウマの肩越《かたご》しにまくし立てたコンケンが、ぴたりと口を閉ざす。横たわっていたナギが、サワの手を借りて起き上がったのだ。

「な……ナギみそ、もう動いて大丈夫《だいじょうぶ》なんか？」

心配そうに問いかけるコンケンを、ナギは軽く睨《にら》んだ。

「その呼び方やめてって、もう三十回くらい言ってるよ」

「あ……わり」

首を縮めるコンケンにくすっと笑いかけてから、ユウマと目を合わせる。

何か言葉を掛《か》けたかったが、安堵《あんど》の気持ちが大きすぎて口から出てこない。それに、不安が残らず解消されたわけでもない。サワと同じように、ナギの中にもクローセルと名乗る悪魔《あくま》がいるのだ。

ナギは、解《わか》ってると言うかのように頷《うなず》くと、最後に友利を見た。

「サワちゃんたちを助けてくれてありがとう、清水さん」

深々と頭を下げるナギに、友利は何かを言おうとしてからいったん口を閉じ、改めて答えた。

「お礼なんていいよ、私は役割を果たしただけだから」

ふうっと息を吐《は》き、ユウマを見て微笑《ほほえ》む。

「これで、私の仕事も終わりだね。さ、向こうに戻《もど》ろ」

別に、終わりにしなくても……という言葉を、ユウマは呑《の》み込んだ。

アクチュアル・マジックには、パーティーを組めるのは四人までという制限がある。ナギが復帰したら、必然的に友利が抜けることになる。

いちおう、パーティーを組まなくても行動を共にすることは可能だが、もともと友利が協力を申し出てくれたのは、須鴨《スガモ》に命令された食料捜索《そうさく》任務のほうなのだ。その後、ユウマたちがナギの捜索《そうさく》と救出を手伝ってくれと頼《たの》み込み、結果として大変な苦労をさせてしまったので、この先も助けてくれとはとても言えない。

「……うん、戻《もど》ろう」

頭をよぎった言葉の大部分を凍結《とうけつ》し、ユウマはそう応じると、サワとナギを見た。

「もうこっちですること、特にないよな？」

「うん」「大丈夫《だいじょうぶ》」

二人が頷《うなず》いたので、ログアウトするべくメニューウインドウを開く。

現在時刻は、夜の十時四十分。いつもなら、もうベッドに入っている時間だ。

アルテア一階のシェルターにいる生徒たちは、二木《ニキ》翔《カケル》が届けてくれた食料で夕食を済ませ、寝床《ねどこ》の準備をしている頃《ころ》だろうか。戻《もど》った時に皆《みな》が寝ていたら、起こさないようにしないと……それとも、不安と寂《さび》しさで眠《ねむ》れずにいるのかも……。

そんなことを考えながら、ユウマはシステムタブに移動し、最下部にあるログアウトボタンを押そうとした。しかし——。

「え……」

ぱちくりと両目を瞬《しばたた》かせる。

ログアウトボタンが存在しない。正確には、あるのだが薄《うす》くグレーアウトしていて、押してもまったく反応がない。

「お……おいおい、なんだよこれ！」

コンケンが、ウインドウを連打しながら叫《さけ》ぶ。

「オレ、ダイブしてすぐ確かめたけど、こんなふうになってなかったぞ！」

「実際、二木《ニキ》くんはちゃんとログアウトしてたよね」

サワの指摘《してき》に、友利《トモリ》も頷《うなず》いた。言われてみればその通りだ。約四時間前、二木翔《カケル》はユウマの目の前でログアウトボタンを押し、光に包まれて消えた。

「まさか……深夜はログアウトできないとか……？」

ユウマが呟《つぶや》くと、即座《そくざ》にサワが「そんなわけないでしょ」と呆《あき》れ声を出す。

しげしげとウインドウを見ていたナギが、顔を上げて言った。

「GM《ゲームマスター》コールもできないんだよね……？」

「うん、できない」

頷《うなず》いてから、ユウマはあれ？　と瞬《まばた》きした。

ナギは、テストプレイが終了《しゅうりょう》した直後に意識を失い、数分前に目覚めるまでずっとそのままだったと思われる。つまり、現在の状況《じょうきょう》をまったく知らないはずなのに、先刻からの言動は、アルテアで起きている異常事態をユウマたちと同じ知識レベルできちんと認識《にんしき》しているかのようだ。

何をどこまで知っているのか、いちおう確認《かくにん》しておこうと考え、ユウマは口を開きかけた。

しかし一瞬《いっしゅん》早く、コンケンが叫《さけ》ぶ。

「そうだ！　テストプレイ前のオリエンテーションで、ガイドのおねーさんが言ってたじゃん！　もしもゲームの中で何かトラブってウインドウを出せなくなったら、カルシナの街のどっかにシステムアクセス用のコンソールがあるから、そっからログアウトしろとかなんとか」

「あー……」

言われてみれば、そんな言葉を聞いたような記憶《きおく》がうっすらと残っている。

「えっと、コンソールの場所は、確か……」

「領主館の一階、だったと思う」

友利の言葉に、ユウマは思わず地下牢《ろう》の天井《てんじょう》を見上げた。

領主館で大勢の衛兵に追い回される展開を避《さ》けるために、ユウマたちは遠回りしてカル川の南岸に渡《わた》り、地下道の入り口を見つけ、浄鉄《じょうてつ》の鎖《くさり》を切断し、迷路《めいろ》を突破《とっぱ》して、やっとのことでこの地下牢《ろう》に辿《たど》り着《つ》いたのだ。なのに、疲労困憊《ひろうこんばい》の状態で、いまさら領主館に侵入《しんにゅう》しなくてはならないのか。

だが、それがログアウトするための唯一《ゆいいつ》の方法なら行くしかない。

「……ナギ、動けそう？」

ユウマが訊《き》くと、ナギは当然とばかりに頷《うなず》いた。

「もちろん。……だけど、その前に、何か食べたいかも……」

少し恥《は》ずかしそうに付け加えた幼馴染《おさななじみ》に、ユウマは慌《あわ》てて答えた。

「だ、だよね。ちょっと待って」

開いたままのウインドウを切《き》り替《か》え、石榴亭《ざくろてい》でテイクアウトしたサンドイッチとアップルパイを実体化させる。

途端《とたん》、ぐううう～と賑《にぎ》やかな音が鳴《な》り響《ひび》く。発生源は、ナギではなくコンケンの腹部だ。

「……お前、街であんだけ食っといて……」

ユウマが言うと、コンケンは開き直ったように答えた。

「育ち盛《ざか》りナメんな？」

結局、ナギと一緒《いっしょ》にユウマたちもパンやおにぎりを食べて英気《えいき》を養うと、五人はオーベンが現れた北側の扉《とびら》から地下牢《ろう》を出た。

その先の小部屋には螺旋《らせん》階段があり、それを延々上っていくと、再び扉《とびら》が現れる。

鉄板で厳重に補強されたその扉《とびら》には鍵《かぎ》が掛《か》かっていて、しかもサワの解錠魔法《かいじょうまほう》でも開かずにユウマたちを慌《あわ》てさせたが、幸いオーベンからドロップした《警吏長の鍵束《けいりちょうかぎたば》》のうちの一本が適合した。

オーベンはその他にも《司令官の徽章《きしょう》》、《警吏長の飾緒《しょくしょ》》、《領主館の地図》というキーアイテムらしきもの、さらには《強欲の二角帽《ごうよくにかくぼう》》《守銭奴《しゅせんど》のベルト》《人化《ひとば》けの肉針《にくばり》》などのいまいち触《さわ》りたくならないアイテムも色々と落としたが、チェックは後回しにして、地図だけ実体化させる。

油紙に細かく描《えが》かれた地図によれば、領主館は三階建てで、東西に長くて中央部が膨《ふく》らんだ船のような形をしている。冷火のランタンで照らしながら一階の地図を五人がかりで眺《なが》め回し、システムコンソールが設置されていそうな場所を二箇所《かしょ》に絞《しぼ》り込む。

一つは、中央部にある《大広間》の真ん中。

そしてもう一つは、ユウマたちがいる《地下牢入《ろう》り口》の反対側にある《祈禱所《きとう》》。

祈禱《きとう》所に行くには大広間を経由する必要がありそうなので、まずはそこを目指すことにして扉《とびら》の外の通路に出る。荒削《あらけず》りの石材を積んだだけの地下と違《ちが》って、床《ゆか》には深紅《しんく》のカーペットが敷《し》かれ、壁《かべ》と天井《てんじょう》には滑《なめ》らかな石灰岩《せっかいがん》のタイルが貼《は》られている。しばらく聞き耳を立てるが、衛兵の気配はない。

わずかな燭台《しょくだい》で照らされた通路を、地図に従って歩いていくと、二分ほどで大広間に出た。ヨーロッパの教会のようなアーチの陰《かげ》に張り付き、内部の様子を窺《うかが》う。しかし、ちょっとした体育館なみに広い空間にも、人の気配はまったくしない。

外の城壁《じょうへき》はあれほど厳重に警備されていたのに、館の中がこうも手薄《てうす》なのは、もしかしたらオーベンの言っていた《計画》と何か関係があるのだろうか。いったいあのヴァラニアンは、いかなる目的で、領主館の人間と自分の仲間を入れ替《いか》えようとしていたのか——。

もはや考えても詮《せん》ないことと知りつつも、あれこれ想像を巡《めぐ》らせながら、ユウマは大広間を眺《なが》め回した。しかし、システムコンソールらしきものは見つけられない。

「……ここはハズレっぽいな……」

コンケンが落胆《らくたん》気味に呟《つぶや》くと、サワが「きっと祈禱《きとう》所がアタリだよ」と珍《めずら》しく励《はげ》ました。

結局、領主館の一階を端《はし》から端《はし》まで歩くことになったが、百メートルあるかないかなので、雪花《ゆきはな》小学校の校舎を横断するのと大差ない。

広間の壁際《かべぎわ》を忍《しの》び足《あし》で進みながら、ユウマは隣《となり》のサワに小声で話しかけた。

「なあ……ヴァラニアンって、ヴァラクとなんか関係あんのかな？」

途端《とたん》、妹にじろりと睨《にら》まれてしまう。

「はあ？　あんなトカゲ人間と関係あるわけないでしょ」

「なんでそう言い切れるんだよ？　オーベンだって人間に化けてたんだし、ヴァラクも正体はリザードマン……じゃなくてリザードウーマンなのかも……」

途端《とたん》、サワの左拳《こぶし》が伸びてきて、ユウマの右脇腹《わきばら》をごりっと抉《えぐ》る。

「いでっ！」

思わず呻《うめ》くと、すぐ前を友利《トモリ》と並んで歩いていたナギが振り向き、器用に後ろ歩きしながら言った。

「双子《ふたご》ちゃんたち、相変わらずだねぇ～」

「だって、サワがすぐ手ぇ出すから……」

「わたしも、ヴァラクとヴァラニアンは関係ないと思うよ～」

「ええ……でもさあ、ヴァラとヴァラだぜ……」

ユウマがしつこく食い下がると、友利も振り向いてくすくす笑った。

「ふふ……カタカナだと似てるけど、たぶんアルファベットの綴《つづ》りは違《ちが》うよ。ヴァラクは確かＶａｌａｃだし、ヴァラニアンはＶａｒａｎｉａｎじゃないかな……？　オオトカゲ属の学名がＶａｒａｎｕｓ《ヴァラナス》だから、それをもじったんだと思う」

「へぇ――っ！」

と、ユウマのみならずサワとナギ、先頭を歩いていたコンケンまでもが感嘆《かんたん》の声を上げる。

友利《トモリ》の知識量には何度も驚《おどろ》かされてきたが、オオトカゲの学名まで記憶《きおく》しているとは、いくら本好きと言ってもただ事ではない。それに、ヴァラクの綴《つづ》りも……。

「…………えっ」

ようやくそこに気付き、ユウマは思わず立ち止まってしまった。

「ヴァラクの綴《つづ》り……って、清水《シミズ》さん、どこで見たの？　サワと交替《こうたい》してる時も、ＨＰ《ヒットポイント》バーの名前は変わってなかったような……」

「あ……えーとね……」

友利も足を止めると、少し迷うようにサワを見てから、再びユウマに顔を向けた。軽く唇《くちびる》を引き結んでから、落ち着いた声で話し始める。

「……ヴァラクっていうのは、オーベンみたいなアクチュアル・マジック由来の固有名詞じゃなくて、本物の悪魔《あくま》の名前なの」

「…………本物？」

意味が解《わか》らず、ぽかんとしてしまう。すると友利は素早《すばや》く首を横に振り、珍《めずら》しく慌《あわ》てた調子で付け加えた。

「あの、本物って言ってももちろん、本当の本物って意味じゃなくて……。ええーと、ほら、現実世界にもいろんな神様とか悪魔《あくま》の伝承が残ってるでしょ？」

「スサノオとか、サタンとか？」

ユウマがゲーム知識から引っ張り出した名前を口にすると、友利は勢いよく頷《うなず》いた。

「そうそう。スサノオの出典は古事記や日本書紀だし、サタンの出典は聖書だよね。それで、確か、十七世紀ごろに書かれた『ゲーティア』っていう魔術《まじゅつ》の解説書みたいな本があって……そこに、《ソロモン王の七十二人の悪魔《あくま》》が出てくるの」

「おっ、それ、なんかのゲームで見たぜ！」

コンケンが口を挟《はさ》む。言われてみればユウマも、《ソロモンの悪魔《あくま》》という名称《めいしょう》をゲームやマンガで何度か見聞きした記憶《きおく》がある。

「……つまり、そのソロモンの悪魔《あくま》の中に、ヴァラクが……？」

「……うん」

友利はゆっくり頷《うなず》き、次いでナギを見て言った。

「それに、クローセルも。綴《つづ》りは……Ｃｒｏｃｅｌｌ、だったかな」

「…………」

即座《そくざ》に反応できず、視線を彷徨《さまよ》わせてしまう。

ＲＰＧに出てくるモンスターの元ネタが、世界各地の神話や伝承であることは珍《めずら》しくない。と言うより、完全にオリジナル設定のモンスターしか出現しないゲームのほうが希少だろう。ユウマの知識量でも、クラーケン、バジリスク、マンティコア、サイクロプスと、神話由来のモンスターを次々に思《おも》い浮《う》かべられる。

つまり——ヴァラクとクローセルは、アクチュアル・マジックを開発したアイオテージ社のスタッフが、《ソロモン王の七十二人の悪魔《あくま》》を題材にデザインしたゲーム内モンスターだということか。

となると、悪魔《あくま》はヴァラク、クローセルの他にも……ことによると七十人も存在している、という可能性が……。

その時、遠くからかすかな鐘《かね》の音が聞こえてきて、ユウマは我に返った。

視界右下を見ると、ちょうど午後十一時だ。さすがに日付が変わる前には須鴨《スガモ》シェルターに戻《もど》りたい。それも、システムコンソールが見つかり、そこでログアウトできればの話だが。

「……進もう」

ユウマが囁《ささや》くと、四人とも無言で頷《うなず》いた。

大広間の壁際《かべぎわ》を移動し、東側のアーチをくぐる。やはり無人の通路を慎重《しんちょう》に歩いていくと、突き当たりにひときわ立派な扉《とびら》が見えてくる。あの奥が祈禱所《きとう》に違《ちが》いない。

ユウマたちが出てきた地下牢《ろう》に続く扉《とびら》は、木材を鋼鉄の板で束ねた造りだったのに対して、祈禱所《きとう》の扉《とびら》は重そうな石でできている。まず聞き耳を立ててから、ぴかぴかに磨《みが》かれた真鍮《しんちゅう》のハンドルを回そうとしてみるが、当然のように鍵《かぎ》が掛《か》かっている。

今回は魔法《まほう》で解錠《かいじょう》チャレンジはせず、ユウマは《警吏長《けいりちょう》の鍵束《かぎたば》》を出すと、最も複雑な形をした二本の鍵《かぎ》の片方を鍵穴《かぎあな》に差し込んだ。直感は当たり、鍵《かぎ》は滑《なめ》らかに回転して、ガチャリと格調高い音を響《ひび》かせる。

「……もしかすっと、オーベンの野郎《やろう》を倒《たお》さなかったら、オレたちログアウトできなかったんじゃねーか？」

コンケンの囁《ささや》き声《ごえ》に、「まだここがアタリと決まったわけじゃないぞ」と言い返してから、ユウマは改めてハンドルを押し下げ、扉《とびら》を二十センチほど引き開けた。中に明かりはないが、窓から差し込む月光が室内を薄《うす》青く照らし出している。

祈禱《きとう》所と言うだけあって、小型の教会のような部屋だ。左右にはベンチ型の長椅子《ながいす》が並び、奥には朗読台のようなものが見える。システムコンソールがあるとすればあそこだ。

そっと隙間《すきま》を通り抜け、何も起きないのを確認《かくにん》してから、仲間たちを招き入れる。扉《とびら》を閉め、念のために再び施錠《せじょう》してから、部屋の奥へ急ぐ。

床《ゆか》から二十センチほど高くなっている演壇《えんだん》に上り、朗読台の後ろに回り込む。台の上には、しかし何も………。

いや、何かある。厚さ一センチほどの、黒い長方形の板。石のようなガラスのような質感で、滑《なめ》らかな表面に月明かりが反射している。

「おい……ユウ、触《さわ》ってみろよ」

コンケンに促《うなが》され、ユウマは板の上に右手をかざした。これでもし何も起きなかったら……という後ろ向きな想像を振り払《はら》い、思い切って手を下ろす。

ひんやりとした冷たさと、滑《なめ》らかな硬《かた》さを感じた、次の瞬間《しゅんかん》。

板の表面にアクチュアル・マジックのロゴマークが青白く浮《う》かび上がり、ぶうん……という音とともに、十五センチほど上空に半透明《とうめい》のウインドウが現れた。

「やっ………！」

ガッツポーズしながら叫《さけ》ぼうとしたコンケンの背中を、サワが思い切りどつく。

普段《ふだん》なら親友に何かひと言コメントしてやる場面だが、今回ばかりはスルーして、ユウマはウインドウを睨《にら》んだ。

通常のメニューウインドウと比べて、タブの枚数がやたらと多い。しかしほぼ全てがグレーアウトしていて、選択《せんたく》できるのは【ACCESS MANAGEMENT】というタブだけ。祈《いの》るような気持ちでそれをタップすると、画面が切《き》り替《か》わり、シンプルなデザインのボタンがいくつか現れる。またしても大部分が灰色になっている中、たった一つ、【LOGOUT】のボタンだけが青く光っている。

「はああ……」

今度こそ安堵《あんど》のため息をつくと、ユウマはそれをタップした。出現したサブメニューも全て英語だが、なんとか意味は理解できる。どうやら、操作プレイヤー、指定プレイヤー、近くのプレイヤー全員、の三つから選んでログアウトさせられるらしい。

三つ目を選ぶと、プレイヤーネームが縦に並ぶ確認《かくにん》ウインドウが開いた。

「えっと……ユウマ、サワ、コンケン、トモリ、ナギ……で全員だよな？」

左右から覗《のぞ》き込む仲間たちに訊《たず》ね、四人とも頷《うなず》くのを見届けてから、ユウマはＯＫボタンを押した。

全員の足許《あしもと》から白い光が幾筋《いくすじ》も伸び上がり、仮想体《アバター》を包み込んでいく。

──たぶん、またここに来ることになるんだろうな。

頭の中でそう呟《つぶや》きながら、ユウマは少しずつ強くなる浮遊《ふゆう》感に身を任せた。

10

——ユウくん。

——起きて、ユウくん。

甘く澄《す》んだ囁《ささや》き声《ごえ》。そっと体を揺《ゆ》する小さな手。

重い瞼《まぶた》を少しばかり持ち上げると、濡《ぬ》れたように滲《にじ》むオレンジ色の明かりがいくつか見えた。地下牢《ろう》のランプかと思ったが、まったく揺《ゆ》れずに安定して光っているので、LEDかCCFLらしい。

瞬《まばた》きを繰《く》り返《かえ》していると、薄暗《うすぐら》い明かりの手前にぼんやりとしたシルエットがあることに気付く。真上から覗《のぞ》き込むその人影《ひとかげ》に、どうにか両目の焦点《しょうてん》を合わせる。

ふんわりとウェーブする柔《やわ》らかそうな髪《かみ》。ひし形のラインストーンを連ねたカチューシャ。白いブラウスの上に羽織った藍色《あいいろ》のカーディガン。そして、虹彩《こうさい》がほんの少し青みがかった、大きな瞳《ひとみ》——。

「………ナギ」

掠《かす》れ声で呼びかけると、ナギ——茶野水凪《サノミナギ》は安心したように微笑《ほほえ》んだ。

その笑《え》みがはっとするほど透明《とうめい》に感じられて、思わず右手を持ち上げる。華奢《きゃしゃ》な肩《かた》を摑《つか》み、ほんの少しだけ力を込めて、実体があることを確かめる。

「大丈夫《だいじょうぶ》……わたしは本物だよ」

ほぼ無声音なのに、頭の芯《しん》までしっかりと届くその声を聞いた途端《とたん》、ようやく意識が状況《じょうきょう》に追いついてきて、ユウマは両目を見開いた。

グリスのような匂《にお》いを含《ふく》む空気。からからに乾《かわ》いた喉《のど》の痛み。そして、冷たい床《ゆか》に容赦《ようしゃ》なく体を押し付ける重力。

ここは間違《まちが》いなく現実世界だ。つまり、ユウマたちは、無事にアクチュアル・マジックからログアウトできたのだ。しかも、行方《ゆくえ》不明だったナギと一緒《いっしょ》に。

摑《つか》んだ肩《かた》をそのまま引き寄せ、力いっぱい抱《だ》き締《し》めたいという衝動《しょうどう》がまたしても襲《おそ》ってきて、深々と息を吸い込む。もちろん、向こうでできなかったことをこちらでできるはずもないので、ぎこちなく右手を下ろし、ふうっと息を吐《は》く。

「えっと、その……無事でよかった」

ナギにそう告げると、ユウマは両手を床《ゆか》に突き、上半身を起こした。

改めて周囲を見回す。現実世界なのは確かだが、なにやら奇妙《きみょう》な場所だ。

直径三メートルほどの、円形の部屋。天井《てんじょう》がやたらと高く、湾曲《わんきょく》する壁《かべ》に小型の照明が埋《う》め込まれている。形からしてLEDだろう。

壁《かべ》の一箇所《かしょ》にスライドドアがあるが、窓は一つもない。もっとも、仮に窓があったところで、現在のアルテアでは真っ黒に塗《ぬ》りつぶされてしまうだけだが。

ドアの反対側には、壁《かべ》に合わせて湾曲《わんきょく》するデスクと、シンプルなワーキングチェア。そしてその手前の床《ゆか》には、大の字になって横たわるコンケンと、横並びで覗《のぞ》き込むサワと友利《トモリ》――。

ユウマが四《よ》つん這《ば》いで近づいていくと、友利が顔を上げた。

「あ、おはよ、芦原《アシハラ》くん」

「お、おはよう……って、僕、どれくらい寝てたの……？」

「ほんの一、二分だよ。体におかしいとこ、ない？」

そう訊《き》かれ、自分の体を見下ろす。制服の上からあちこち触《さわ》ってみるが、痛むところはないようだ。

「うん、大丈夫《だいじょうぶ》みたい。……コンケン、起きないの？」

その問いには、サワが答えた。

「さっきから何回か起こそうとしたんだけど、反応なくって……」

「…………」

さすがにユウマも少しばかり心配になり、サワたちの反対側からコンケンの顔を見下ろす。とくに苦しそうな様子は感じられないが、明かりが非常灯の親戚《しんせき》のようなＬＥＤだけなので、顔色の善《よ》し悪《あ》しまでは解《わか》らない。

「うーん……」

思い切り揺《ゆ》さぶれば起きそうな気もするが、ユウマたちはアルテア三階のカリキュラスからフルダイブした時点でいったん現実世界では消滅《しょうめつ》し、AM世界での約五時間半の冒険《ぼうけん》を経て、この謎《なぞ》の小部屋で再び実体化したわけだ。つまり現実世界でテレポートしたに等しいわけで、体や精神に何らかの悪影響《あくえいきょう》が出た可能性は否定できない。

ユウマはしばし考えるとストレージを開き、休憩室《きゅうけいしつ》で入手したお菓子《かし》の中から《酢《す》こんぶ》を選んで実体化した。箱を開けて一枚取り出し、コンケンの鼻先にぶら下げる。

数秒後、コンケンの眉《まゆ》と鼻がぴくぴく動き、

「……ふ、ふが……ふがっ！」

という声とともに瞼《まぶた》と口が開いた。その口に酢《す》こんぶを突っ込むと、ユウマはサワと友利に向き直り、無言で頷《うなず》いた。

覚醒《かくせい》したコンケンの体調にも問題がないことを確かめてから、ユウマたちは小部屋の中央で輪になり、改めて生還《せいかん》を祝った。

しかしもちろん、祝杯《しゅくはい》を上げている余裕《よゆう》はない。時刻は夜の十一時十分。日付が変わるまで、あと五十分しかない。

一刻も早くスライドドアを開けて外に出たいが、その前にもう一つだけすべきことがある。

ユウマは再度メニューウインドウを開き、現在の装備一覧を確認《かくにん》したが、やはりAM世界で

装備していた武器や防具は全て消滅《しょうめつ》し、《平型鋼材》や《ノーカラージャケット》に変化してしまっている。

ふと思いつき、ストレージタブに移動して、所持アイテム一覧から装備品を抽出《ちゅうしゅつ》。すると、《暗鉄《あんてつ》の小剣《しょうけん》》や《レザーアーマー》等々が表示されたが、全てグレーアウトしていて装備も実体化もできない。

「……やっぱり、装備品はそれぞれの世界専用で、持ち込んだり取り出したりできないみたいだな……」

ユウマが呟《つぶや》くと、コンケンがうんざりしたような声を出した。

「ってことは、オレはまたあのトンガリハンマーで頑張《がんば》るのかぁー」

「ちゃんとした武器なんだから文句言うなよ。僕なんか鋼材だぞ、鋼材」

そう言い返して黙《だま》らせる。

しかし実際、現実世界での装備品が貧弱《ひんじゃく》なのは最大の懸念《けねん》点だ。こちら側にもモンスターは出現する――どころか、コーンヘッド・ブルーザーやデモリッシャーは、AM世界で遭遇《そうぐう》したモンスターの大部分より遥《はる》かに強力なのだ。

ユウマが考え込んでいると、ナギが何かを思いついたように言った。

「ねえ、ユウくん。向こうから、素材アイテムは持ち込めるんだよね？」

「え？　えーと……」

再びストレージをソートすると、大量の素材アイテムが表示された。こちらはグレーアウトしていない。

「うん、大丈夫《だいじょうぶ》っぽい」

「じゃあ、それで装備を作るのはどうかな」

「……作る、って言っても……」

ここには旋盤《せんばん》もプレス機もないし、あっても僕たちには使えないし……と続けようとしたが、その前に友利《トモリ》が「あっ！」と声を上げた。

「そっか、鍛冶《かじ》スキルで作ればいいんだ」

「あ」

ユウマとコンケン、サワも口を開ける。

確かに、アクチュアル・マジックには《鍛冶《かじ》》とか《裁縫《さいほう》》のような生産系スキルが数多く存在する。こちら側で魔法《まほう》スキルが使えるのだから、生産スキルだって使える道理だ。確か、鍛冶《かじ》スキルで武器を作るには鉄床《かなとこ》や鍛冶《かじ》ハンマーが必要だったはずだが、それはAM世界から持ち込めばいい。

生産スキルは職業による修得制限はないが、最も適性があるのは《商人》だ。確か須鴨《スガモ》シェルターでは、針屋《ハリヤ》三美《ミミ》と会田《アイダ》慎太《シンタ》が商人だったはず。

同じことを考えたのだろう、コンケンが渋《しぶ》い顔で言った。

「まずったなー、カルシナで鍛冶《かじ》道具を仕入れとくんだったぜ」

「どうせ、明日にはまた食料を買いにいくことになるんだから、その時に鍛冶《かじ》と裁縫《さいほう》の道具も仕入れればいいよ。ナギに、石榴亭《ざくろてい》のステーキも食べさせてやらないとだし」

ユウマがそう言うと、コンケンは「おう！」と勢いよく頷《うなず》いたものの、すぐにどこか茫洋《ぼうよう》とした表情になって続けた。

「明日かぁ……」

「なんだよ？」

「いや……。──オレ、なんとなく、夜までには事件が解決して、家に戻《もど》れるって気がしてたからさ……」

その言葉を聞き、ユウマだけでなく、サワ、ナギ、友利《トモリ》も無言で目を伏《ふ》せた。

敢《あ》えて考えないようにしていたが、いまごろ父親と母親はどれほど心配しているだろうか。きっと二人ともアルテアに駆《か》けつけて、ユウマとサワが救出されるのをいまかいまかと待っているに違《ちが》いない。

この小部屋がアルテアのどこなのかは不明だが、たとえタワーの真ん中だとしても、両親が待機しているであろう駐車場《ちゆうしや》までは直線距離《きより》で五十メートルもない。全力ダッシュすれば八秒しかかからない距離《きより》に父親と母親がいるのに、顔を見るどころか、声を聞くことすらできない……。

目の奥がじわりと熱くなるのを必死に堪《こら》えていると、小さく鼻を啜《すす》る音が聞こえた。見れば、深く俯《うつむ》いた友利が、眼鏡のレンズに次々と涙《なみだ》を零《こぼ》している。無理もない——本当に無理もない。同い年とは思えないほどの落ち着きについ頼《たよ》り切ってしまったが、RPG初心者の友利にとって、凶悪《きょうあく》なモンスターとの戦闘《せんとう》はどれほど恐《おそ》ろしかったことだろう。

「清水《シミズ》……」

友利が泣き出すきっかけを作ったコンケンが、おずおずと進み出て語りかけた。

「安請《やすう》け合《あ》いっぽく聞こえると思うけどさ……オレが、じゃなくてオレたちが、絶対に清水をここから出してやる。だから……もうちょっとだけ、力を貸してくれ」

「…………うん」

涙声《なみだごえ》で短く答えた友利に、ナギが白いハンカチを手渡《てわた》した。

改めて装備とポーション類のチェックを終えた五人は、慎重《しんちょう》にスライドドアを開け、小部屋から出た。

ある程度予想していたが、そこは二番プレイルームの中心部だった。つまり、ユウマたちが出現した丸い部屋は、アルテアの真ん中を貫《つらぬ》く巨大《きょだい》なシャフトの内部だったというわけだ。

本来なら、テストプレイから強制的にログアウトさせられた時と同じく、AM世界にダイブするのに使ったカリキュラスの中で目を醒《さ》ますはずだ。それがなぜ、五人ともシャフトの中に現れたのか。そもそも、どうしてメニュー画面からログアウトできなかったのか……。

ユウマが考え込んでいると、魔術師《まじゅつし》のローブからウインドブレーカー姿に戻《もど》ったサワに背中をつつかれた。

「ねえユウ、ちょっとカリキュラスって……僕たちがダイブするのに使ったやつ？」

「カリキュラスを調べてみない？」

「うん。確か二木《ニキ》くんが、連絡事項《れんらくじこう》があったらメモを貼《は》っとくとか言ってたでしょ」

「あ、そっか……解《わか》った」

頷《うなず》き、五人で南の階段を下りて内周通路に出る。そこから時計回りで、二番プレイルームの北西あたりを目指す。

左右にずらりとカプセルが並ぶ薄暗《うすぐら》い通路を歩く時は最大限に警戒《けいかい》したが、二匹《ひき》目のコーンヘッド・デモリッシャーにも、他のモンスターにも出くわすことなく、わずか数十秒で目的の場所に到着《とうちゃく》した。

しかし、そこでユウマたちが見たのは、予想だにしない光景だった。

「な……んだよ、これ……」

コンケンが、ひび割れた呻《うめ》き声を漏《も》らす。

ユウマ、サワ、コンケン、友利《トモリ》がダイブするために使ったカリキュラスが四台とも、無残に破壊《はかい》されている。

五時間半前には間違《まちが》いなく無傷だった白いカプセルには、尖《とが》ったもので抉《えぐ》られたような傷が縦横に走り、千切れたケーブルや露出《ろしゅつ》した基盤《きばん》からは時折ばちっ、ばちっと火花が散っている。カプセル下部の傷から漏《も》れ出した油圧ダンパーの作動オイルが、昇降台《ランプ》にぽたぽた滴《したた》る様子はまるで血液のようだ。

五秒以上も呆然《ぼうぜん》としてしまってから、ユウマは我に返って武器代わりの鋼材を握《にぎ》り直した。これほどの破壊《はかい》現象は、大型モンスターのしわざとしか思えない。コンケンもハンマーを構え、女子三人は背中合わせで周囲を警戒《けいかい》する。

カリキュラスの陰《かげ》や床《ゆか》の暗がり、天井《てんじょう》に至るまで慎重《しんちょう》にチェックしていくが、モンスターが隠《かく》れている気配はない。恐《おそ》らく、この部屋には獲物《えもの》がいないと判断し、他の場所に移動したのだろう。

警戒《けいかい》のレベルをいくらか落とし、ユウマはサワに話しかけた。

「もしかして、僕たちがログアウトできなかったのって、このせいかな……」

「たぶん……ね」

サワも真剣《しんけん》な表情で頷《うなず》く。

「あたしたちがダイブすると、体はカプセルの中から消滅《しょうめつ》するけど、カリキュラスは使用中のままになる。その状態でカリキュラスが壊《こわ》れると、メニューからはログアウトできなくなる……ってことみたいね」

「でも、システムコンソールを使えばログアウトできて……その場合、出口はあのシャフトの中になるわけか……」

そこまで口にしてから、ユウマはふと気付き、ナギを見た。

「あ……もしかして、ナギが一人だけログアウトできなかったのも、カリキュラスが壊《こわ》れてたからなのかも」

「でも、ナギみ……ナギッぺのカリキュラス、見た目はなんともなってなかったぜ？」

そう指摘《してき》したコンケンに、ナギは何か言いたげな視線を向けたが、すぐに顔を戻《もど》し、記憶《きおく》を辿《たど》るように呟《つぶや》いた。

「……テストプレイのボスドラゴンを倒《たお》したあと、床《ゆか》が赤く光って、みんなの姿が消えて……光の中を落っこちていく時に、何かシステムメッセージみたいな文章が、一瞬《いっしゅん》だけ見えたの。コネクションがどうとかって書いてあった気がするから、回線トラブルを知らせるメッセージだったのかも……」

「……ナギ、そのあとのことを……」

覚えているのかと訊《き》こうとして、ユウマは言葉を呑《の》み込んだ。

サワは、強制ログアウトの直後、頭の中でヴァラクが話しかけてきて、いろいろと説明してくれたのだと言っていた。恐《おそ》らく、同じことがナギにも起きたのではないか。ナギに憑依《ひょうい》する、新たな悪魔《あくま》クローセル……彼女から情報を得ていたから、ナギはユウマたちが説明せずとも、アルテアに起きている異常事態を知っていたのだろう。

クローセルが具体的に何を語ったのか気になるが、この場で根掘《ほ》り葉掘《ほ》り質問している余裕《よゆう》はない。

きょとんとするナギに、「ごめん、後にする」と答えながら、ユウマは素早《すばや》く幼馴染《おさななじみ》の体を上から下まで眺《なが》めた。

頭に角は見当たらないが、背中に羽が生えているかどうかは、ゆったりしたカーディガンのせいでよく解《わか》らない。しかし、まさかユウマが手でべたべた触《さわ》って確かめるわけにもいかない。あとでサワにそれとなく訊《き》いておこうと考え、ユウマは最後にもういちど、破壊《はかい》された四台のカリキュラスを見回した。

メモらしきものが貼《は》られている様子はない。仮に、貼《は》られたあとにモンスターがやってきて大暴れしたのなら、剝《は》がれたメモがどこかに落ちている可能性はあるが、付近を探し回るのは非現実的だ。

とりあえず、ユウマたちがメニューからログアウトできなかった理由と、ナギがAM世界に取り残されてしまった理由の仮説は得た。今後は、ダイブ中にカリキュラスを守る方策が必要になるが、それは後で考えればいい。

時刻は午後十一時二十分。急げば、三十分には須鴨《スガモ》シェルターに戻《もど》れるだろう。

五人は警戒《けいかい》を保ちつつ来た道を戻《もど》り、破壊《はかい》された自動ドアをまたいでエレベーターホールに出た。

素っ気ないダークグレーの床《ゆか》と壁《かべ》を、オレンジ色の非常灯が弱々しく照らしているさまは、どこかフィロス島の地下牢《ろう》に似ている。散らばったガラス片《へん》や金属片《へん》を避《さ》けながら、動かないエレベーターの前を横切って奥の非常階段へ。

分厚い防火扉《とびら》を開けて覗《のぞ》き込むと、階段室はほとんど真っ暗闇《やみ》で、ゴオオー……と風鳴りのような音がかすかに響《ひび》いている。ここにも、やはりモンスターの気配はない。

「……二木《ニキ》とか灰崎《ハイザキ》たち、このすぐ上に避難《ひなん》してるんだよな……？」

コンケンの囁き声《ささやごえ》に、ユウマは四階へ続く階段を見上げた。

二木の説明によれば、異変発生直後の混乱で分断されてしまった一組の生徒たち十五人は、アルテア四階の外周部にあるスタッフルームに避難《ひなん》しているらしい。いまから階段を上れば、三分もかからず辿《たど》り着《つ》けるだろう。

しかし、四階のエレベーターホールやプレイルームをモンスターがうろついている可能性はゼロではないし、一階に避難《ひなん》した生徒たちの状況《じょうきょう》は、何時間も前に食料を届けてくれた二木が灰崎たちにも伝えたはずだ。

「僕たちが四階に行くのは、こっち側用の装備をもう少しなんとかしてからにしよう」

ユウマがそう囁《ささや》き返すと、コンケンは「だな」と頷《うなず》き、両手用ハンマーを握《にぎ》り直した。

階段が暗いので、サワにＬＥＤライトを借りようとしてふと思い出す。ストレージを開き、

《冷火のランタン》の名前をタップすると、ちゃんと取り出しボタンが表示される。

それを押した途端《とたん》、かすかな効果音を響《ひび》かせながら、ウインドウの上にランタンが出現した。

しかし、デザインはAM世界で使っていた時からかなり変化している。ミニマルな外装は恐《おそ》らくチタン製、風防は強化ガラス――しかしその内側で光を放っているのはLED光源ではなく、青白い魔法《まほう》の炎《ほのお》だ。

現実世界で手に入れたテーブルソルトの瓶《びん》を、AM世界で実体化させたら蓋《ふた》がプラスチックからコルクに変わったのと逆の現象が起きたのだろう。他のアイテムもどう変化するか試《ため》してみたいが、当然そんな時間はない。

ユウマがランタンを高く掲《かか》げると、コンケンは表情だけで「サンキュー、なるほどその手があったか、チタン外装かっけーなー」と伝えてから階段を下り始めた。

ランタンは、集光性能が高いLEDライトと違《ちが》って、上下以外の全方向を均一に照らし出す。そのぶん明るさは控《ひか》えめだが、モンスターの有無《うむ》を確認《かくにん》するだけならこれで充分《じゅうぶん》だ。次にカルシナを訪《おとず》れたら、食料と生産ツールだけでなく、シェルター用のランタンもたくさん仕入れようと考えながら階段を下り、何事もなく一階に到達《とうたつ》する。

再び防火扉《とびら》を開け、エレベーターホールへ。ここもしんと静まりかえっていて、いっそ不気味なほどだ。

ホールの左側には喫茶《きっさ》コーナーがあるが、今日のお披露目《ひろめ》の時点ではまだ本営業を開始していなかったので、飲み物はともかく食料が見つかる可能性は低い。探索《たんさく》の優先度は低いので、スルーして右側のメインロビーへ。

半壊《はんかい》した隔壁《かくへき》を回り込み、ロビーに足を踏《ふ》み入《い》れた途端《とたん》、大勢のレスキュー隊に迎《むか》えられる——というようなことは起きなかった。

南側のガラス製カーテンウォールは、以前と変わらず真っ黒に染まっていて星一つ見えない。耳を澄《す》ましても、聞こえるのは正体不明の低音ノイズだけ。

五人とも、無言で移動を再開する。コーンヘッド・ブルーザー戦の痕跡《こんせき》が残る広いフロアを横切り、背もたれつきのベンチが並ぶウェイティングゾーンに入ると、その奥にショッピングエリア改め須鴨《スガモ》シェルターが見えた。

入り口の簡易バリケードは無事なので、少なくとも新手のコーンヘッド一族が襲《おそ》ってきたということはなさそうだ。奥には小さな明かりがちらほら見えるが、話し声は聞こえない。

「もう、みんな寝てるみたいだね……」

という友利《トモリ》の呟《つぶや》き声に、サワが「起こさないようにしないとね」と囁《ささや》き返す。

途端《とたん》、強烈《きょうれつ》な眠気《ねむけ》が襲《おそ》ってきて、ユウマは一瞬《いっしゅん》体をふらつかせた。横を見ると、コンケンも両目をエンドレスで瞬《しばた》かせている。

須鴨が起きていれば報告が必要だろうが、できればこのままシェルターの隅《すみ》っこに転がり、眠《ねむ》ってしまいたい。あくびを噛《か》み殺《ころ》し、冷火のランタンをストレージに戻《もど》す。非常灯の明かりを頼《たよ》りにウェイティングゾーンを突っ切り、グリルシャッターとメタルラックを組み合わせた簡易バリケードの隙間《すきま》を通り抜けた——

その瞬間《しゅんかん》。

「おせーんだよ、芦原《アシハラ》ァ!!」

刺々《とげとげ》しい怒声《どせい》が耳に突き刺さり、ユウマは顔をしかめた。

見ると、シェルターの左手奥にあるカウンターに一人の生徒が腰掛《こしか》け、腕組《うでぐ》みをしている。

真上から非常灯の光が当たっているせいで、たっぷりのワックスで束感《たばかん》を出した髪《かみ》と鋭利《えいり》な顎《あご》回りのラインしか見えないが、識別するにはそれで充分《じゅうぶん》だ。シェルターのリーダーであり、六年一組のクラス委員長でもある、須鴨光輝《テルキ》。

勘弁《かんべん》してくれ、と心の中で呻《うめ》きながら、ユウマは左右を見回した。

陳列棚《ちんれつだな》を移動させて作った、幅《はば》七メートル、奥行《おくゆ》き十メートルほどの空間の各所にレジャーシートが敷《し》かれ、生徒たちが三、四人ずつ身を寄せ合っている。眠《ねむ》っている者もいるようだが、大半は起きていて、ユウマたちに不安そうな視線を向けてくる。

ユウマに続いて、コンケン、サワ、友利、そして最後にナギがバリケードを通り抜けると、起きている生徒の大部分がぱっと顔を明るくした。数名の女子が「茶野《サノ》さん!」と呼びかけ、ナギも笑顔《えがお》を向けたが、せっかく浮《う》き立《た》った空気を再びの怒声《どせい》が掻《か》き消《け》した。

「芦原《アシハラ》オトコ、近堂《コンドウ》、いま何時だと思ってんだ⁉　お前らが食料を探しに出かけてから、もう六時間半も経《た》ってんだぞ‼」

そう叫《さけ》ぶと、須鴨《スガモ》は右手に握《にぎ》った小ぶりな金属ハンマーを、ぶんっと音を立てて振った。

また「学級裁判だ」と言い出されたらたまらないと思ったユウマは、急いで数歩前に出ると、まずは謝った。帰還《きかん》が遅《おそ》くなり、心配や迷惑《めいわく》をかけたのは事実だからだ。

「ごめん、ガモ。もっと早く戻《もど》るつもりだったんだけど、こっちも色々あって……」

「色々ってなんだよ、まさか仲良しの茶野《サノ》を捜すのを優先したわけじゃないよなァ⁉」

そのまさかだ、とはさすがに言えないが、ナギ救出を優先したとしても非難されるいわれはない。食料はちゃんと確保して、シェルターに届くよう手配もしたのだ。

「……遅《おそ》くなったのは謝るけど、食料はちゃんと届いただろ？」

「…………ハア？」

怪訝《けげん》そうな顔をしてから、須鴨はいっそう眉《まゆ》を逆立てた。

「なにバカなこと言ってんだ、食料なんか届いてねーぞ！」

「え……だって、二木《ニキ》が……」

「二木ィ⁉　どこにいるのかもわかんねーヤツが、なんで食料を届けられんだよ‼」

「…………」

思わずコンケンやサワと顔を見合わせてしまう。

確かに、いまのアルテアでは常に不測の事態が起き得る——どころか不測の事態しかないと言ってもいいのだから、何らかの事情で二木翔《カケル》が須鴨シェルターまで辿《たど》り着《つ》けなかった可能性はある。

もしかしたら、ユウマたちのカリキュラスが破壊《はかい》されたことと関係があるのかもしれない。最悪の場合、カリキュラスを守ろうとして、コーンヘッド・デモリッシャー級のモンスターと一人で戦い、重傷を負ったか……あるいは……。

そこで思考を堰《せ》き止《と》め、ユウマは言った。

「……僕たちは、捜索《そうさく》の途中《とちゅう》で二木と会って、あいつが情報共有も兼《か》ねてここに食料を届けてくれるって言うからお願いしたんだ。でも……来なかったなら、どこかで……」

「おい、おいおい！」

ユウマの説明を、須鴨が遮《さえぎ》った。

「アホかよ芦原オトコ！　二木に、二十人分の食料を丸ごと預けたってのか⁉　そんなもん、持ち逃げされたに決まってんだろーが‼」

「…………」

再び絶句してから、ユウマはフルボリュームで怒鳴《どな》り返そうとしたが、咄嗟《とっさ》に言葉が出てこない。

二木翔《ニキカケル》は、バーブド・ウルフに噛《か》みつかれて絶体絶命の状況《じょうきょう》だった友利《トモリ》を助けてくれたのだ。いや、あのままならユウマたちもヴァラニアン・アックスベアラーにやられていただろうから、五人全員の恩人と言っていい。

その二木を泥棒《どろぼう》呼ばわりするお前は、クラスメイトのためにいったい何をしたって言うんだ——と、ユウマは叫《さけ》ぼうとした。

しかし寸前で、背後から左腕《ひだりうで》を強く引っ張られる。よろめくユウマと入《い》れ替《か》わりに前に出たサワが、冷静な声で問いかける。

「大丈夫《だいじょうぶ》、食料はまだある」

「ハァ？」

眉根《まゆね》を寄せる須鴨《スガモ》の前でストレージを開くと、サワは大量のおにぎりやパンが詰《つ》まった布袋を実体化させた。それを床《ゆか》に置き、口を大きく開けた途端《とたん》、不安そうに見守っていた生徒たちが小さくざわめく。

「晩ご飯を食べてないなら、いまからこれをみんなに……」

「いや、晩飯は食ったんだ。量はお察しだけどな」

という声が聞こえ、ユウマは左側を見た。

近づいてきたのは、シェルターのサブリーダー格であるスケボーコンビの片方、ツーブロ頭の穂刈陽樹《ホカリハルキ》だ。その後ろにはロン毛の相方、瀬良多可斗《セラタカト》もいる。

二人とまあまあ仲がいいコンケンが、一歩近づいて訊《たず》ねた。

「食ったって……もしかしてお前らが、オレたちのあとに食料探しに出たのか？」

それなら有り得ると思ったが、穂刈はさっとかぶりを振った。

「いや……そうじゃなくてな。ちょっと説明しづれぇんだけど……」

その言葉を聞いて、ユウマはようやく思い出した。

二木に食料を預ける前に、友利が言っていた。須鴨が、シェルターのイートインコーナーで、何かを——恐《おそ》らくは食べ物をストレージに入れているようなエフェクト光を見た、と。

それを聞いたユウマは、いくら須鴨でもそこまでハイリスクな真似《まね》はしないだろうし、もししたとしたらそう簡単には出さないだろう、と答えた。しかしその推測は両方間違《まちが》っていて、須鴨は食料をガメていたし、それを皆《みな》にあっさり提供したわけか。

だとしても、自分のネコババ行為《こうい》をどうやって誤魔化《ごまか》したのだろうと思いながら、ユウマは穂刈の言葉の続きを待った。

しかし。

穂刈が無言で視線を向けたのは、カウンターに座る須鴨ではなく、カウンターの手前右側の暗がりだった。

ちょうどレジの影《かげ》になっていたのでいままで気付かなかったが、床《ゆか》の上に男子生徒が一人、ひっそりと正座している。深く項垂《うなだ》れたままなので顔は見えないが、小柄《こがら》で痩《や》せた体つきと、少し伸びすぎた癖毛《くせげ》は、須鴨《スガモ》の友達——正確には取り巻きの、木佐貫《キサヌキ》櫂《カイ》ではないだろうか。いったいなぜ、木佐貫はあんな場所で正座しているのか。それに、白いシャツの襟《えり》に点々と散っている黒っぽい染《し》みは、血のようにも見える。

「木佐貫くんが、どうしたの？」

サワの隣《となり》に進み出た友利《トモリ》が、硬《かた》い声で穂刈《ホカリ》に訊《たず》ねた。

言いづらそうにしている相方に変わって、こちらも前に出てきた瀬良《セラ》が答えた。

「木佐貫のやつ……ここのイートインコーナーにあった、ドーナツとかフィナンシェとかを、ストレージにごっそりガメてたんだ」

「…………!!」

友利と同時に、ユウマも鋭《するど》く息を呑《の》んだ。

瀬良はその反応に引っかかった様子もなく、淡々《たんたん》とした調子で説明を続けた。

「お前らが出発して二時間くらい経《た》った頃《ころ》かな……。みんなハラ減らして、空気がピリついてきた時、木佐貫が棚《たな》の陰《かげ》でドーナツ食ってんのを須鴨が見つけてさ。引っ張り出してツメたら、最初にここに来た時に食い物全部隠《かく》して、あとでストレージに入れたって認めたんだ」

「そんな……！」

叫《さけ》ぼうとした友利の右手首を、ユウマは背後から強く摑《つか》んだ。

いま、食料を隠《かく》したのは木佐貫ではなく須鴨だと言っても、証拠《しょうこ》がまったくない。木佐貫が認めているならそれ以上どうすることもできず、下手をすると逆に友利《トモリ》が吊《つる》し上げを喰《く》らってしまう。

友利の腕《うで》からいくらか力が抜けるのを感じて、ユウマは手を離《はな》した。

代わりに、サワが抑制《よくせい》された、しかし途轍《とてつ》もなく冷ややかな声で問《と》い質《ただ》す。

「木佐貫くん、怪我《けが》してるみたいだけど、あれは？」

「……俺が殴《なぐ》っちまった」

低い掠《かす》れ声の主は、穂刈たちの後ろから進み出てきたバスケ部の大野曜一《オオノヨウイチ》だった。ちらりと木佐貫を見てから、目を伏《ふ》せて続ける。

「手を出したのは百パー俺が悪い。罰《ばつ》を受けろってんならいくらでも受ける。けど……みんなハラ減っても文句言わねーで我慢《がまん》してたのに、あいつ一人で……。ドーナツとかスコーンとか、全部で四十個以上もあったんだぜ。それを……それを丸ごとってよぉ……」

両手を握《にぎ》り締《し》める大野の肩《かた》を軽く叩《たた》くと、瀬良が再び口を開いた。

「そんで、須鴨が、自分も木佐貫のネコババに気付かなかったから連帯責任だっつって謝って、あいつら以外の全員に食いもん分配したんだ。だから、俺らはいちおう食えたんだよ。二木《ニキ》がなんかトラブって来《こ》れなかったのか、預かった食料パクったのかはわかんねーけど、お前らが気に病《や》む必要はねえよ……遅《おそ》いから心配はしたけどな」

瀬良がフォローしてくれたのはありがたいが、ユウマの意識の七割は、須鴨への怒《いか》りに占《し》められていた。

木佐貫《キサヌキ》が、誰《だれ》にも見つからずにドーナツだのフィナンシェだのを四十個もネコババした？

そして、一人で食べているところを須鴨《スガモ》が見つけて、一緒《いっしょ》に謝った……だって？

そんなわけはない。イートインコーナーにいるところを友利《トモリ》に目撃《もくげき》されたのは、木佐貫ではなく須鴨なのだ。

恐《おそ》らく須鴨は、自分が隠《かく》し持《も》っていた食料をトレード機能で木佐貫のストレージに移動させ、それをシェルターの隅《すみ》で食べるよう命じたのだ。そして盗《ぬす》み食《ぐ》いの場面を見つけたと騒《さわ》ぎ立《た》て、木佐貫を食料独《ひと》り占《じ》めの犯人に仕立て上げると同時に、連帯責任を被《かぶ》ることで自分を公明正大なリーダーだと印象づけた。

マッチポンプとはまさにこのことだ。断言してもいいが、須鴨のストレージには、自分用のドーナツがしっかり確保されているはずだ。

しかし、疑問も残る。

いったい、木佐貫櫂《カイ》はなぜ、そうまで須鴨の言いなりになっているのか？　これではもう、取り巻きなどというレベルではなく、手下……いや、消耗品《しょうもうひん》にも等しい扱《あつか》いではないか。

ユウマは床《ゆか》で正座する木佐貫をじっと見つめたが、俯《うつむ》いたまま身じろぎもしない姿からは、いかなる感情も伝わってこない。

視線を左上に動かし、カウンターに座る須鴨を見る。

途端《とたん》、射抜くような目つきで睨《にら》まれる。お前が気付いていることを、オレも気付いているんだぞ……と言わんがばかりの炯々《けいけい》とした眼光。

不意に、須鴨はカウンターから下りると、つかつかと歩み寄ってきた。サワが実体化させた食料を見下ろし、フンと鼻を鳴らす。

「まあ、いちおう仕事はしたと認めてやる。ただ、この一回だけで、諸《モロ》が死んだ責任を取れると思うなよ、芦原《アシハラ》オトコ」

「ガモ、てめえ……」

詰《つ》め寄ろうとするコンケンの肩《かた》を、ユウマは引き戻《もど》した。立ち位置を入《い》れ替《か》えて、十センチ高いところにある須鴨の目をもう一度睨《にら》む。

「……解《わか》ってるよ、明日のぶんの食料も僕たちがちゃんと確保してくる。その代わり、ガモはここのみんなをしっかり守れよ。イモムシの時みたいに隠《かく》れたら、ケツ蹴《け》っ飛《と》ばすからな」

「…………」

須鴨の両目が、薄《うす》青く光った気がした。

唇《くちびる》の端《はし》を歪《ゆが》めて笑うと、口をユウマの右耳に近づけてくる。

「いい気になるなよ、芦原オトコ。お前ごとき、いつでも有罪にしてやれるんだからな」

ユウマにしか聞こえないボリュームでそう囁《ささや》くと、須鴨は身を翻《ひるがえ》した。カウンターの前まで歩くと、再び振り向いてシェルター全体を見回す。

「みんな、聞いてくれ！」

木佐貫《キサヌキ》を除く生徒たちの視線が集まるまで待ち、叫《さけ》ばずともよく通る声で――。

「今日は大変な一日だった。三浦《ミウラ》と諸《モロ》が死んで、綿巻《ワタマキ》もあんなことになったのに、ここで何が起きてるのかも解《わか》ってない。でも、このシェルターで頑張《がんば》ってれば、必ず助けが来る。明日か、明後日《あさって》か……遅《おそ》くても三日以内には絶対に救出されると、オレは信じてる。だから、それまで頑張《がんば》ろう！」

しばらく、誰《だれ》も何も言わなかった。

しかし、やがてあちこちから控《ひか》えめな拍手《はくしゅ》が上がり、それは十秒以上も続いた。

サワが実体化させた食料は、明日の朝に改めて分配することと、それまで須鴨《スガモ》が預かることが多数決で決まり、生徒たちはシェルターのあちこちで寝る準備を始めた。

もちろん寝具《しんぐ》は一つもないが、棚《たな》に並ぶグッズの中から大型のクッションやバスタオルなどを引っ張り出し、重ねたり並べたりしてどうにか寝床《ねどこ》を作る。体の大きい男子たちは、入り口のバリケードを封鎖《ふうさ》する作業にあたっている。

ユウマは、脳内の《カルシナ買い出しメモ》に寝具《しんぐ》を追加しつつ生徒たちの様子を見守り、須鴨がバックヤードのトイレに行った瞬間《しゅんかん》、シェルターの隅《すみ》で一人ぶんの寝床《ねどこ》を用意している三園愛莉亜《ミソノアリア》に近づいた。

「三園さん」

愛莉亜はちらりとユウマを見ると、つっけんどんながらも応じた。

「なに？」

「あの、答えたくなければ答えなくていいんだけど……」

音量を限界まで落とし、訊《たず》ねる。

「三園さんは、ほんとに木佐貫くんが食料をネコババしたと思ってるの？」

「答えたくない」

即答《そくとう》するや、そっぽを向いて前髪《まえがみ》を留《と》めるヘアピンを外し始める。

にべもないとはこのことだが、ある程度予想していた反応だ。へこたれず、次の質問を口にする。

「どうして木佐貫くんは、須鴨のトモダチをやってるの？」

《トモダチ》という言葉に特定のニュアンスを込めつつ訊《き》くと、愛莉亜は一瞬《いっしゅん》ぽかんとしてから、呆《あき》れ顔《がお》でため息をついた。

このまま無視されるかと思ったが、少ししてごくごくかすかな声が流れる。

「……櫂《カイ》のお父さんは、ルキのお父さんが経営してる会社に勤めてるの。これ以上は、勝手に想像して」

「…………」

この答えはまったく予想していなかった。しかし、本物の友情で結ばれているから、などという答えよりはよほど説得力がある。

須鴨《スガモ》とは一年生の時からずっと同じクラスで、父親が社長をしていることも知っているが、四年生の時に転校してきた木佐貫《キサヌキ》とはほとんど話したこともない。当然、そんな事情もまるで知らなかった。

つまり木佐貫は、父親の仕事を守るために、《社長の坊《ぼっ》ちゃん》である須鴨に従っているというわけか。あるいは、そうしろと親に言われているのかもしれない。だとすれば……それは、子供にとっては理不尽《りふじん》以外のなにものでもない。

シェルターの反対側で、正座から解放された木佐貫が薄《うす》いレジャーシートを広げているのを、ユウマが無言で見つめていると――。

「ま、立場はアタシも似たようなもんだけどね」

愛莉亜《アリア》がぽつりと呟《つぶや》いた。

「え……？」

「アタシのパパもちっちゃい会社やってるんだけど……ルキんとこの会社の下請《したう》けだから」

「……そうだったのか。じゃあ、ミソも、お父さんのために……？」

途端《とたん》、じろりと睨《にら》まれる。しかしそれは、《ミソ》と呼んだからではなかったようだ。

「違《ちが》う。ルキ……光輝《テルキ》と一緒《いっしょ》にいるのはアタシの意思」

そう言い切ると、愛莉亜は手の中のヘアピンを見下ろしながら続けた。

「あいつ……ほんとは悪いやつじゃないの。優《やさ》しいとこだって、ちゃんとあるんだ。でも……生徒会の選挙で負けた頃《ころ》から、だんだん……」

愛莉亜の言葉が途《と》切《ぎ》れても、ユウマは何も言えなかった。

確かに須鴨は、今年の二月に行われた生徒会役員選挙に立候補し、灰崎伸《ハイザキシン》、二木翔《ニキカケル》の二人に敗れた。とくに灰崎との票差は、惜敗《せきはい》と呼べるものですらなかったと記《き》憶《おく》している。

しかしそれで須鴨の性格がことさら変わったとはユウマは感じなかったし、六年生になってクラス委員長に就任してからは、偉《えら》そうな態度はさておき、仕事はきちんとしていたはずだ。

だが、最も須鴨の近くにいる愛莉亜がそう言うからには、ユウマが気付かなかった変化が何か……。

「ねえ、ユウ」

突然《とつぜん》、低学年の頃《ころ》以来のあだ名で呼ばれ、ユウマは背筋を伸ばした。

「な……なに？」

愛莉亜は自分が「ユウ」と呼んだことにさえ気付いていないのか、ヘアピンをぎゅっと握《にぎ》り締《し》めると顔を上げた。

しかし、愛莉亜の口から発せられるはずだった言葉を聞くことはできなかった。

突然《とつぜん》、ドカアァァァン！　という大音響《だいおんきょう》とともに、入り口のバリケードが内側に倒《たお》れた――

いや、吹《ふ》き飛《と》んだ。

「うああっ⁉」「ぐおおっ‼」

太い悲鳴が重なって響《ひび》く。ちょうどそのバリケードを持ち上げようとしていた大野《オオノ》と瀬良《セラ》が、揃《そろ》って下敷《したじ》きになったのだ。ユウマの視界に表示される二本のＨＰ《ヒットポイント》バーがぐいっと減ったが、命にかかわるほどのダメージではない。

ユウマは、愛莉亜《アリア》が取り落としたヘアピンを空中でキャッチすると、再び手に握《にぎ》らせながら叫《さけ》んだ。

「ミソ、みんなをバックヤードに避難《ひなん》させて！　コンケン、来てくれ！」

無言で頷《うなず》いた愛莉亜が、床《ゆか》に座り込む女子たちを立たせていく。動ける生徒は悲鳴を上げてシェルターの奥へと走るが、大多数はすでに寝入りかけていたのか、何が起こったのか解《わか》らないようだ。

シェルターの中央で、ユウマはベルトに差し込んでいた鋼材を引き抜き、指ぬきグローブを嵌《は》めた両手で握《にぎ》り締《し》めた。

コーンヘッド・ブルーザー級の大型モンスターの襲撃《しゅうげき》――それしか考えられない。しかし、ほんの数十分前にロビーを通った時は、生き物の気配はまったくなかった。

まさか、コーンヘッド・デモリッシャーのように、大人たちが融合《ゆうごう》したモンスターなのか。だとしても、生存者だって一人も見かけなかったのに……。

走ってきたコンケンが、無言で隣《となり》に並び、ブルージング・ハンマーを構える。

生徒たちの避難《ひなん》は終わっていない。大野と瀬良は、入り口の反対側まで吹《ふ》き飛《と》んだバリケードの下でまだもがいているし、女子では最も大柄《おおがら》な江里唱子《エザトシヨウコ》が腰《こし》を抜かしてしまったらしく、愛莉亜が懸命《けんめい》に手を引っ張っても立ち上がれずにいる。

やむを得ない。広い場所は大型モンスターに有利だが、外のウェイティングゾーンに出て、そこで戦うしかない。

そう考えたユウマが、コンケンに「出よう」と言おうとした――その時。

残ったバリケードの隙間《すきま》から、二つの人影《ひとかげ》が音もなく現れた。

予想していた大型モンスターではない。人間、あるいは亜人《あじん》だ。しかも背丈《せたけ》はユウマと大差ないほど小さい。人間なら子供だし、亜人《あじん》ならハーフリング系。

その見分けがつかないのは、二人とも全身を同じ装備で包み込んでいるからだ。

黒いミリタリージャケットとミリタリーパンツ。肩《かた》と胸、膝《ひざ》から下には金属製のアーマー。そして顔には、オオカミを思わせるデザインの、これも金属製らしきフルフェイスのマスクをかぶっている。

ユウマは視線を集中させ、二人のＨＰバーを表示させた。

だが、いかなる理由か、名前が絶え間なく文字化けしていてまったく読めない。解《わか》るのは、何らかのポーションによる支援《バフ》がかかっていることだけだ。

二人は、ユウマとコンケンを見ると、右手に下げていた剣を持ち上げ、構えた。

切っ先が平らで刀身もやたらと分厚い、一見してユウマの鋼材とよく似た形の剣だ。しかし二人のそれは代用品などではなく、きちんとしたデザインの柄《つか》がついている。

救いは、二人とも魔術師系《まじゅつしけい》には見えないことだ。

ユウマは一瞬《いっしゅん》だけ視線を動かし、右後方にナギと並んで立つサワにアイコンタクトした。

――もしあいつらが攻撃《こうげき》してきたら迷うなよ。

双子《ふたご》ならではのテレパシーでそう伝え、黒ずくめたちの全身に神経を集中させる。

左側では、ようやく愛莉亜《アリア》が唱子《ショウコ》を引っ張り上げることに成功し、肩《かた》を貸して立たせた。

バリケードの下敷《したじ》きになっていた大野《オオノ》と瀬良《セラ》も這《は》い出し、元はメタルラックの支柱であろう金属パイプを構える。

この場にいる生徒で、異変以降に実戦らしい実戦を経験しているのはユウマ、サワ、友利《トモリ》、コンケンの四人だけだが、他の生徒も全員ジョブチェンジは完了《かんりょう》している。黒ずくめたちが、仮にヴァラニアン級の戦闘力《せんとうりょく》を持っていても、戦士二人で制圧できるはずがない。

「……お前たち――」

ユウマがコンタクトを試みた、その刹那《せつな》。

バリケードの奥から、新たな人影《ひとかげ》が出現した。

背丈《せたけ》は同じく子供サイズ。装備もほぼ同一だが、ジャケットが立て襟《えり》付きのショートコートになっていて、オオカミマスクも一回り大きい。頭上のＨＰ《ヒットポイント》バーは、やはり文字化けでまったく読めない。

剣は持っていないが、両手にやたらとごついグローブを嵌《は》めている。手の甲《てこう》に埋め込まれた宝石が、非常灯の光を受けて緑色に煌《きら》めく。

まずい。あのグローブは、短杖《ワンド》や牧杖《バクルス》と同じ魔法補助具《アンプリファイア》だ。

「コンケン、あいつ魔術師《メイジ》だ！」

叫《さけ》ぶと、ユウマは床《ゆか》を蹴《け》った。

同時に、三人目のオオカミマスクが左手を持ち上げ、叫《さけ》んだ。

「ヴェンタス《風よ》‼」

デジタルフィルターを掛《か》けたかのような、金属質に歪《ゆが》んだ声。左手の先に、黄緑色の光球が出現する。

ユウマが振り下ろした鋼材を、左側に立つ黒ずくめが、平らな剣で受け止めた。ガキャッ！と情けない音がして、鋼材が半ばから二十度ほど曲がる。

――《暗鉄《あんてつ》の小剣《しょうけん》》があれば！

と思うが、取り出せないものは仕方ない。望みはコンケンのブルージング・ハンマーだけだ。

「おらあ！」

コンケンが振り下ろしたハンマーを、しかし右側の黒ずくめは、左手を剣の先端《せんたん》にあてがう完全防御姿勢《ぼうぎょしせい》で受けた。今度は凄《すさ》まじい音と火花が迸《ほとばし》ったが、敵の剣はレベル12——いや、警吏長《けいりちょう》オーベンを倒《たお》してレベル13になったコンケンのフルパワーの一撃《いちげき》に耐《た》えてのけた。

「テンペスタ《嵐となり》!!」

剣士二人に守られたメイジが、形態詞を唱える。これは……風属性の、中位以上の攻撃魔法《こうげきまほう》だ。

後方では、サワが攻撃呪文《こうげきじゅもん》を、友利《トモリ》とナギが防御呪文《ぼうぎょじゅもん》を唱えている。左側からも、パイプを振りかざした大野《オオノ》と瀬良《セラ》が打ちかかる。

しかし、たぶん、間に合わない。

渾身《こんしん》の力で斬《き》り結ぶユウマとコンケンを嘲笑《あざわら》うかのように、オオカミマスクのメイジが発動詞を唱えた。

「デタージオ《薙ぎ払え》!!」

同時に、護衛の剣士二人が、何の前触《まえぶ》れもなくしゃがみ込んだ。

支えを失い、たたらを踏《ふ》むユウマとコンケンの目の前で、緑色の閃光《せんこう》が渦巻《うずま》き——それは、凄《すさ》まじい突風《とっぷう》となって解き放たれた。

まるで、シェルターの中央で爆弾《ばくだん》が炸裂《さくれつ》したかのような威力《いりょく》。見るのは初めてだが、恐《おそ》らく風属性の範囲攻撃魔法《はんいこうげきまほう》、《暴風《エア・ブラスト》》だ。

コンケンが、大野と瀬良が、愛莉亜《アリア》と唱子《ショウコ》が、四方へと吹《ふ》き飛《と》ぶ。

「うああああっ‼」

ユウマもひとたまりもなく突風《とつぷう》に巻き上げられ、情けない悲鳴を上げた。ブーメランの如《ごと》く横回転しながら、まず天井《てんじょう》に激突《げきとつ》し、跳《は》ね返《かえ》って陳列棚《ちんれつだな》に衝突《しょうとつ》。そのたびに、HP《ヒットポイント》ががくん、がくんと削《けず》られる。

突風《とつぷう》は有り得ないほどの射程で広がり、シェルター内の陳列棚《ちんれつだな》を全て押し倒すと、奥のカウンターにまで届いた。その手前にいたサワと友利《トモリ》、ナギまでもが打ち倒《たお》されるのを、ユウマは視界の端《はし》で捉《とら》えた。

直後、右肩《みぎかた》から床《ゆか》に落ちる。もう一減りしたHPバーの下に、回転する星マークのアイコンが点灯する。スタン状態だ。

いまの魔法《まほう》一発で、ユウマだけでなく、シェルター内の生徒全員が行動不能に陥《おちい》っただろう。《暴風《エア・ブラスト》》は風自体の威力《いりょく》はさほどでもなく、広範囲《こうはんい》の対象を動けなくすることを重視した魔法《まほう》なので死者はいない——と信じたいが、これでユウマたちは強制的な一回休みだ。そのあいだに、敵が何もしないはずがない。

という推測は当たり、メイジは二人の護衛を下がらせて一歩前に出ると、両手を同時に突き出した。

「ヴェンタス《風よ》」

再び、風の属性詞。左手に、緑の光球が宿る。

「テーラ《土よ》」

続けて、土の属性詞。右手に、褐色《かっしょく》の光球が宿る。

——うそだ。

ユウマは、頭の中で呟《つぶや》いた。

魔法《まほう》は、属性詞、形態詞、発動詞の順に唱えなければ詠唱失敗判定《ファンブル》され、煙《けむり》となって消えてしまう。

二属性の魔法《まほう》を同時に唱えられるのは、魔法《まほう》系スキルツリーの上位スキル、《同時《どうじ》詠唱《えいしょう》》を修得しているハイレベル魔術師《まじゅつし》だけだ。ほんの十二時間前にテストプレイが始まったばかりのアクチュアル・マジックで、そんなレベルに到達《とうたつ》しているプレイヤーがいるはずがない。

なのに、オオカミマスクのメイジは、悠然《ゆうぜん》と詠唱《えいしょう》を続ける。

「フラータス《そよ風となり》」

緑の光球が、緩《ゆる》やかに渦巻《うずま》く風のオーブに。

「ヌーベス《霧となり》」

褐色《かっしょく》の光球が、生物の如《ごと》くたゆたう霧《きり》のオーブに。

ここでユウマは、メイジが何をしようとしているのか、直感的に悟《さと》った。

——まずい。まずいまずいまずいまずいまずい。

「……みん、な……逃げ……」

警告したいが、スタン中でまともに喋《しゃべ》れない。そもそも、仲間たちも同じ状態だ。

左手と口さえ動けば、切り札の綿巻《ワタマキ》すみかを召喚《しょうかん》できるが、いまはできない。できない理由がある。

そして、時刻は深夜の十一時五十八分。サワがヴァラクを召喚《しょうかん》できるまで、あと百二十秒。

この状況《じょうきょう》では、果てしなく長い。

「アンヘーロ《吹き渡れ》」

まず、《広がるそよ風《ワイド・ブリーズ》》の魔法《まほう》が完成した。これは、単に緩《ゆる》やかなそよ風を扇状《おうぎじょう》に吹《ふ》かせるというだけの魔法《まほう》で、攻撃《こうげき》力は皆無《かいむ》。しかし、組み合わせるものによっては、恐《おそ》るべき効果を発揮する。

そして、二つ目の発動詞。

「ペトリフィカ《石と化せ》」

褐色《かつしょく》の霧《きり》が、暗い灰色に変化した。《石化《ペトリファイ》》の魔法《まほう》。

灰色の霧《きり》は、緑の微風《そよかぜ》に乗ってシェルター内部に広がっていく。これが、同時詠唱《えいしょう》の効果だ。

本来、《石化》は、自分の手のすぐ前に石化効果のある霧《きり》のかたまりを生み出す魔法《まほう》で、射程はゼロに等しい。

しかしオオカミマスクのメイジは、石化の霧《きり》を《広がるそよ風》の魔法《まほう》に乗せ、射程と範囲《はんい》を数十倍にも拡大したのだ。

まず、もっとも近いところに倒《たお》れていた大野《オオノ》と瀬良《セラ》が呑《の》み込まれた。

「う……うあーっ！」

「や、やめろ……っ！」

スタン状態の二人が、弱々しい悲鳴を上げる。しかし二人の体は、ぱき、ぱきとおぞましい音を立てながら、末端部《まったん》から石に変じていく。

次いで、愛莉亜《アリア》と唱子《ショウコ》が霧《きり》に触《ふ》れた。

「い、いやっ……！」

唱子が悲鳴を上げて霧《きり》を振り払《はら》おうとするが、両足から石に変わり始める。

いっぽう愛莉亜はユウマを見ると、何も言わずに右手を伸ばした。その手を摑《つか》みたかったが、距離《きょり》が五メートル近くも離《はな》れている。

灰色の霧《きり》は地面を這《は》うように広がり、次々と生徒たちを呑《の》み込んでいく。弱々しい悲鳴に、ぱき、ぱきん、と無慈悲《むじひ》な音が重なる。

やがて霧《きり》は、ユウマのところにもやってきた。

焦《じ》らすかのように爪先《つまさき》で揺《ゆ》れる魔法《まほう》の霧《きり》を眺《なが》めながら、ユウマは「どうして……」と呟《つぶや》いていた。

解《わか》らないのは、オオカミマスクたちの動機でも、同時詠唱《えいしょう》スキルを使える理由でもない。

ガイドブックによれば、《石化《ペトリファイ》》は、霧《きり》の濃度《のうど》と使用者のスキル熟練度で成功率が大きく変わる。たった十二時間で土魔法《まほう》スキルの熟練度がマスタークラスまで上がるとは思えないし、《広がるそよ風《ワイド・ブリーズ》》で広く拡散された石化の霧《きり》は、濃度《のうど》がとんでもなく薄《うす》まっているはずなのだ。恐《おそ》らく成功率は、瀬良《セラ》と大野《オオノ》でも三十パーセント以下、愛莉亜と唱子で十パーセント以下——そしてユウマでは一パーセントを切っているはず。

なのに、灰色の霧《きり》に触《ふ》れた生徒たちは、例外なく石に変じていく。十メートル以上も届く、成功率百パーセントの石化魔法《まほう》など、チートという言葉でもまだ足りないほどのぶっ壊《こわ》れ魔法《まほう》、バランスブレイカーだ。

——バランスブレイカー。

少し前にも、その言葉を思《おも》い浮《う》かべた記憶《きおく》がある。脳裏《のうり》に、かすかな声が甦《よみがえ》る。

——アタシの権能《ヴァリス》は、あなたたちが大好きなゲーム風に言えば、《魔法《まほう》スキルブースト》ってトコかな。

ユウマにそう言ったのは、サワに宿る悪魔《あくま》ヴァラクだ。それを聞いて、ユウマは「そんなのバランスブレイカーもいいところだ」と思ったのだ。

また、ナギに宿る悪魔《あくま》クローセルは、魔法《まほう》を無詠唱《えいしょう》、無冷却《れいきゃく》で連発した。あれも、バランスブレイカーと呼ぶしかない力だった。つまりあの魔法《まほう》連射が、クローセルの権能だったということだ。

そして。

いま、オオカミマスクのメイジは、成功率一パーセント以下の石化魔法《まほう》を、百パーセントの確率で成功させ続けている。

これも権能《ヴァリス》だとすれば——あのメイジの中にも、別の悪魔《あくま》が宿っている。

清水友利《シミズトモリ》が言っていた。《ソロモンの悪魔《あくま》》は、全部で七十二人もいるのだ、と。

だとすれば……悪魔《あくま》に憑依《ひょうい》されたのが、サワとナギとあのオオカミメイジの三人だけだとは思えない。

たぶん、全員だ。生き残っている六年一組の全生徒の中に、それぞれ別の悪魔《あくま》が宿っている。

須鴨《スガモ》の中にも、コンケンの中にも、友利の中にも——そして、ユウマの中にも。

パキ、パキ、と音を立てて、ユウマの体が石化していく。いつの間にかＨＰ《ヒットポイント》バーに、灰色の人型を描《えが》いたアイコンが点滅《てんめつ》している。

後ろのほうで、友利が懸命《けんめい》に《聖なる浄め《ホーリー・ピュリファイ》》の魔法《まほう》を唱える声が聞こえるが、残念ながら無駄《だ》だ。あの魔法《まほう》で石化状態は治せない。治せるのは、ずっと上位の《聖なる祓い《エクソサイズ》》か、専用の《石化解除《デペトリファイ》》だけだが、どちらもいまの友利には使えない。

いや、それともう一つ、石化を治す専用アイテムがあるはずだ。しかし、偶然《ぐうぜん》そんなものを持っているわけもないし、持っていたとしても、もうストレージを開き、実体化して、自分に使う時間の余裕《よゆう》はない。

せめて、アイテムの名前を思い出して、仲間に伝えよう。誰《だれ》か一人だけでも逃げられれば、そのアイテムを手に入れて、石になったユウマたちに使ってくれるかもしれない。

確か、なんとかの針だ。有名な《金の針》ではなく、もっと宝石っぽい名前だったような。

——だめか、もう胸の下まで石になった。あと数秒で、声も出せなく……。

その時——。

視界に、最近見たばかりのアイテム名が、電光のようにフラッシュバックした。

《なんとかの針》というアイテムを、確かに手に入れたはずだ。コーンヘッド・ブルーザー戦でも、ヴァラニアン・アックスベアラー戦でもなく……そう、オーベンだ。警吏長《けいりちょう》オーベン。ナギを煮《に》て食べようとした極悪人《ごくあく》だが、ほんの少しだけ憎《にく》めないところもあったあの巨漢《きょかん》が、帽子《ぼうし》やベルトと一緒《いっしょ》に落としたのが——《人化《ひとば》けの肉針《にくばり》》。

宝石の名とは似ても似つかない。きっと、ヴァラニアンであるオーベンが人間に化けるのに使ったアイテムに違《ちが》いない。それを刺すとモンスターが人間に変身できるのだろうが、ユウマはもともと人間だし、石化とは何の関係も——……。

いや。

オーベンの人化《ひとば》けは、単なる状態異常ではなく、シナリオに基《もと》づく変身だった。

RPGに於《お》いて、《シナリオの都合》は最強の魔法《まほう》だ。その都合が命じればキャラクターはいくらでも生き返るし、あるいは蘇生《そせい》アイテムを使っても生き返らない。

もしもオーベンの人化けが、あらゆる状態異常を上書きする、最強の状態異常だったら。

ああ、でも、たとえそうだとしても、もう操作する時間が――！

…………ユウマ。

…………忘れたのか？

不意に、誰《だれ》かの声が聞こえた気がした。

そうだ――。あの時も、明らかに時間が足りなかった。コーンヘッド・ブルーザーに腰《こし》まで
くわえ込まれ、あと数秒で真っ二つに食いちぎられる――という絶体絶命の危機を、ユウマは
《つっかえ棒を噛《か》ませ直す》と、《綿巻《ワタマキ》すみかを召喚《しょうかん》する》という二つのアクションを同時に
行うことで切り抜けた。

あれが、ユウマの――いや、ユウマに宿る悪魔《あくま》の権能《ヴァリス》なのだ。

いわば、《二回行動》。

「っ……！」

歯を食いしばり、ユウマは右手でウインドウを開いた。

もう石化は脇《わき》の下《した》まで進行している。あと三秒で手を動かせなくなる。

かつてないスピードでストレージを操作し、《人化《ひとば》けの肉針《にくばり》》をタップ。サブメニューから、

実体化を選択《せんたく》。ウインドウ上に現れた、おぞましいデザインの針を指先で掴《つか》む。

もう間に合わないよ、とでも言いたげなオオカミメイジの視線を感じた、その瞬間《しゅんかん》。

「う……お、おおおおお！」

まだなんとか動かせる口で、ユウマは吼《ほ》えた。

視界の色が薄《うす》青く変化し、全てが止まった。右手の石化も、かろうじて肘《ひじ》の少し上で停止している。

無限に嚙《か》み合《あ》う歯車が回転するような、静かな轟音《ごうおん》が鳴《な》り響《ひび》く静止空間で、ユウマは必死に右手を動かし、《人化《ひとば》けの肉針《にくばり》》を左腕《ひだりうで》に突き立てた。

肉から骨までもがゼリー化するかの如《ごと》き異様な感覚が広がっていく。石化したはずの全身が、ぶるぶるとスライムの如《ごと》く震《ふる》える。

ユウマのＨＰ《ヒットポイント》バーに点灯した《石化》のデバフアイコンが、二重の人型を模した《人化《じんか》》のアイコンに上書きされた。

直後、全身のぶるぶる感が嘘《うそ》のように消えた。たぶんユウマは、《人化けの肉針》の効果でいったん体をゼリー化され、また人間に作り直されたのだ。その過程に《石化》は吞《の》み込まれ、消えた。

動くなら——いまだ！

ユウマは仰《あお》向けに倒《たお》れた姿勢から、全身の筋力だけで跳《は》ね起《お》き、ダッシュした。

走りながら、ストレージで見つけたもう一つのアイテムをオブジェクト化。出現したのは、太さ四センチ、長さ五十センチほどの、銀色の鎖《くさり》——フィロス島の地下牢《ろう》へと続く扉《とびら》を閉ざしていた、《浄鉄《じょうてつ》の鎖《くさり》》の切《き》れ端《はし》だ。

これは武器ではないので、現実世界でも取り出せる。しかしその硬《かた》さと耐久度《たいきゅうど》は、そこらの武器を軽く上回る。

ユウマの接近に気付いた護衛の黒ずくめが、角張った剣を振りかぶる。

「おおおおッ！」

ユウマは雄叫《おたけ》びとともに、左の黒ずくめに鎖《くさり》を叩《たた》き付《つ》けた。

浄鉄の鎖《くさり》は、コンケンのハンマーすら跳《は》ね返《かえ》した分厚い剣を、まるでベニヤ板か何かのように粉砕《ふんさい》し、そのまま黒ずくめの左肩《ひだりかた》をも打ち据《す》えた。

床《ゆか》に叩《たた》き付《つ》けられる仲間には目もくれず、右側から二人目の黒ずくめが斬《き》り掛《か》かってくる。もう防御《ぼうぎょ》も回避《かいひ》も間に合わないタイミングだが、しかし。

ギュイイイイン！　と再び歯車の音がして、世界が止まった。

青い空間の中でユウマだけが動き、右を向きながら鎖《くさり》を再度振りかぶる。

それを再び振り下ろすと同時に、世界が戻《もど》る。何が起きたのか解《わか》らないであろう黒ずくめは、真上から振ってくる鎖《くさり》を回避《かいひ》できずに首筋を痛撃《つうげき》され、もんどり打って倒《たお》れる。

その奥で、オオカミメイジがユウマに左手を向けた。風魔法《まほう》を途中《とちゅう》で解除し、新たな魔法で迎撃《げいげき》するつもりか……いや、違《ちが》う。

左手は目眩《めくら》ましだ。メイジの右手が電光の如《ごと》く閃《ひらめ》き、コートの内側から長剣を抜く。

「ハアッ！」

気合とともに放たれた片手突きは、本来のユウマなら回避《かいひ》できず、心臓をぶち抜かれていたほどの鋭《するど》さだった。

しかしユウマは、体を右に捻《ひね》りつつ《権能《ヴァリス》》を発動し、静止した世界の中で、さらに右へと仰《の》け反《ぞ》った。回避《かいひ》＋回避《かいひ》の二回行動。

渾身《こんしん》の、しかも避《よ》けられるはずのなかった突き技《わざ》を避《よ》けられ、オオカミメイジ改めオオカミ魔《ま》法《ほう》剣士は大きく態勢を崩《くず》した。

頭をすっぽりと包む黒いマスクめがけて、ユウマは浄鉄《じょうてつ》の鎖《くさり》を握《にぎ》った右拳《こぶし》を叩《たた》き込んだ。

オオカミマスクの左半分が粉々に砕《くだ》け、魔《ま》法《ほう》剣士は三メートル以上も吹《ふ》き飛《と》んで、仰《あお》向けに転がった。

静寂《せいじゃく》。

ユウマの右手に巻き付いた鎖《くさり》が、じゃらん、と音を立てて垂れ下がった。

ゆっくりと体を起こすと、ユウマは、半ば露《あら》わになった魔《ま》法《ほう》剣士の素顔《すがお》に向けて叫《さけ》んだ。

「どうしてだよ……二木《ニキ》!!」

（続く）

雪花小学校６年１組　名簿

Ver.1.2

女子

担任教師　蝦沢《エビサワ》 友加里《ユカリ》

出席番号	氏　　名	性別	職　業	備　　考
1	芦原《アシハラ》 佐羽《サワ》	女	魔術師	芦原佑馬の双子の妹。
2	飯田《イイダ》 可南実《カナミ》	女	不　明	水泳クラブ所属。
3	江里《エザト》 唱子《ショウコ》	女	不　明	のんびりした性格。
4	見城《ケンジョウ》 紗由《サユ》	女	不　明	将来の夢はアイドル。
5	茶野《サノ》 水凪《ミナギ》	女	僧　侶	芦原兄妹の幼馴染。
6	清水《シミズ》 友利《トモリ》	女	僧　侶	図書委員。
7	下之園《シモノソノ》 麻美《マミ》	女	不　明	黒魔術好き。
8	曽賀《ソガ》 碧衣《アオイ》	女	僧　侶	お菓子作りが得意。
9	近森《チカモリ》 咲希《サキ》	女	不　明	おしゃれな藤川憐に憧れている。
10	津多《ツダ》 千聖《チセ》	女	不　明	飼育委員。
11	寺上《テラガミ》 京香《キョウカ》	女	不　明	１組女子のリーダー格。
12	中島《ナカジマ》 美郷《ミサト》	女	不　明	バレークラブ所属。
13	主代《ヌシロ》ちなみ《チナミ》	女	不　明	１組女子で一番背が低い。
14	野堀《ノボリ》 君子《キミコ》	女	不　明	ゴスロリファッションが好き。
15	針屋《ハリヤ》 三美《ミミ》	女	不　明	京都出身で和菓子好き。
16	藤川《フジカワ》 憐《レン》	女	不　明	綿巻すみかに対抗心を抱いている美人。
17	辺見《ヘンミ》かりん《カリン》	女	不　明	占い好き。
18	三園《ミソノ》 愛莉亜《アリア》	女	魔術師	１組女子で最もギャルっぽい。
19	目時《メトキ》 志寿《シズ》	女	不　明	剣道場に通っている。
20	湯村《ユムラ》 雪美《ユキミ》	女	不　明	自分が嫌いで変わりたいと思っている。
21	綿巻《ワタマキ》すみか《スミカ》	女	[illegible]	クラスのアイドル的存在。

FRIEND

男子

出席番号	氏　名	性別	職　業	備　考
22	会田 慎太《アイダ・シンタ》	男	不　明	カードゲーム好き。
23	芦原 佑馬《アシハラ・ユウマ》	男	魔物使い	勉強も運動も平均的。
24	大野 曜一《オオノ・ヨウイチ》	男	戦　士	バスケクラブのキャプテン。
25	梶 明久《カジ・アキヒサ》	男	不　明	動画配信者志望。
26	木佐貫 燿《キサヌキ・カイ》	男	不　明	サッカークラブ所属。
27	近堂 健児《コンドウ・ケンジ》	男	戦　士	芦原佑馬の親友。
28	須鴨 光輝《スガモ・テルキ》	男	戦　士	サッカークラブのキャプテンでクラス委員。
29	瀬良 多可斗《セラ・タカト》	男	不　明	スケボー好き。
30	滝尾 昌人《タキオ・マサト》	男	不　明	アニメ、ゲーム、マンガ好き。
31	多田 智則《タダ・トモノリ》	男	不　明	カードゲーム好きで、会田慎太と仲良し。
32	遠島 修太郎《トオジマ・シュウタロウ》	男	不　明	仮想通貨取引をしている。
33	二木 翔《ニキ・カケル》	男	戦　士	灰崎伸と仲良しで、成績優秀。
34	布野 龍吾《ヌノノ・リュウゴ》	男	不　明	目時志寿と同じ剣道場に通っている。
35	灰崎 伸《ハイザキ・シン》	男	不　明	学年トップの秀才。生徒会長。
36	穂刈 陽樹《ホカリ・ハルキ》	男	不　明	スケボー好きで、瀬良多可斗と仲良し。
37	三浦 幸久《ミウラ・ユキヒサ》	男	不　明　死亡	バスケクラブ所属。
38	向井原 広二《ムカイバラ・コウジ》	男	不　明	動画編集スキルがある。
39	諸 雄史《モロ・タケシ》	男	僧　侶　死亡	声優好き。
40	八橋 憲之介《ヤツハシ・ケンノスケ》	男	不　明	市議会議員の息子。
41	若狭 成央《ワカサ・ナルオ》	男	不　明	ミリタリーオタク。

あとがき

この作者、鎖《くさり》の切《き》れ端《はし》で殴《なぐ》るの好きだな！　と思った方も、思わなかった方もこんにちは、川原礫《かわはられき》です。『デモンズ・クレスト2　異界∽顕現《けんげん》』をお読み下さりありがとうございます。

（以下、本編の内容に触《ふ》れておりますのでご注意下さいませ）

1巻『現実∽侵食《しんしょく》』では、主に現実世界のアルテア内部で繰《く》り広《ひろ》げられるユウマたちの戦いを描《えが》きましたが、この巻ではVRMMO－RPG《アクチュアル・マジック》（以下AM）がメインの舞台《ぶたい》となっています。

アルテアが暗いわ狭《せま》いわで殺伐《さつばつ》としていたので、明るくて広々としたAM世界で楽しく冒険《ぼうけん》、みたいな感じにしたいなーと思っていたんですが、まあ、なるはずもなく……（笑）。でも、世界の雰囲気《ふんいき》とかゲームシステムとかはそこそこ把握《はあく》して頂けたのではないかなと思います。システムの基本は某《ぼう》SAOと同じスキル／レベル制なんですが、AMには職業《クラス》もありますので、この巻でも出番がなかった盗賊《とうぞく》や狩人《かりゅうど》や商人を次巻ではもっと活躍《かつやく》させたいですね。

そしてこの巻では、タイトルにもなっている《悪魔《あくま》》についてもある程度説明されました。なんかサワに取り憑《つ》いてるヴァラクさんも、ナギに取り憑《つ》いてるクローセルさんも意外と話が通じる感じで私も書いてて「あれ？」と思いましたが（笑）、でも今後ヤベー悪魔《あくま》もどんどん出てくると思いますのでご期待下さい！

そのナギも、2巻のラストまでに合流できるかなーどうかなーという感触《かんしょく》だったんですが、なんとか救出できて私もほっとしました。ただ、四人パーティーの僧侶枠《そうりょわく》で頑張《がんば》った友利《トモリ》と、もともとそのポジションにいたナギを、ユウマは今後どうするつもりなんでしょうね……？　現実のMMOでもありがちなシチュエーションなだけに、なんとかうまいこと収まってくれることを祈《いの》るのみです。

また、現在連載《れんさい》中のウェブトゥーン《WT》版をお読み下さっている方は、この2巻とWTの展開がかなり異なっていることに驚《おどろ》かれたかもしれません。『デモンズ・クレスト』という作品は、《文庫版のコミカライズがWT版》というわけではなく、私が作ったプロットを下敷《したじ》きにしてWTと文庫がそれぞれ独自のストーリーを展開していくという体制になっています。文庫版は文字媒体《ばいたい》ならでは、そしてWTは縦読みコミックならではの面白《おもしろ》さを追求していきますので、個別の作品としてどちらも楽しんで頂けると幸いです。

最後に、またしても超絶《ちょうぜつ》限界進行となってしまって大変ご迷惑《めいわく》をおかけしたイラストの堀口《ほりぐち》悠紀子《ゆきこ》さん、担当編集者の三木《みき》さんと安達《あだち》さん、そして出版に従事して下さった全ての方々に心からお詫《わ》びします。本当にすみませんでした！　次巻は、ええと、その……頑張《がんば》ります！

二〇二三年五月某日《ぼうじつ》　川原　礫

これはゲーム
オォ
縦読みフルカラーコミックで、もうひとつの
© HykeComic/Straight Edge Inc.
デモンズ・クレスト
Demons' Crest
原作：川原 礫 キャラクターデザイン：堀口悠紀子
1〜4話が無料で読める！
任せて！
綿
巻さん……？
そして

◉川原　礫著作リスト

「アクセル・ワールド1〜26」（電撃文庫）
「ソードアート・オンライン1〜27」（同）
「ソードアート・オンライン　プログレッシブ1〜8」（同）
「絶対ナル孤独者《アイソレータ》1〜5」（同）
「デモンズ・クレスト1〜2」（同）

本書に対するご意見、ご感想をお寄せください。

ファンレターあて先
〒102-8177　東京都千代田区富士見2-13-3
電撃文庫編集部
「川原 礫先生」係
「堀口悠紀子先生」係

本書は書き下ろしです。

電撃文庫

デモンズ・クレスト2
異界《いかい》∽顕現《けんげん》

川原《かわはら》 礫《れき》

2023年7月10日　初版発行

発行者　山下直久
発行　株式会社KADOKAWA
〒102-8177　東京都千代田区富士見2-13-3
0570-002-301（ナビダイヤル）
装丁者　荻窪裕司（META＋MANIERA）
印刷　株式会社暁印刷
製本　株式会社暁印刷

●お問い合わせ
https://www.kadokawa.co.jp/（「お問い合わせ」へお進みください）
※内容によっては、お答えできない場合があります。
※サポートは日本国内のみとさせていただきます。
※ Japanese text only

※定価はカバーに表示してあります。

ISBN978-4-04-915151-0　C0193　Printed in Japan

電撃文庫　https://dengekibunko.jp/

電撃文庫創刊に際して

文庫は、我が国にとどまらず、世界の書籍の流れのなかで〝小さな巨人〟としての地位を築いてきた。古今東西の名著を、廉価で手に入りやすい形で提供してきたからこそ、人は文庫を自分の師として、また青春の想い出として、語りついできたのである。

その源を、文化的にはドイツのレクラム文庫に求めるにせよ、規模の上でイギリスのペンギンブックスに求めるにせよ、いま文庫は知識人の層の多様化に従って、ますますその意義を大きくしていると言ってよい。

文庫出版の意味するものは、激動の現代のみならず将来にわたって、大きくなることはあっても、小さくなることはないだろう。

「電撃文庫」は、そのように多様化した対象に応え、歴史に耐えうる作品を収録するのはもちろん、新しい世紀を迎えるにあたって、既成の枠をこえる新鮮で強烈なアイ・オープナーたりたい。

その特異さ故に、この存在は、かつて文庫がはじめて出版世界に登場したときと、同じ戸惑いを読書人に与えるかもしれない。

しかし、〈Changing Times,Changing Publishing〉時代は変わって、出版も変わる。時を重ねるなかで、精神の糧として、心の一隅を占めるものとして、次なる文化の担い手の若者たちに確かな評価を得られると信じて、ここに「電撃文庫」を出版する。

1993年6月10日
角川歴彦

電撃文庫DIGEST　7月の新刊

発売日2023年7月7日

青春ブタ野郎はサンタクロースの夢を見ない
著／鴨志田 一　イラスト／溝口ケージ
「麻衣さんは僕が守るから」「じゃあ、咲太は私が守ってあげる」咲太にしか見えないミニスカサンタは一体何者？　真相に迫るシリーズ第13弾。

七つの魔剣が支配するXII
著／宇野朴人　イラスト／ミユキルリア
曲者揃いの新任講師陣を前に、かつてない波乱を予感し仲間の身を案じるオリバー。一方、ピートやガイは、友と並び立つためのさらなる絆や力を求め葛藤する。そして今年もまた一人、迷宮の奥で生徒が魔に呑まれて——

デモンズ・クレスト2
異界の顕現
著／川原 礫　イラスト／堀口悠紀子
《悪魔》のごとき姿に変貌したサワがユウマたちに語る、この世界の衝撃の真実とは——。『SAO』の川原礫と、人気アニメーター・堀口悠紀子の最強タッグが描く、MR（複合現実）×デスゲームの物語は第2巻へ！

レプリカだって、恋をする。2
著／榛名丼　イラスト／raemz
「しばらく私の代わりに学校行って」その言葉を機に、分身体の私の生活は一変。廃部の危機を救うため奔走して。アキくんとの距離も縮まって。そして、忘れられない出会いをした。《大賞》受賞作、秋風薫る第2巻。

新説 狼と香辛料
狼と羊皮紙IX
著／支倉凍砂　イラスト／文倉 十
八十年ぶりに世界中の聖職者が集い、開催される公会議。会議の雌雄を決する、協力者集めに奔走するコルとミューリ。だが、その出鼻をくじくように“薄明の枢機卿”の名を騙るコルの偽者が現れてしまい——

わたし、二番目の彼女でいいから。6
著／西 条陽　イラスト／Re岳
再会した橘さんの想いは、今も変わっていなかった。けど俺は遠野の恋人で、誰も傷つかない幸せな未来を探さなくちゃいけない。だから、早坂さんや宮前からの誘惑だって、すべて一過性のものなんだ。……そのはずだ。

少年、私の弟子になってよ。2
～最弱無能な俺、聖剣学園で最強を目指す～
著／七菜なな　イラスト／さいね
決闘競技〈聖剣演武〉の頂点を目指す師弟。その絆を揺るがす試練がまたもや——「識ちゃんを懸けて、決闘よ！」少年を取り合うお姉ちゃん戦争が勃発!?　年に一度の学園対抗戦を舞台に、火花が散る！

あした、裸足でこい。3
著／岬 鷺宮　イラスト／Hiten
未来が少しずつ変化する中、二斗は文化祭ライブの成功に向け動き出す。だが、その選択は誰かの夢を壊すもので。苦悩する二斗を前に、凡人の俺は決意する。彼女を救おう。つまり——天才、nitoに立ち向かおうと。

この△《さんかく》ラブコメは幸せになる義務がある。4
著／榛名千紘　イラスト／てつぶた
再びピアノに向き合うと決めた凛華の前に突然現れた父親。二人の確執を解消してやりたいと天馬は奔走する。後ろで支えるのではなく、彼女の隣に並び立てるように——。最も幸せな三角関係ラブコメの行く末は……！？

新作 **やがてラブコメに至る暗殺者**
著／駱駝　イラスト／塩かずのこ
シノとエマ。平凡な少年と学校一の美少女がある日、恋人となった。だが不釣り合いな恋人誕生の裏には、互いに他人には言えない『秘密』があって——。『俺好き』駱駝の完全新作は、騙し合いから始まるラブコメディ！

新作 **青春2周目の俺がやり直す、ぼっちな彼女との陽キャな夏**
著／五十嵐雄策　イラスト／はねこと
目が覚めると、俺は中二の夏に戻っていた。夢も人生もうまくいかなくなった原因。初恋の彼女、安芸宮羽純に告白し、失敗したあの忌まわしい夏に。だけど中身は大人の今なら、もしかして運命を変えられるのでは——。

新作 **教え子とキスをする。バレたら終わる。**
著／扇風気 周　イラスト／こむぴ
桐原との誰にも言えない関係は、俺が教師として赴任したことがきっかけにはじまった。週末は一緒に食事を作り、ゲームをして、　恋人のように甘やかす。バレたら終わりなのに、その意識が逆に拍車をかけていき——。

新作 **かつてゲームクリエイターを目指してた俺、会社を辞めてギャルJKの社畜になる。**
著／水沢あきと　イラスト／トモゼロ
勤め先が買収され、担当プロジェクトが開発中止！？　失意に沈むと同時に、“本当にやりたいこと”を忘れていたアラサーリーマン・蒼真がギャルＪＫにして人気イラストレーター・光莉とソシャゲづくりに挑む!!

第29回
電撃小説大賞
金賞
受賞作
夢の中で「勇者」と称えられた少年少女は、
美しき女神の言うがまま魔物を倒していた。
――その魔物が〝人間〟だとも知らず。
勇者症候群
Hero Syndrome
[著] 彩月レイ
[イラスト] りいちゅ
[クリーチャーデザイン] 劇団イヌカレー（泥犬）
少年は《勇者》を倒すため、
少女は《勇者》を救うため。
電撃大賞が贈る出会いと再生の物語。
電撃文庫

クセつよ異種族で行列ができる結婚相談所
～看板ネコ娘はカワイイだけじゃ務まらない～
五月雨きょうすけ ill. 猫屋敷ぷしお
見習い秘書係のネコ娘、今日も頑張っています!
第29回 電撃小説大賞 受賞作
電撃文庫
特設サイトを check!!
STORY
訪れるのはワケあり相談者ばかり?
異種族同士の婚活って大変なんです!
ドタバタ婚活ファンタジー、はじまります!!
電撃文庫

レプリカだって、恋をする。
Even a replica falls in love.
榛名丼
［イラスト］
raemz
16歳、夏。はじめての、青春。
愛川素直という少女の
身代わりとして働く
分身体《レプリカ》、それが私。
本体のために生きるのが
使命……なのに、
恋をしてしまったんだ。
海沿いの街で
巻き起こる
ちょっぴり不思議な
青春ラブストーリー。
応募総数
4,128作品の
頂点
第29回
電撃小説大賞
大賞
受賞作
電撃文庫

第29回
電撃小説大賞
受賞作
電撃文庫
僕が君と別れ、君は僕と出会い、
舞台《ものがたり》は始まる。
四季大雅
［イラスト］一色
TAIGA SHIKI
Illust: ISSHIKI
ミリは
猫の瞳のなかに
住んでいる
MILI LIVES
IN THE
CAT'S EYES
STORY
猫の瞳を通じて出会った少女・ミリから告げられた未来は、
探偵になって『運命』を変えること。
演劇部で起こる連続殺人、死者からの手紙、
ミリの言葉の真相——そして嘘。
過去と未来と現在が猫の瞳を通じて交錯する！
豪華PVや
コラボ情報は
特設サイトでCheck!!

電撃文庫

アクセル
ワールド
川原 礫
イラスト／HIMA
accel World
もっと早く……
《加速》したくはないか、少年。
第15回電撃小説大賞《大賞》受賞作!
最強のカタルシスで贈る
近未来青春エンタテイメント!
電撃文庫

絶対ナル孤独者《アイソレータ》
THE ISOLATOR
realization of absolute solitude
「絶対的な、《孤独》を求める……
だから僕のコードネームは孤独者《アイソレータ》です」
『AW』と『SAO』に続く、川原礫の描く第3の物語！
Reki Kawahara
川原 礫
illustration»Simeji
イラスト◎シメジ
電撃文庫

学生統括ゴッドフレイ。
煉獄と呼ばれる男。
その若かりし日の、
苛烈なる青春の軌跡。
宇野朴人
illustration ミユキルリア
七つの魔剣が支配する
Side of Fire ―煉獄の記―
オリバーたちが入学する五年前――
実家で落ちこぼれと蔑まれた少年ゴッドフレイは、
ダメ元で受験した名門魔法学校に思いがけず合格する。
訳も分からぬまま、彼は「魔法使いの地獄」キンバリーへと
足を踏み入れる――。
電撃文庫

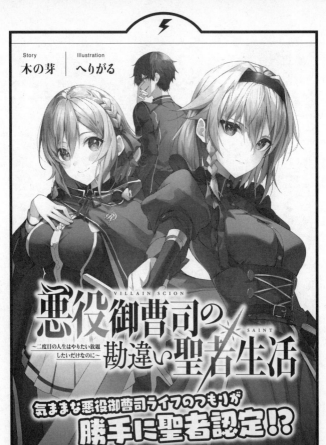

命短し恋せよ男《だん》女《じょ》
余命1年でも
恋がしたい!!!
【著】
比嘉智康
Tomoyasu Higa
【イラスト】
間明田
Mamyoda
恋に恋するぽんこつ娘に、毒舌クールを装う元カノ、
金持ちヘタレ御曹司とお人好し主人公――
命短い男女4人による前代未聞な
余命宣告から始まる多角関係ラブコメ!
電撃文庫

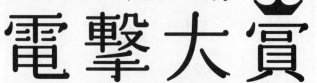